시니어 신무협 장편소설
ORIENTAL FANTASY STORY & ADVENTURE

일보신권
15

일보신권 15 무림 탄압의 전초전…… 이자 마지막?

초판 1쇄 인쇄 / 2012년 10월 22일
초판 1쇄 발행 / 2012년 10월 25일

지은이 / 시니어

발행인 / 오영배
편집팀장 / 권용범
책임편집 / 편집부
펴낸 곳 / (주)삼양출판사 · 드림북스

주소 / 서울특별시 강북구 송천동 322-10호
대표 전화 / 02-980-2112 팩스 / 02-983-0660
편집부 전화 / 02-980-2116 팩스 / 02-983-8201
블로그 / blog.naver.com/dreambookss

등록번호 / 제9-00046호
등록일자 / 1999년 3월 11일

ⓒ 시니어, 2012

값 8,000원

(주)삼양출판사 · 드림북스의 서면 허락 없이는 어떠한
형태나 수단으로도 이 책의 내용을 이용하지 못합니다.

ISBN 978-89-542-4115-1 (04810) / 978-89-542-3281-4 (세트)

* 지은이와 협의하에 인지는 생략합니다.
* 잘못된 책은 구입한 곳에서 바꾸어 드립니다.

시니어 신무협 장편소설
ORIENTAL FANTASY STORY & ADVENTURE

일보신권 ⑮

무림 탄압의 전초전…… 이자 마지막?

일보신권

목차

제1장 진산식 전야 　007

제2장 진산식 　061

제3장 종암의 이야기 　095

제4장 소림 공습 　111

제5장 환우신장 *149*

제6장 흑개의 음모 *191*

제7장 구해주지 마! *235*

제8장 니가 봤냐? *279*

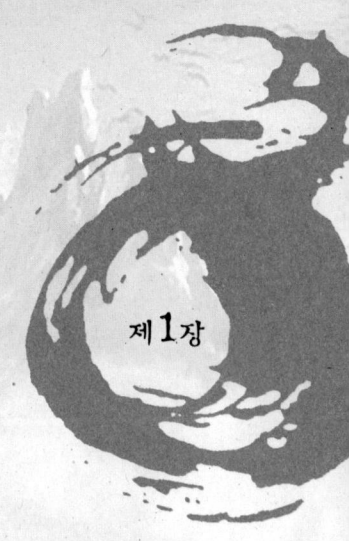

제1장

진산식 전야

쏴아아아!

칠흙 같은 밤을 뒤덮는 강력한 급류의 수성(水聲)과 바위에 부딪쳐 거창한 포말을 일으키는 물보라가 끊임없이 엇물려 돌아간다.

윤언강과 쪽배를 타고 나타난 중년의 남자는 서로를 응시하고 있었다.

잠시간 윤언강이 머뭇거리는 듯하더니, 곧 쇠사슬을 박차고 뛰어올랐다.

터—엉! 터—엉! 텅!

세 번의 도약으로 굵은 쇠사슬을 밟을 때마다 쇠사슬이 펄떡거리고 몸을 떨며 묵직한 저음을 토해 냈다.

윤언강은 세 걸음 만에 돌산을 올랐다. 거의 일 장도 채 되지 않는 거리까지 성큼 다가가 걸음을 멈추었다.

쪽배를 타고 황하를 거슬러 오른 이는 언뜻 오십 대로 보이는 중년의 남자였다. 중년 남자는 보통의 칼보다 두 배는 더 길어 보이는 기형적으로 긴 칼을 등에 지고 있었다.

그가 웃으면서 윤언강을 맞이했다.

"솔직히 조금 놀랐습니다."

라는 말과 함께 남자가 포권을 하려 하자, 윤언강이 손을 들었다.

흠칫!

"음!"

그 순간 남자가 신음을 토해 내며 눈동자를 크게 떴다.

멈춘 것이 스스로의 의지가 아닌 듯 남자의 눈동자가 심하게 좌우로 움직였다. 포권을 하던 어정쩡한 자세 그대로였다.

윤언강은 가만히 남자를 응시했다. 발끝에서부터 머리끝까지 꼼꼼하게 살펴보는 듯하다. 그러나 중년의 남자는 고개를 반쯤 숙이고 있어서 윤언강의 시선을 전혀 알 수가 없다.

뭐라고 말을 하려 입술을 달싹이지만 소리조차 나오지 않고 있었다.

"재미있군."

한참 만에 윤언강이 툭 내뱉은 한마디였다. 윤언강의 눈에서 작은 이채가 불꽃처럼 피어올랐다가 사라진다.

윤언강은 그러고도 한참을 더 그 상태로 있다가 무거운 어조로 입을 떼었다.

"노파심에서……."

"……."

"만일 그대가 놀랐다는 이유가 내가 삼문협까지 찾아온 게 대단하다는 따위의 헛소리를 하기 위한 것이었다면, 내 장담하건대 저 깊고 검은 황하의 바닥에 자네 머리를 거꾸로 꽂아 버리겠네."

중년 남자는 눈만 끔벅거린다.

움직일 수 있는 거라고는 눈썹뿐이다. 말도 할 수 없으니 뭐라고 대꾸를 할 수도 없다.

윤언강이 손을 내리자 그제야 답답한 숨을 토하며 중년 남자가 몸을 일으켰다.

"크흡!"

포권도 채 마치지 못하고 경악과 두려움, 그리고 분노가 담긴 눈으로 윤언강을 노려본다.

윤언강이 무엇을 했는지도 알지 못했다. 점혈을 한 것도 아니었다. 그런데도 그냥 몸이 굳어 버렸다.

그것은 마치 압도적인 힘을 자랑하는 사자 앞에서 벌벌 떠는 토끼와도 같았다. 천적 앞에서 몸이 말을 듣지 않는 것과 비슷했다.

그래서 중년 남자는 분노할 수밖에 없었다. 나름대로 당금의 강호에서 한가락 한다는 자신감에도 불구하고 윤언강 앞에서 아무것도 할 수 없는 무력감을 느낀 것에 대한 분노였다.

윤언강은 중년 남자의 눈빛을 담담하게 받아넘기며 말했다.

"내가 누구라는 걸 잊고 있는 것 같아서 잠시 상기시켜 준 것이네. 그러니 앞으로는 말을 조심해서 가리는 게 좋을 것일세."

오싹할 정도의 오만함.

최고의 강자만이 가질 수 있는 권위와 여유로움이 말투에서 뚝뚝 묻어나고 있었다.

분해도 어쩔 수 없는 노릇이다.

중년 남자는 이를 갈며 말을 내뱉었다.

"본인은 상주 육검문의 장귀도(長鬼刀) 점적이오."

"장귀도 점적이라…… 육검문의 여섯 검 중 한 명이로군. 도를 검처럼 쓰는 우스꽝스러운 도법을 구사한다는 말은 충분히 들었네."

평소의 윤언강이 아니다. 윤언강은 평소 좀처럼 드러내지 않던 멸시와 조롱을 한껏 담고 장귀도 점적을 대하고 있는 중이다. 윤언강을 알던 이라면 도저히 이해할 수 없는 모습일 터였다.

아무리 생각해도 통상적인 대화가 아니었다.

육검문의 제자들과 어울리다 사달이 났으니 점적이 사과부터 먼저 하고, 그다음에 어찌 되었는가 얘기하는 것이 수순이어야 했다. 그러나 장귀도 점적은 물론이고 정작 윤언강도 그 얘기를 별로 듣고 싶어 하지 않는 듯했다.

이미 윤언강은 그가 쫓아온 문사명의 흔적이 인위적이라는 걸 알고 있었다.

그것이 윤언강을 이곳으로 유인하기 위한 술책이라는 것도.

그리고 나서 육검문이 떡하니 나타났으니 일의 전모가 대강 그려진 것이다. 가타부타 말이 필요하지 않았다.

"그랬군. 나를 불러냈으니 이유가 있겠지. 그 이유를 들어볼까 싶은데."

으득.

장귀도 점적이 이를 갈며 힘겹게 말을 꺼낸다.

"아끼는 제자가 있지 않았소?"

이미 윤언강에게 기세를 제압당한 터라 어떻게든 윤언강의 약점을 파고들어 보려는 한마디였다.

그것은 풀어서 말하면 '우리가 네 제자를 데리고 있는데 어째서 이렇게 대차게 나올 수 있느냐? 제자의 안위가 궁금하지 않으냐?'라고 묻는 것이나 다름없었다.

그러나 점적의 말은 굉장히 무의미했다. 이미 윤언강은 그에 대한 대답을 했다.

이유나 말해 보라고.

점적은 쓸데없이 다시 처음부터 말을 시작한 셈이 되어 버렸다.

윤언강이 피식하고 비웃음을 지으며 장귀도 점적을 쏘아보았다. 점적은 윤언강의 눈을 마주친 순간 다시 몸이 말을 듣지 않는 것을 깨달았다.

윤언강이 비릿함이 물씬 풍기는 어조로 말했다.

"육검문에는 생각보다 인재가 없군. 상대가 어떤 걸 원하는지 조금도 파악할 줄 몰라."

윤언강이 눈을 부릅떴다. 장귀도 점적은 몸이 오그라들었다. 완전히 위축되어 숨조차 쉬기 버거웠다.

"크, 큭…… 무, 무슨……"

당황스러웠다.

"이렇게 하지. 나는 묻고 그대는 답한다. 그것이 내가 지금 정한 규칙이다."

"끄윽……"

이를 악물고 버티는데도 입에서 침과 거품이 비어져 나온다. 몸을 움직이려 어찌나 애를 쓰는지 거품에 핏기까지 비친다.

그의 고통을 아무렇지 않게 무시하면서 윤언강이 물었다.

"내 제자는 어디 있는가?"

갑자기 압박이 한결 풀어져 대답하기가 쉬워졌다.

"그, 그것은……."

하나 점적은 제대로 대답을 하지 못한다. 눈동자의 초점이 풀렸다가 다시 돌아오며 기이한 눈빛으로 윤언강을 쳐다볼 뿐이다.

그리고 그 눈동자의 깊은 곳에서 푸른 광채가 잠시 점멸하는 걸 윤언강은 확실히 보았다.

금제다.

백번을 물어도 이자는 대답하지 못할 것이다. 윤언강은 확신했다.

육검문이면 제법 잘나가는 신흥 문파다. 비록 거대 문파에 비할 바는 아니라 하더라도 그러한 문파의 수뇌 중 한 명을 심부름꾼으로 부린다?

윤언강은 살짝 인상을 찌푸렸을 뿐, 그러한 질문을 던지지 않았다.

적어도 강호 무림에서 백 명 안에는 족히 들 만한 공력을 가진 자에게 금제를 가할 수 있는 이가 누가 있을까 생각해 보는 중이다.

아니, 금제를 가한 후에 공력이 늘었을지도 모른다. 그것도 충분히 고려해 봐야 할 부분이다.

윤언강은 잠시 생각하다가 다시 물었다.

"어떻게 하면 내가 아끼는 제자를 찾을 수 있겠는가?"

어디서 찾을 수 있느냐고 물은 것이 아니다. 어떻게 찾아야 하느냐고 물은 것이다.

점적의 얼굴 근육이 씰룩거린다. 웃는 것도 우는 것도 아닌 기묘한 표정이다. 윤언강의 통제에 표정조차 마음대로 지을 수 없었다.

"한 가지…… 조건을 따르시오."

"말해 보라."

누가 누구를 협박하고 있는지 도저히 알 수 없는 장면이었다. 오히려 윤언강이 당당한 모습이라 점적은 기가 질렸다.

쉽게 말할 수 없었던 듯 점적이 말을 망설였다. 눈빛에 공포가 어린다. 그 말을 내뱉는 순간 윤언강의 손짓 한 번에 목이 달아날 수도 있다는 걸 그는 충분히 자각하고 있었다.

그러나 그의 입은 그가 원하든 원하지 않든 상관없이 움직여 말을 내뱉게 만들었다.

어쩔 수 없는 일이었다.

그것이 이 자리에 점적이 온 이유니까.

점적이 조용히 입을 열었다.

"……하시오."

"흠?"

윤언강조차 그 말에 흠칫했다.

좀처럼 숨기고 싶은 감정은 겉으로 드러내지 않는 윤언강이었다. 그런 그가 놀랄 만큼 상상할 수도 없었던 조건이었다.

잘못 들은 것은 아니었다. 두 번 들을 필요도 없었다. 너무나도 똑똑히 들었으니까.
  참으로 황망하여 어이가 없다는 얼굴로 윤언강이 되물었다.
  "정말로 내가 그리할 거라고 생각하는가?"
  천 명 중에 천 명이, 만 명 중에 만 명이 들어도 말이 안 되는 얘기다. 그런 황당한 조건이다.
  그러니까 말을 한 점적도 뒤탈을 염려한 것이다. 그러나 그의 눈빛에는 희한하게도 일말의 자신감이 엿보였다.
  "검성도 알고 있을 것이오. 지금이 아니면 다시는 이런 기회를 얻지 못할 거라는 걸."
  "그렇단 말이지? 내가 할 거라고 생각하고 이런 일을 벌였다…… 이 말이로군!"
  돌연 윤언강이 큰 소리로 웃었다.

  하— 하— 하— 하—!

  무시무시한 웃음소리였다.
  돌섬을 때려 부술 듯 몰아치던 황하의 급류마저도 숨을 죽였다. 용암이라도 올라온 것처럼 부글거리고 끓어올랐다.
  "우웩!"
  갑작스럽게 제압에서 풀려난 점적은 피를 한 사발도 넘게 토했다. 토해 놓은 피가 작은 웅덩이를 만들었는데, 그조차 마구 들끓어 오르며 핏방울을 튀어 냈다.

ㄷㄷㄷㄷㄷ.

돌섬 전체가 흔들린다.

점적은 손을 떨었다.

인간이…… 인간이 이렇게 강할 수는 없다. 이것은 공명검을 얻었느니 말았느니 하는 정도가 아니다.

직접 경험해 보지 않고는 도저히 알 수 없는 벽, 그 자체다.

도저히 감당할 수 없는 벽.

짧은 웃음을 그친 윤언강이 역시 짧게 대답했다.

"하지."

점적은 귀를 의심했다. 그것은 마치 윤언강이 그의 제안을 듣고 놀랐을 때와 비슷한 충격의 강도였다.

이렇게 빨리?

그러나 그것이 그가 기다리던 대답임에는 틀림없었다. 점적이 입가의 피를 훔치며 급히 말했다.

"본문이 물심양면으로 뒤를 보아줄……."

"필요 없네."

윤언강이 무심히, 하지만 열정이 들끓어 오르는 뜨거운 표정으로 점적을 쳐다보았다.

"육검문의 힘 따위야 내겐 하룻밤의 여흥거리도 안 되는데 그걸 주워 어디에다 쓰겠는가."

가벼운 조롱과 그 뒤를 이은 한마디.

"행여나 육검문이 대단한 힘을 얻게 되었는지는 모르겠으나, 그래도 마찬가지라네. 본인에게 그따위 조악한 힘이 필요할 거라 생각하는가?"

윤언강은 관심도 없다는 듯 말을 끊어 버렸다.

육검문은 중소 문파 중에서는 뛰어나긴 하나 대단한 문파라고 할 수는 없다. 그런 육검문이 자력으로 이러한 일을 도모한다는 것은 말도 안 되는 일인 것이다.

그렇다면 그 뒤에 무엇이, 누가 있는지 궁금해할 만도 하다. 한데 윤언강은 전혀 궁금해하는 투가 아니었다.

비록 자신을 보는 눈빛이 마음에 걸리긴 했지만, 역시 무인이란 천성을 어쩔 수 없다고 생각하는 점적이었다.

"그럼, 일을 마치고 다시 만나도록 하지."

윤언강이 점적을 다시 한 번 노려보더니 살기등등하게 말했다.

"만일 내 제자에게…… 무슨 일이 생긴다면, 그대를 비롯하여 이 일에 연관된 모든 자들은 결코 편히 잠을 이루지 못할 걸세. 내 약속하지. 설사 그것이 십만 병졸의 호위를 받는 황제라 하더라도 내 칼을 피할 수는 없을 거라는 걸."

말을 마친 윤언강은 아무렇지 않게 물 위로 뛰어올랐다.

그러더니 깃털처럼 가볍게 건너편의 강변으로 달려간다. 윤언강이 강변을 따라 위로 가파르게 이어진 절벽을 타고 오르기까지는 그야말로 순식간의 일이었다.

꿀꺽, 하고 점적은 마른침을 삼켰다.

윤언강이 달려간 쪽에는 강 위에 쇠사슬이 걸쳐져 있지 않았다.

잠잠하지 않은, 계속해서 파랑을 일으키는 물살 위를 달려갈 수 있다는 것만으로도 윤언강의 무위를 짐작키 어려웠다.

그러나 어쨌거나 그의 할 일은 끝났다.

점적은 흐리멍덩한 눈으로 겨우 한숨을 내쉴 수 있었다.

* * *

장건의 본가가 있는 산서성 운성방.

밤이 늦도록 객청의 불이 꺼지지 않고 있었다.

어지간한 잔칫상은 이름도 내밀지 못할 정도의 호화로운 음식들과 술, 그리고 풍악이 드넓은 연회장을 가득 메우고 있다.

무희와 악사들이 둘러서서 흥을 돋우는 가운데 얼굴이 불콰하게 달아오른 상인 한 명이 장도윤을 향해 말했다.

"아이구, 장 방주! 우리가 일부러 운성방의 심기를 거스르려 했다는 건 있을 수 없는 일입죠. 저희는 운성방과의 관계를 늘 좋게 생각하고 있었습니다."

적잖은 지위인 듯 검은 오사모(烏紗帽)를 쓴 관리도 말을 더했다.

"그렇다네. 이건 명백한 착오에서 벌어진 일이니 내 책임지고 원래대로 일을 진행토록 하겠네. 그러니 그만 마음을 풀게나."

장도윤이 주먹을 감싸 쥐어 예를 표하며 사람들을 두루 보았다.

"제가 감히 여러분들에게 추궁을 하고자 함이 아닙니다. 갑작스럽게 이런 일이 벌어졌으니 그저 어리둥절할 따름이었습니다."

곁에 있던 비단옷의 노상인이 일어서서 다들 들으라는 듯 장도윤에게 말했다.

"장 방주, 도염사(都鹽司)의 동지(同知) 대인께서도 관계자의 착오 때문에 본 상단에 피해를 준 점을 매우 염려하셨다네. 그러니 동지 대인의 체면을 보아서라도 이번 일은 이쯤에서 덮어 두는 게 좋겠네."

노상인은 진상의 총단에서 나온 이였다. 그가 이렇게 말하면 장도윤도 거부할 수 없다.

장도윤은 웃음을 지으며 고개를 끄덕였다.

"알겠습니다. 나 장도윤이 그렇게 속 좁은 사람 아닙니다. 사람이 하는 일에 착오가 없을 수 있겠습니까. 이번 일은 없던 일로 하겠습니다."

장도윤과 노상인의 앞에 있던 관리와 상인들이 반색하며

좋아했다. 모두가 술잔을 들어 분위기는 더욱 달아올랐다.

　몇 순배가 돈 후 장도윤의 곁에 있던 노상인이 장도윤에게 눈치를 주었다.

　"잠시 나 좀 보세, 장 방주."

　장도윤이 노상인과 함께 몰래 객청을 나왔다. 늦은 밤임에도 잠들지 못하고 밖에서 대기 중이던 시비들이 하품을 하다가 장도윤을 보고 허리를 수그렸다.

　"고생이 많구나. 잠시 비켜들 있거라."

　시비들이 물러가자 장도윤이 비로소 한숨을 내쉬었다. 그 모습을 보며 노상인이 흐뭇한 미소를 지었다.

　"잘 대처하였네, 장 방주."

　"별 탈 없이 일이 잘 끝나 다행입니다. 시일이 다소 지체되긴 했으나 일정을 재촉하면 소금의 수급에는 지장이 없을 듯합니다. 최선을 다하겠다고 상주께도 그리 알려 주십시오."

　"알겠네."

　장도윤이 마지막 남은 한숨을 살짝 털어 내고는 어깨를 매만졌다. 너무 오랜 시간 술자리에 있었더니 시원한 밤공기가 이렇게 반가울 수 없었다.

　"그런데 일이 너무 쉽게 풀리는군요. 본 방의 염인을 회수해서 다시 공개 입찰을 하겠다고 엄포를 놓은 것치고는…… 몇 달을 항의해도 아무 반응이 없다가 저들이 먼저 찾아와 없던 일로 해 달라 할 줄은 몰랐습니다."

노상인이 빙긋 웃었다.

"정말 몰라서 묻는 겐가?"

"예?"

"상계에 소문이 자자하네. 자네의 아들이 소림사에서 무술을 배워 손꼽히는 고수가 되었다고 말일세."

일단 장건의 얘기가 나오자 장도윤의 얼굴에 저도 모르게 뿌듯함이 드러났다.

노상인이 계속해서 말했다.

"그 유명한 문파인 무당파의 중견 고수를 무술로 꺾고, 천하제일고수라는 화산파의 검성이 자네 아들을 예뻐하여 화산의 보검을 건네주었다면서? 그 정도로 환심을 사려 하였다는 것도 알고 있네. 오죽하면 혼기가 찬 천하의 모든 여인들이 자네 아들 때문에 소림사를 찾아갔다고도 하지."

노상인은 말을 해 놓고도 스스로 믿기지 않는 얼굴을 했다.

"그 때문에 사실 조금 머리가 아프기도 합니다."

"허어, 이 사람. 자넨 정말 무슨 복을 타고난 겐가?"

"하하…… 과언이십니다. 그저 부처님께서 돌보아 주신 덕이지요."

"게다가 바로 이 밤이 지나면 진산식이 아닌가. 소림사의 진산식이라는 것은 세대교체를 의미한다고 들었네. 그렇게 되면 자네 아들의 위상이야 더 말할 것이 없어지겠지. 어차피 일

년 후면 돌아온다면서?"

"칭찬이 과하십니다. 자꾸 그러시면 이 장 모가 얼굴을 둘 데가 없습니다."

장도윤이 조금은 불안한 안색으로 말했다.

"솔직히 이번에 소림사의 바로 지척에서 무당파의 인물이 도독부의 자제를 습격했다는 사건 때문에 걱정이 많이 되었습니다. 가뜩이나 소림사의 위세가 나날이 위축되고 있는 중이라……."

"이 사람, 아들을 무림 고수로 만들더니 아주 강호인이 다 되었구먼?"

노상인이 웃으면서 장도윤에게 말했다.

"이보게, 관은 몰라도 험지로 상행을 다니는 우리 같은 상인들 입장에서야 누가 일 등이고 이 등이고는 중요하지 않잖은가. 소림사가 오 등이 되고 구 등이 되더라도 여전히 소림사는 천하에서 손꼽는 십대문파일 텐데."

장도윤이 머쓱하게 웃었다.

"하하, 그렇군요. 아무래도 제가 아들놈 때문에 제 본분을 망각했나 봅니다."

매일 막대한 재물을 다루는 상단들에게 거대한 무림 문파들과 척을 진다는 건 조금 과장해서 칼 없이 전장을 나가는 것과 같다. 하다못해 상단과 가장 밀접한 관계가 있는 표국조차 그 무림 문파들의 속가제자들이 운용하는 곳인 것이다.

하지만 의외의 상황이 생겨서, 이를테면 이번 도독부 자제의 습격 사건 같은 상황이 생겨서 무당파나 소림사의 본산이 심각한 고초를 당한다 치자.

그런 경우 모순적이게도 가장 큰 힘을 쓸 수 있는 건 속가에 나가 있는 속가제자들이다.

특히나 장건은 본산의 상황에 큰 영향을 받지 않는 속가제자임에도 이미 실력상으로 한 배분이나 위의 정식 제자들을 앞지른 데다, 모든 문파의 최고수들로부터 인정까지 받고 있다. 어지간한 거대 표국 고수들 두엇 정도는 혼자 찜 쪄 먹고도 남을 거라는 얘기도 돈다. 거기에 유명 세가의 여식들과 염문설까지…….

평가가 그렇다 보니 장건이 십 년의 기약을 마치고 돌아온 후 상계에 미칠 영향은 이루 말할 수가 없을 정도로 여겨지는 것이다.

그러니 타 상단의 입장에서는 소금의 전매권이라는 이득만큼이나 장건의 영향을 고려하지 않을 수 없었을 게다. 잘 보이는 거야 둘째 치고, 사이를 나쁘게 만들어서 좋을 일이 전혀 없는 것이다.

노상인이 웃으면서 말했다.

"너무 저들에게 고마워할 필요는 없을 걸세. 저들도 이모저모로 따져 본 후에 더 늦기 전에 결정한 것일 테니."

장도윤이 고개를 끄덕거렸다.

"관에서 공개 입찰을 포고했는데도 타 상단에서 입찰을 꺼렸다는 것이 사실이군요."

"그랬지. 상계에 자네 아들이 돌아올 날이 일 년밖에 남지 않았다고 정보를 흘린 것이 컸네. 거대한 이권을 놓고도 아무 상단에서도 관심을 보이지 않으니 관에서도 깜짝 놀랐겠지. 그래서 관에서 사정을 알아보니 자네 아들이 소림사의 후기지수로 손꼽히는, 그것도 엄청난 고수라더라…… 고 하는 게야. 거기에 이것……."

노상인이 엄지와 검지를 구부려 동그라미를 만들었다.

"이게 약간 첨가되니 얘기는 끝난 것이지. 어차피 운성방의 독점이 될 텐데 가격만 낮아지지, 아무도 참가하지 않는 입찰 따위 할 필요가 없으니까."

"아아, 그랬군요. 총단에서 거기까지 신경을 써 주신 줄은 몰랐습니다. 그에 쓰인 비용은 당연히 제가 부담하겠습니다."

"그럴 필요 없네. 본 상단의 의리는 형제들보다 각별한데 그깟 금전이야 그저 생색에 불과하지."

노상인이 부드럽게 장도윤의 어깨를 두드렸다.

"이제 중원의 어느 누가 감히 운성방과 우리 진상을 건드릴 수 있겠는가. 내 요즘 같으면 밥을 안 먹어도 배부를 것 같다네!"

"저도 오늘 밤은 푹 잘 수 있을 것 같습니다."

장도윤과 노상인이 '하하!' 하고 함께 웃었다.

그런데 곧 노상인이 은밀하게 목소리를 낮추고 말했다.

"하지만 마냥 안심해선 안 될 것이네. 상인들이야 이득을 따지며 움직이니 그 행동반경을 충분히 예측할 수가 있다 해도……."

장도윤은 눈치가 빠른 상인이다.

"관을 말씀하시는 겁니까?"

"그렇다네. 당장에 도염사의 동지 대인을 구워삶는 것도 쉽지 않았네. 통상의 세 배를 더 주었네."

장도윤이 걱정스러운 얼굴로 물었다.

"그건 너무 많군요. 본 상단이 관부에 밉보인 일이라도 있었습니까?"

"아닐세. 하지만 동지 대인이 의미심장한 얘기를 하더군."

"무엇입니까?"

노상인의 목소리가 더 낮아졌다.

"염의 공개 입찰까지는 어떻게 해 보겠으나, 다른 일로는 당분간 찾아오지 말라 하였네. 자신도 몸을 사려야 한다면서."

"예?"

부패 관리가 몸을 사리는 경우라면…….

"사정(查定) 감찰이라도 있는 겁니까?"

"글쎄, 윗선에서부터 분위기가 매우 수상해 보인다 하였네."

"동지 대인보다 윗줄에서부터라니…… 작은 일이 아닌가 봅니다."

"그렇겠지. 일단은 다방면으로 사람을 풀어 알아보고 있으니, 조만간 얘기가 나올 걸세."

장도윤은 불안한 생각이 들었다.

"최근에 눈에 띌 정도는 아니지만 군수 관련 물자의 유통이 좀 늘었다 합니다. 혹시…… 도독부의 일과 관련이 있을까요?"

"그렇다 해도 관부의 일인데 소림사에야 별일이 있겠는가. 그저 혹시 몰라 일러 두는 것일세. 상황이 여의치 않으면 자네 아들을 미리 데려오는 것도 생각해 보는 게 좋을 것 같네. 굳이 어떻게 될지 모르는 위험한 곳에 둘 필요가 있겠는가."

"으음……."

그 문제는 장도윤도 생각하던 차였다. 아무리 고수가 됐다 해도 늘 칼부림이 오가는 곳에 아들을 둔 아비의 마음은 다른 아비와 마찬가지였다.

"자, 손님들을 너무 기다리게 하는 것도 예의가 아니니 나는 먼저 들어가 보겠네."

노상인이 먼저 객청으로 들어가고 장도윤은 뒤에 남아서 잠시 뜰을 거닐었다.

이제 길어야 일 년이었다. 정 데려오려 한다면 데려올 수는 있을 것이다. 하지만 기껏 구 년을 참아 놓고 일 년을 참지 못해서 데려온다는 것도 쉬운 결정은 아니다.

거기다 소림사 인근에 자리 잡았다는 세 세가의 여식들, 그에 대한 결정도 내려야 한다.

가능한 장건이 하고자 하는 대로 하고 싶으나, 지금 돌아가는 모양새를 보니 가만히 내버려 둔다고 장건이 알아서 결정할 것 같지가 않다.

어떻게든 장도윤이 개입을 해서 조언을 하든 결정을 하든 해야 할 분위기다. 심지어 장건을 데려오면 그냥 따라와 버릴 기세다.

그러니 수를 내야 하는데, 문제는 장도윤이라고 뾰족한 방법이 없다는 것이다.

"이거 참, 제갈가는 무림세가라 크게 개의치 않는 눈치이고, 백리가도 싫어하는 눈치는 아닌데…… 양가장이 문제로구나."

소림사 인근에 세 소저가 아예 자리를 잡았다는 걸 들었다. 그 얘기를 들었을 때 장도윤도 '과연 무림의 여인들은 담대하구나.'라고 생각했다. 보통의 여인들이 그러했다면 당장 가문에서 내쫓을 만한 일인 것이다.

그러나 세 소저들의 행위로 말미암아 장도윤에게는 또 다른 고민이 생겨 버렸다.

하필이면 그중 양가장은 남궁가와 사이가 좋지 않다는 게 문제였다. 장건과 연을 만들려고까지 했다가 실패한 남궁가였던 것이다.

 당장에 행동을 취한 건 아니었으나 계속적으로 운성방의 작은 사업들을 건드리며 압박을 해 오고 있었다.

 이런 문제를 해결해야 하는 것은 역시나 아비인 장도윤의 몫이다.

 "차라리 맘에 드는 여식을 딱 정해서 말해 주면 좋을 텐데…… 녀석이 연애에 그토록 숙맥일 줄은 누가 알았겠어. 하기야 산에서 스님하고만 살던 놈이 뭘 알겠느냐마는."

 장도윤은 세 소녀들을 한 명씩 떠올리며 까칠해진 수염을 매만졌다.

 "하기야…… 나도 이렇게 고민스러우니……."

 백리연은 초반에 문제가 있었으나 그 후에 스스로 해결하려는 의지를 보이면서 많은 점수를 땄다. 두말할 필요 없이 빼어난 미모와 솔직함이 매력적이다.

 제갈가의 여식은 그 어린 나이에 수백 리 길 소림사를 최단시간에 찾아올 만큼 지혜롭다 하였다. 아직은 어리지만 나이를 먹을수록 지혜로운 처가 될 수 있다.

 양가장의 여식은 무공 실력이 뛰어나서 곁에 두어도 든든한 며느릿감이다. 아무리 장건이 고수래도 몸은 하나다. 그런데 그런 며느리가 호위무사처럼 평생 붙어 있을 것이니 얼마나 든든할 것인가.

 장도윤조차 이 셋 중 누구 하나 빼 놓기도 아까운데 장건이라고 오죽할까.

"끙……."

고민하던 장도윤이 불현듯 떠오르는 생각에 미간에 힘을 주었다.

"아무리 우리 건이가 무공을 배웠다고 해도 어차피 가업을 이어받아 상인이 될 터. 허면 상인에 어울리는 며느릿감을 확인하는 것이 우선이겠지."

장건을 데려오든가 혹은 소림을 나올 때까지 기다리든가, 적어도 혼인을 하려면 일 년 이상의 시간은 필요하다.

가뜩이나 수행 중인 스님들의 근처에 장건 때문에 소녀들이 집 짓고 산다는 게 미안하던 차였다.

"그냥 데려다가 일을 시켜 봐?"

원래 진상은 산이 많고 하천이 적어 열악한 환경인 산서에 터전을 두고 생겨났다. 때문에 진상은 고생을 겁내지 않고 근면을 덕목으로 삼아 살았다.

가업을 대물림해야 할 자식들에게 이 고생을 가르치는 것도 진상의 독특한 풍속 중 하나였다. 비록 사주 때문에 어쩔 수 없었다고는 하나, 장건을 소림으로 보내는 결정을 쉽게 내릴 수 있었던 것도 그 때문이었다.

그러니 혼인을 하면 처음 몇 년간 며느리에게 상단에서 일을 시키는 것도 진상에서는 흔히 볼 수 있는 일이었다.

다만, 지금 장도윤의 생각처럼 혼인을 하지 않은 며느릿감을 데려다 일을 시킨다는 건 흔하게 생각할 수 있는 일이 아니었다. 상황상 보통 집안이 아닌 무림세가의 여식들이라는 것을 감안하고 내놓은 생각이다.

어차피 무림세가들의 입장에서도 자존심이나 체면이 걸린 일이다. 이렇게 경쟁을 시킨다면 모를까, 오히려 납득하지 못할 이유로 퇴짜를 맞는다면 분통을 터트릴 것이다.

그런 의미에서 장도윤의 발상은 대범하면서도 기발한 데가 있었다.

누가 장건과 장도윤의 마음을 얻든 나머지 후보들에게도 섭섭하지 않게 해 준다면 딱히 트집 잡힐 일도 없을 것 같다.

스스로도 재미나다 생각했는지 장도윤은 피식하고 웃음을 터트렸다.

"부인에게도 말해 주어야겠군. 좋아하겠어. 그러다가 다 정들면 양녀로 삼자고 할지도 모르겠는걸? 하하하!"

장도윤은 혼자서 이런저런 생각을 하며 좋아했다.

하지만…….

장도윤이 미래에 대한 설계로 즐거워하고 있는 밤.

이 밤을 심각하게 받아들일 수밖에 없는 이들은 너무나 많았다…….

* * *

고현은 적잖이 놀랐다.

수련을 위해 계속 노숙을 하다가 간만에 마을로 들어온 차였다. 연락이 올 때가 됐다는 태상의 판단이었다. 아니나 다를까, 동이 막 트기도 전인 이른 아침부터 손님이 왔다.

세 뼘 정도 되는 길지 않은 검을 세 개나 허리에 차고 있는 노고수가 둘을 찾아온 것이다.

자못 평범한 걸음걸이에서부터 범상치 않은 기도가 엿보였다.

이제껏 고현이 천룡검문의 이름을 앞세워서 비무를 했던 이들 중에서도 가히 최고 수준이었다.

그러나 어딘가 모르게 어색함이 느껴졌다. 고현이 그 작은 어색함이 무엇인가 고민하고 있는데 노고수가 가볍게 포권을 하며 자신을 소개했다.

"육검문에서 온 삼상비(三傷匕) 석흠이오."

태상은 누군가 올 거라는 자신의 말이 들어맞지 않았느냐는 표정으로 고현을 쳐다보았다. 고현이 고개를 끄덕였다.

"그쪽의 소개는 하지 않아도 알고 있으니, 앉읍시다."

고현은 탁자를 사이에 두고 노고수 석흠의 앞에 앉았다. 태상은 자연스레 고현의 뒤에 섰다.

긴 수염을 땋아서 목에 감아 돌린 석흠이 날카로운 눈빛으로 둘을 훑었다. 잠깐의 묘한 시선이 교차한 후 석흠이 찻주전자를 들어 차를 따랐다.

"활약상은 잘 듣고 있었소이다. 최근 비무행 중에 가장 두각을 나타낸 곳이 바로 천룡검문이라 하더군요."

석흠의 인사치레에도 고현은 가만히 침묵을 지켰다.

사실 딱히 할 얘기가 없었다. 수십 년을 홀로 살아와서 이런 자리에서 무슨 말을 해야 할지 모르는 것이다.

뒤에 선 태상이 혼잣말을 하는 건지 누구에게 말하는 건지 알 수 없는 희한한 어조로 말했다.

"클클클, 눈빛이 참 탁하신 분이구려."

고수가 된다고 눈이 다 맑아지는 것은 아니지만, 고수가 되기 위해 화기를 끊고 불순한 것을 걸러 내기 때문에 눈이 맑아져야 정상이다. 그런데 태상은 거리낌 없이 눈빛이 탁하다고 말하고 있었다.

그의 말에 고현이 삼상비 석흠의 눈을 가만히 들여다보았다. 느껴지는 기세로만 보아서는 무시할 수 없는 강자인데, 희한하게도 눈빛에 정광(晶光)이 없다.

눈 밑도 자세히 보면 알지 못할 정도로 불그스름하고 탁한 기운이 맴돈다.

아마도 저것이 어색함의 이유였던 듯싶다.

'어쩐지 익숙한 느낌인데……'

그러나 삼상비 석흠은 태상의 말을 이해하지 못한 투로 되물었다.

"그게 무슨 말이오?"

"아니외다. 그럼 우리에게 무엇을 보여 줄 수 있는지 보따리나 풀어 놔 보시오. 클클."

"흠……."

침음성을 낸 석흠이 용건을 꺼냈다.

"먼저 물어야겠소. 천룡검문에서 비무행을 하는 목적을 밝혀 주시오."

"무엇일 것 같소?"

"내가 생각하는 바가 맞다면, 아마도 우리는 매우 좋은 관계가 될 수 있을 것이외다."

짐짓 놀란 척 태상이 묻는다.

"호오…… 그렇다면 육검문도 강호의 전복(顚覆)을 꾀하는 것이오? 이거 참, 놀라운 일이구먼!"

석흠이 깜짝 놀라서 얼굴을 딱딱하게 굳히고 주변을 황급히 둘러보았다. 다행히도 워낙 이른 시간이어서 손님도 없고 점소이는 꾸벅꾸벅 졸고 있었다.

석흠이 사방으로 기를 뿌려 소리가 새어 나가지 않도록 한 후 인상을 썼다.

"말을 조심하시오."

태상은 차갑게 그의 말을 잘랐다. 방갓 사이로 스산한 붉은 빛이 비쳤다.

"중요한 얘기를 하려면 미리 주변을 차단하거나 살인멸구를 해서라도 정보를 차단할 생각을 하였어야지. 그만한 배포나 역량도 없이 무슨 일을 함께 꾀하자는 것인가?"

석흠이 헛기침을 했다.

"본문의 의도는 강호의 전…… 크흠, 따위가 아니오. 새로운 물결을 만들고자 할 뿐이오."

"새로운 물결?"

"그렇소. 낡은 가지가 앞을 막고 있으니 그 어찌 새로운 싹이 날 수가 있겠소. 장강의 뒷 물결은 앞 물결을 밀어내지 못하고 고인 물은 정체되어 썩고 있으니…… 이는 강호 무림 전체의 손실이 아니겠소?"

"클클."

태상이 잠시 웃고는 물었다.

"당장 오늘밤을 기점으로 내일부터 강호 무림의 전 세대교체가 진행될 터이고, 누군가 손대지 않아도 물결은 절로 흐를 것이오. 그런데 이 와중에 무슨 낡은 가지 타령인가?"

"정말 그렇게 생각하시오? 겨우 우내십존이 자리에서 물러난다 하여 지금까지 유지된 십대문파와 오대세가의 견고한 세력 틀이 무너지리라 생각하오?"

틀린 말은 아니다. 세대교체라는 건 기존 기득권층이 그대로 기득권을 후손들에게 물려주는 과정이지, 아예 판도가 바뀌는 건 아니니까. 우내십존이 멀쩡히 살아 있는 이상, 자리에서 물러난다 하더라도 그들의 세력은 여전할 것이다.

"그래서 이러한 일을 꾸몄다? 새로운 틀을 만들기 위해?"

"우리는 누구나 힘이 있고 능력이 있으면 인정을 받을 수 있는 세상이 오기를 원하오. 문파의 이름에 힘입어 아무런 노력 없이 과거의 영광이 불멸이라 착각하는 거만한 자들을 물러나게 만들 것이오."

석흠이 태상과 고현을 번갈아 보며 말을 이었다.

"그리고 우린 천룡검문이 그 전면에 설 수 있는 충분한 능력이 있다 생각하오."

"모난 돌이 정을 맞고, 가장 앞서 나간 병사가 제일 먼저 화살에 맞기 마련이지. 우리가 그만한 위험을 감수해야 할 이유가 있는가 물어봅시다."

"기분 나쁘게 듣진 마시오. 우리가 알아보니 천룡검문은 이미 명맥도 끊긴 문파요. 기반도 없이 문주 혼자인 일인전승의 문파에 불과하더이다."

기분 나쁘게 듣지 말라고 해도 안 나쁘게 들을 수 있는 말이 아니다. 고현은 인상을 쓰고 석흠을 노려보았다.

석흠은 그럴 줄 알았다는 듯 말을 계속했다.

"그러한 천룡검문이 비무행을 하는 이유는 무얼까…… 바로 문파의 재건이 목표가 아니겠소?"

틀린 말은 아니기에 고현이 낮은 한숨을 쉬며 표정을 풀었다.

"그렇소."

석흠이 자신이 가진 패를 툭 하고 던지듯 내놓았다.

"적당한 때가 되면 개파대전(開派大典)을 열어 드리리다."
"개, 개파대전!"
고현은 표정 관리를 못 하고 입을 떡 벌렸다.
천룡검문의 개파!
물론 없던 문파를 새로 세우는 것은 아니나 어쨌거나 일인전승에서 그렇게 바뀌는 것이니, 자신이 그토록 바라던 바가 아닌가!
"나는……"
고현은 말을 더듬다가 아차 싶어 입을 다물었다. 태상이 고개를 끄덕이며 말 중간에 끼어들었다.
"확실히 맛깔스러운 제안이구먼. 하지만 나는 육검문이 내놓은 제안을 지킬 수 있는 역량이 있는가, 그것을 의심하지 않을 수 없구려. 개파대전이라는 게 금전만으로 되는 건 아니지 않소?"
"흠…… 그럴 만도 하오."
"이쪽은 이미 비무행을 통해 실력을 검증하였는데 육검문은 자신들의 말을 어떻게 증명할 셈이오?"
석흠은 다소 공격적인 질문을 받았음에도 불구하고 여유로움을 잃지 않았다.
"증명이라…… 무엇을 보여 드려야 할지 모르겠소. 가만있자, 우내십존 정도면 어떻겠소?"
너무 태연하게 말을 해 버려서 순간 그게 무슨 소리인지 고현이나 태상은 잠깐 생각을 해 봐야 했다.

"뭐라 하였소?"

마치 그런 반응을 즐기기 위해 일부러 그랬다는 듯 석흠이 흘흘 하고 웃음을 흘리면서 다시 말했다.

"우내십존을 제물로 삼아 보이면 어떻겠느냐고 묻는 것이오."

고현이 되물었다.

"그러니까 그게 무슨 소리요? 우내십존을 어떻게 제물로 삼는다는 것이오?"

"제물로 삼는다는 게 무슨 소리겠소. 제거한다는 뜻밖에 더 있소?"

고현이 벌떡 일어섰다.

"뭐, 뭣이오?"

말도 안 되는 소리였다.

우내십존을 쓰러트릴 수 있는 자가 없는데 어떻게 우내십존을 죽일 수 있단 말인가!

홀로 독행(獨行)하는 일부를 제외한다면 대부분이 문파나 세가에 기반을 가지고 있는데 어떻게 제거할 수 있단 말인가!

고현이 황당한 얼굴로 되물었다.

"어떻게 그런 일이 있을 수 있단 말이오. 육검문에 그만한 힘이 있단 것이오?"

"본문은 나서지 않을 것이오. 다만 강호 무림 역사상 최고의 살수가 나설 거요."

"살수? 살수로 우내십존을 쓰러트릴 수 있다고?"

석흠이 웃었다.

"그렇소. 정말로 강호 역사상 최고의 살수일 거요."

태상이 인상을 쓰고 말했다.

"빙빙 돌리지 맙시다."

"흐흐흐. 어지간히 놀란 모양이로구만. 그럼 말해 드리리다. 바로 조금 전, 화산의 검성이 우내십존의 제거에 동의하였다는 연락이 들어왔소."

"허?"

"검성, 그라면 충분하지 않겠소이까?"

고현은 물론이고 태상마저도 자신의 귀를 의심했다.

도저히 믿을 수가 없는 말이었다. 고현이 다시 되물었다.

"거, 검성? 화산의 검성이 말이오?"

"그렇소이다."

당황을 감출 수가 없었다.

"헛소리!"

"왜 헛소리라 생각하오?"

석흠이 내내 여유로운 태도로 말했다.

"검성은 본문을 무시하고 장귀도를 조롱하며 크게 분노하였으나 결국은 우리의 제안을 수락할 수밖에 없었소. 검성 역시 다른 핑계는 차치하고서라도 우내십존과 싸울 기회를 내내 바라고 있던 거요. 싸울 수밖에 없는 숙명. 그게 우리처럼 칼끝에 심장을 두고 사는 자들의 존재 이유가 아니겠소이까?"

석흠은 그리 말한 후 큰 소리로 껄껄대며 웃었다. 기를 펼쳐 두어 객잔 안에 소리가 울리지는 않았으나, 지켜보는 고현은 온 세상이 다 울리는 듯 소름이 다 끼쳤다.

"그게 가능할 리가……."

고현이 얼빠진 얼굴로 중얼거렸다.

석흠은 그제야 우위에 섰다는 기분이 들었는지 입가에 슬슬 미소를 지었다.

"자, 과연 그리될지 안 될지는 두고 보면 알 일이고."

석흠이 말을 하면서 탁자 위에 아이 머리통만 한 크기의 주머니를 올려놓았다. 탁자가 약간 가라앉을 정도로 묵직하다.

고현이 주머니를 열어 보니 은자였다. 족히 수백 냥은 되어 보인다.

"그 정도면 초기의 활동 자금으로는 충분할 것이오. 우선은 자리를 잡는 데 최선을 다하시오. 개파대전의 시기는 이쪽에서 적당한 때를 일러 줄 것이오."

귀에 거슬리는 명령조였으나 고현은 그에는 신경도 쓰지 못했다.

"그럼 또 연락하겠소."

석흠이 기의 장막을 거두고 일어났다. 고현이 얼떨떨하게 일어나 마주 포권하며 석흠을 배웅했다.

석흠은 객잔을 나가자마자 순식간에 신법을 쓰며 사라졌다.

그 뒤를 보고 있던 고현이 은자 주머니를 들고 멍하게 말했다.

"태상…… 믿을 수가 없소. 태상이 말한 기회가 이렇게 빨리 찾아올 줄이야…… 본문의 재건이 이렇게 쉽게 찾아올 줄이야……."

"문주."

"태상, 나는 육검문의 뜻과 내 뜻이 이토록 기가 막히게 일치할 거라 생각하지 못했소. 누구나 뜻이 있으면 펼 수 있는 세상…… 거대 문파가 소수를 핍박할 수 없고 개인이 인정을 받는 세상, 그것이 내가 바라던 모습이오."

태상이 고개를 가로저었다.

"문주, 정신 차리시게. 저들의 말은 허울뿐인 허상에 불과하네. 뜬구름 잡는 이상주의도 아닌 그저 궤변일 뿐이라네."

고현이 태상을 이상하다는 눈으로 쳐다보았다.

"그게…… 무슨 말이오?"

"새로운 세상을 위한 변혁은 존재의 변혁을 이루기 전에 사유의 변혁이 선행되어야 하는 것일세. 기존의 틀을 부수고 새로 틀을 만들어야 할 자들의 생각이 전 세대의 틀을 만든 자들과 같다면, 그것은 유지(遺志)를 잇는 것 그 이상도 이하도 아니게 되어 버린다네."

"사유의 변혁……."

"우내십존은 십대문파와 오대세가의 상징적이며 실제적인 가장 큰 권세 그 자체일세. 그들이 스스로 물러난다고 해도 그것은 직속 후예들에게 권력을 대물림하는 것일 뿐이네. 그걸 용납할 수 없어 변혁을 일으키는 것이라면, 적어도 우내십존의 틀을 부수는 것만은 우리의 손에서 이루어져야 하네. 그것이 사유의 변혁에서 시작되는 진정한 변혁의 출발점일세."

고현의 표정이 진지해졌다.

"그렇다면 우내십존인 검성의 손으로 우내십존을…… 이라는 것은 안 된다는 뜻이오?"

"새로운 세상에는 새로운 기치가 필요한 법일세. 아무런 대의도 없이 변혁을 이루어 낸다 한들 그것은 전 세대의 토대 위에 모양만 다른 기둥을 세우는 것일 뿐이네."

"하아……."

고현이 실망한 얼굴로 한숨을 내쉬자 태상이 클클하며 웃었다.

"실망할 것 없네, 문주. 우내십존으로 우내십존을 치겠다는 희한한 발상을 한 저들을 생각해 보시게. 대의도 신념도 없는 저들의 목표가 무엇이겠는가. 혼란 그 자체일세. 저들은 강호에 혼란을 일으키는 것만으로 역할을 다할 뿐일세."

"혼란…… 그것으로 저들이 무슨 이익을 얻을 수 있단 말이오?"

"한낱 꼬리에 불과한 육검문이 무슨 이익을 얻겠는가. 강호가 단결하여 하나가 되는 것을 두려워하는 자들이 있거나, 혹은 또 다른 이유로 혼란이 필요한 자들이 있을 것일 테지. 그들에게는 지금이 혼란을 일으키기에 가장 좋은 시기임이 분명하고."

"그럼 우리는 어떻게 해야 하오? 나는 어떻게 처세를 해야 옳겠소? 육검문의 제안을 거절해야 하오?"

"클클클, 육검문이든 뭐든 아무려면 어떻고? 어차피 우리에게도 혼란은 필요하고, 저들은 혼란을 일으킬 세력이 필요한데. 우리는 저들을 최후까지 이용해 우리가 얻을 수 있는 것을 얻으면 그만이네."

"으음…… 나는 태상만 믿소."

"내가 아니라 자기 자신을 믿으시게. 나는 그저 한 줌 핏물이 되어 사라질 존재일 뿐이니."

고현이 씁쓸하게 웃다가 문득 생각나 물었다.

"참, 그런데 나는 아직도 이해가 가지 않는 게 있소. 도대체 지난번 하오문에 어떤 서찰을 넘겼기에 육검문에서 우리에게 온 것이오?"

"클클, 별것 아닐세. 그저 옛 친구에게 안부도 전할 겸 혼란을 일으킬 구실을 던져 주었네. 소림사를 뒤흔들기 위해서 말이네. 그랬더니 육검문이 왔군. 그것도 엄청난 선물을 들고

서."

고현은 흠칫했다.

소림과 관계가 있는 이들은 소림을 소림이라 가볍게 부르는데, 그렇지 않은 이들은 소림사라고 딱딱하게 부르는 경우가 많다. 지금 소림을 소림사라 부르는 태상은 마치 소림과 전혀 관계가 없어 보이는 사람 같았다.

조금 얼떨떨한 얼굴로 고현이 되물었다.

"태상은 소림사의 사람이었잖소……?"

"나는 역경을 바라네! 강호의 모든 역경이 모든 이에게 더 앞으로 나아갈 수 있는 거름이 되리라 믿네! 혼란이 필요하다면 더 큰 혼란을 던져 쉽사리 극복하지 못하도록 만들고 싶네!"

"하지만 소림사가 그것을 이겨 내지 못한다면……."

태상의 두 눈에서 혈광이 일렁인다.

광기(狂氣).

"역사에서 사라지겠지. 이제껏 그래 왔던 것처럼. 강호의 무수한 무인들과 문파들이 그러했듯이."

"태상……."

고현은 간혹 태상이 무슨 생각을 하는지 알 수가 없었다. 자신이 몸담았던 문파가 약육강식의 경쟁에서 도태되어 무너져도 상관없을 만큼 미운 것일까?

그렇다면 저 광기 사이로 불현듯 보이는 아련함은 누구를 향한 것이란 말인가.

고현은 마음 한 곳에서 느껴지는 불안감을 감추기 위해 작게 헛기침을 했다.

태상이 대수롭지 않다는 듯 말을 돌렸다.

"우리가 신경 써야 할 건 그게 아니네. 아까 삼상비 석흠이 언급한 검성에 대한 이야기를 기억하시는가?"

"기억하오. 검성이 조롱하고 멸시했다는 말 아니오? 나는 검성이 살수가 되었다는 말도 믿기지 않지만 그 얘기도 믿기지가 않소."

태상의 입가에 진한 미소가 맺혔다.

"그러하다네. 내가 아는 윤언강은 속으로는 몰라도 절대 겉으로 불편한 감정을 드러내는 인물이 아닐세."

"그렇다면…… 다른 의도가 있었다는 뜻이오?"

"상대를 조롱하는 게 그냥 재미 삼아 하는 게 아니란 뜻일세. 조롱이라는 건 상대의 판단력을 흐려지게 만들고자 함일세. 그렇다면 왜 검성은 육검문의 장귀도에게 그러한 수작을 걸었겠는가?"

고현은 부끄러워했다.

"난 잘 모르겠소. 아직 배울 게 많구려."

"간단하게 생각하게. 상대의 판단력을 흐리게 한다는 건 자신의 꿍꿍이를 상대가 알아채지 못하도록 방해하기 위함일세. 검성은 이번 일로 얻고자 하는 바를 명확히 가지고 있음에 분명하네. 화산파의 현판에 먹물을 뿌리는 행위임에도 불구하고 스스로 실수를 자처한 이유가. 그리고 아마도 육검문이 알아채지 못한 그것이, 앞으로 벌어질 일련의 사건들을 더욱 위험하게 만들 것임에 틀림없네."

태상의 입가에 미소가 맺힌다.

고현은 감탄했다.

과연 윤언강, 심계가 깊은 자다.

"정말 재미있군! 정말 재미있어!"

태상이 괴기한 목소리로 마구 웃었다.

"크크크큭, 크카칵."

졸고 있던 점소이가 깜짝 놀라 깼고, 그 모습을 본 고현은 고개만 절레절레 흔들 따름이었다.

*　　*　　*

장건은 동이 채 트기도 전에 속가제자들의 숙소를 나왔다.

밤새 소왕무와 대팔을 비롯한 아이들이 장건에게 '여자' 얘기를 해 달라며 난리를 쳤지만 장건은 해 줄 얘기가 없었다. 무슨 일이 있었어야 얘기를 할 게 아닌가? 장건은 오히려 아이들끼리 하는 온갖 야한 얘기를 듣고 있어야 하는 처지였다.

하지만 대부분 어린 나이에 들어온 애들이 많아서 그 얘기

또한 주로 상상에 가까운 것들이었다. 그렇게 새벽까지 수다를 떨다가 순라를 돌던 사형에게 혼나 겨우 잠이 들었고, 장건은 자는 둥 마는 둥 하다가 밖으로 나온 것이다.

"휴."

장건은 가볍게 한숨을 내쉬고 기지개를 켰다. 머리가 복잡해서 좀체 잠을 잘 수가 없었다.

진산식이라는 강호 무림의 거대한 행사를 장건이 피부로 느낄 만큼 잘 아는 것도 아니다. 그러나 굉목의 일도 그렇고 도독부의 일도 아직 해결된 게 아니다. 그러한 일들이 진산식을 기점으로 어떻게 해결될지가 불안하기만 하다.

그런데 정말 장건 스스로도 어이없어 하는 건 그것들만큼이나 장건의 정신을 쏙 빼놓는 일이 있다는 점이다.

바로 무공이다.

원호가 알려 준 무학의 이론들은 장건에게는 새로운 세상 그 이상이었다. 특히나 비은에 관한 얘기는 장건의 마음을 온통 빼앗아 갔다.

원호는 자신의 몸으로 직접 기의 가닥을 파훼하여 그것을 증명했다.

─혹시나 네가 할 수 있는 최선이 지금 이것이고 또 앞으로 갈 길이 여기에 있다고 생각한다면, 그건 매우 잘못된 생각이라고 말해 주고 싶구나.

원호의 말이었다.

그러니까 기의 가닥을 쓰는 게 잘못되진 않았어도 그것이 최종 목표는 아니라는 뜻이다.

기의 가닥이 검성의 공명검에 닮아 있다고 생각했던 장건으로서는 다소 실망스러운 말이었다.

한데 생각해 보니 이건 오황이 알려 준 방법이지 않은가. 직접 알려 준 건 아니지만 왠지 모르게 부끄러운 책을 통해서……

장건이 뾰루퉁한 얼굴로 투덜거렸다.

"진짜 오황 할아버지는 자기가 더 부자연스러운 걸 모른다니까. 쳇. 이상한 거나 가르쳐 주고."

장건은 딱히 할 일이 없어서 작은 전각의 기둥 아래 계단에 앉았다.

주변을 둘러보니 햇불과 등이 곳곳에 켜져 있다. 곳곳에 매단 색색의 연등이 환하게 밝혀져 있어 경내는 대낮처럼 환하다. 이른 새벽임에도 경내엔 몇몇 일꾼들이 분주히 움직이며 마무리에 열중하고 있는 모습이 보인다.

"일이나 도울까?"

무언가에 몰두하지 않고 가만히 있으면 안절부절못하게 되는 장건이다. 장건은 청소라도 돕기로 하고 계단에서 일어났다.

"어?"

장건은 잠깐 멈칫했다.

그리고 얼마 지나지 않아서 장건의 앞을 스윽 가로막는 이가 있었다.

"아서라."

횃불에 비친 얼굴은 장건이 익히 아는 얼굴이었다. 장건은 반가움에 소리쳤다.

"불목하니 할아버지!"

문원이 빗자루를 들고 장건의 앞에 나타난 것이다. 문원은 장건이 반기는 게 싫지 않았는지 히죽 웃었다.

"에라이, 괴물 같은 녀석아. 내가 오기도 전부터 올 줄 알고 기다린 게냐?"

"주위가 조용할 때는 좀 알겠는데 사람이 많으면 잘 몰라요, 헤헤."

"흐미…… 큰일이구나. 나는 숨어 다니는 게 취미인데. 앞으론 널 피하려 사람들 많은 데로 숨어야겠다."

"뭐 하러 피하세요. 그냥 지금처럼 만나 뵈면 되는데. 그나저나 정말 오랜만에 뵙네요."

"응, 그렇구나. 나 하나도 안 늙었지?"

"에이, 그렇게 오래는 안 됐어요."

장건이 인사를 나누고 물었다.

"아참? 할아버지, 왜 저한테 아서라고 그러셨어요?"

"응? 멀리서 보니까 너 뭐 하려는 거 같아서."

"청소라도 돕게요. 잠도 안 오는데."

"그니까 하지 마. 네가 청소하면 내가 어지럽혀야 돼서 귀찮아."

"네?"

문원이 말을 하고는 아이처럼 푸히히 하고 웃었다.

"아니다. 근데 있잖냐."

돌연 문원이 빗자루로 장건의 머리를 때렸다.

쉭!

가뜩이나 매섭고 빠른데 횃불의 그림자에까지 숨긴 기습적인 공격이었다.

그러나 크게 공력이 깃들지 않은 빗자루의 끝은 장건의 머리 한 뼘쯤 위에서 그냥 멈춰 있을 따름이었다.

장건이 볼을 부풀렸다.

"이젠 할아버지까지 이러실 거예요? 도대체 사람을 만나도 편하게 마음을 놓을 수가 없다니까요. 아, 이거 자꾸 하면 안 되는데. 나도 모르게 하게 되네."

"우와아."

탄성을 내 문원이 빗자루를 거두었다.

장건은 움직이지도 않았다. 그렇다고 호신기공을 일으킨 것도 아니었다. 또 다른 힘이 빗자루를 가로막은 것이다.

"그거 뭐니?"

"뭐가요?"

"어떻게 막은 거야?"

사실은 문원도 낮에 장건의 희한한 수법을 보고 그게 궁금하던 차였다. 바로 앞에서 자세히 보고 싶어서 안달이 나 있었다.

"알려 주라. 내 딴 사람에겐 말하지 않을게."

"막은 건 아니고…… 그냥 잡은 건데요."

"잡았다고? 그럼 능공섭물이야? 거짓말하네. 야, 내가 능공섭물로는 막기 어려운 딱 그만큼의 공력을 썼거든?"

"기의 가닥을 손처럼 써서 막는 거예요."

장건에게 있어서는 그게 딱히 숨기거나 할 일이 아니었다. 장건은 기의 가닥 한 개를 뽑아내서 바닥에 있던 작은 돌멩이 하나를 들었다. 그러고는 위로 던졌다 받았다를 몇 번 해 보였다.

아무것도 없는 허공에서 돌멩이가 위로 던져졌다가 툭 떨어졌다가를 반복한다.

능공섭물로 돌멩이를 위아래로 흔드는 것과는 확실히 다른 양상이다.

문원은 다시 한 번 탄성을 질렀다. 멀리서 본 것과 달리 눈앞에서 보니 분명히 느낄 수가 있었다.

"와아…… 무슨 장력을 그렇게 운용하니? 그게 되는 건가? 진짜 팔 하나가 더 생긴 것 같네."

장건이 한숨을 쉬었다.

"휴우, 그러면 뭐해요. 이게 좋은 게 아니래요."

"그렇지. 거기에 안주하면 그건 좋지 않지. 너보다 내공이 깊은 사람을 만나면, 뭐, 어렵지."

"그래서 어떻게 해야 할지 모르겠어요. 가급적 이걸 안 쓰려고 해도 자꾸만 나도 모르게 쓰게 돼요. 몸을 같이 움직여야 한다는데 그게 안 돼요."

긁적긁적.

장건의 뒷머리가 불쑥거리고 움직인다. 기의 가닥이라는 것으로 긁는 모양이다.

그걸 본 문원의 눈이 휑해진다. 안 쓰려고 해도 안 되는 이유는 그걸 수족처럼 쓰고 있으니 그런 것일 게다. 멀쩡한 사람한테 '너 오른팔 움직이지 마!'라고 해도 인식하지 못하는 사이에 움직이게 되듯이.

"그렇겠지."

"할아버지가 보시기에도 그래요?"

지금 보이는 게 그렇다, 라고 말하려던 문원이 말을 바꿨다.

"사실 그것만으로도 대단하긴 한데, 문제는 네가 기의 가닥에만 의존한다는 거야. 그러다 보니 정작 필요할 때는 도움이 안 되는 거지."

장건이 고개를 끄덕였다.

몇 번을 꼬아서 탄력으로 더 큰 힘을 얻는다든가 해도 결국 기의 가닥은 기 자체일 뿐이었다. 상대가 공기 중에 진동만 일으켜도 기 자체가 불안정해져서 흩어지고 만다. 아무래도 직접 몸을 비틀어서 낸 경력과는 차이가 있었다.

"어차피 일 년만 있으면 집으로 돌아갈 건데 무공이 무슨 소용인가 싶긴 하거든요. 근데요, 자꾸만 이걸 해결하고 싶은 거예요. 생각이 온통 거기에만 쏠려서 다른 걸 할 수가 없어요."

"쩝."

문원이 어찌 그 마음을 모를까. 아무리 무인이 아니라고 겉으로 박박 우겨 봐야 무공에의 깨달음, 각성…… 거기에서 오는 성취감과 환희는 도저히 다른 것에 비할 바가 아니니 말이다.

"혹시 말이다."

장건이 기운 없이 문원을 쳐다보았다.

"이조암(二祖庵)에 가 본 적 있니?"

탑림을 지나서 봉우리 하나를 올라가면 나오는 작은 암자다. 스스로 한 팔을 잘랐다는 혜가 조사가 기거하던 곳이다.

"가 본 적은 없어요."

"나중에 시간 날 때 거기에 한번 가 보렴."

"이조암에 뭐가 있는데요?"

"돌."

"네?"

"그러니까 그냥 돌 있잖아, 큰 돌."

"바위요?"

"응."

문원이 양팔을 크게 벌려서 원을 그려 보였다.

"이조암의 뒤뜰을 지나서 좀 더 꼭대기로 올라가다 보면 여기 본사의 전경이 다 내려다보이는 데가 있거든. 거기에 이따만 한 바위가 있어."

"……?"

"시커먼데 불그스름하기도 해서 석양에 비치면 새빨간 피가 흐르는 것처럼 보이기도 하는, 뭐 그런 바위야. 그런데 이 바위가 엄청 단단해서 어지간한 장력에도 부서지질 않아. 칼로 긁어도 생채기도 안 날 정도거든."

"그래요?"

"응. 그래서 장력을 마음껏 날리면서 화풀이할 때도 쓰고…… 가끔 자신의 실력이 어디까지인가 확인해 볼 때도 쓰고 그래."

"어떻게 확인하는데요?"

"이제껏 그 바위에 손자국을 낸 사람이 손에 꼽히거든. 가장 최근에는 문각 사혀…… 아니, 선사께서 손자국을 냈다고 하셨지."

"헤에?"

문원은 옛 추억이 떠올랐는지 잠깐 말을 멈추었다가 계속했다.

"손바닥 자국을 뚜렷하게 낼 수 있으면 더 이상 소림에서 배울 게 없다, 라고 할 정도야. 대부분은 흔적만 내는 데 그친다고들 해."

장건이 생각에 잠기는 것을 보며 문원이 말했다.

"거기에 가 보면 알 거야. 버리면 얻는다는 걸. 그리고 네가 거기에서 무얼 버리고 뭘 얻게 될지 몰라도, 적어도 그 바위에 조금의 흔적이라도 낼 수 있으면…… 그땐 더 이상 지금의 문제로 고민하지 않아도 될 거라고 봐."

"새빨간 피가 흐르는 것처럼 보이는 시커먼 바위……."

"그 바위에 네가 어떠한 자국이든 낼 수 있도록 노력하다 보면 지금의 안 좋은 습관도 저절로 고쳐지지 않을까?"

"가 보고 싶어요!"

장건이 열망 가득한 눈으로 문원을 쳐다보았다. 문원이 손을 휘휘 내저었다.

"에이, 이따가 진산식 하는데? 그래도 소림의 제자인데 제자로서 할 도리는 지켜야지."

"아, 그렇죠. 후아…… 진산식이 끝나면 나중에 가 봐야겠네요."

그러나 장건은 안절부절못하다가 갑자기 무언가를 결심했는지 눈을 번쩍거렸다.

"아무래도 안 되겠어요."

"으, 응?"

괜한 말을 했나 싶어 문원이 흠칫 놀랐다.

"왜, 왜 그러니?"

"뭐라도 하지 않으면 못 참을 것 같아요. 할아버지, 그럼 나중에 뵈어요. 전 저분들 일이라도 도와야겠어요."

장건이 꾸벅 합장을 하고는 일꾼들 쪽으로 달려간다.

뒤에 서 있던 문원은 빗자루를 등에 지고 머리를 긁었다.

"안 하는 게 좋을 텐데…… 에이, 나도 모르겠다."

* * *

그건 흡사 번뇌에 찬 며느리가 빨래가 해져라 다듬잇방망이를 두드리는 것과 같았다.

조금 다른 게 있다면 며느리는 손이 두 개인데, 장건은 일단 네 개는 확보하고 있다는 정도다.

파파파팟!

사람은 잘 안 보이고 빗자루만 다섯 개가 마구 움직인다. 빗자루를 움직여 바닥을 쓰는 속도도 가공할 만한데, 사람이 움직이는 속도 또한 눈으로 좇기 어려웠다.

"으……."

일꾼들은 마른침만 삼켰다.

순식간에 천웅전의 앞마당 먼지와 잡초, 보수 공사를 하고 남은 쓰레기들이 소멸되어 간다. 뭘 어떻게 하는지 온갖 쓰레기가 한쪽에 수북하게 쌓여 가고 있다.

"이것 좀 부탁드릴게요!"

장건의 말에 일꾼들은 그저 고개만 끄덕일 뿐이다. 그네들이 할 일이라고는 모아 놓은 쓰레기 더미를 가져다 버리는 일이다. 그러나 그 일을 하기도 전에 보고 놀라는 동안 벌써 마당 청소가 끝났다.

빗자루 네 개를 허공에 둥둥 띄워 놓고 하나는 양손으로 든 장건이 자리를 뜨려다가 문득 천웅전 전각을 쳐다보았다.

"흐…… 음?"

기둥과 벽면과 지붕의 기와를 훑는 그 매서운 눈초리가 매우 불안하기 짝이 없다.

지난번 장건이 일을 끝내지 못했던 크고 작은 탑들에도 시선이 옮겨 가고 있다. 공중을 쭉 가로질러 매단 연등이 머리 위에서 환하게 색색의 빛을 밝히는 것도 못마땅한 눈으로 올려다본다.

"흐으응……?"

일꾼들은 조마조마하게 장건을 지켜보았다.

"별 희한한 무공이 다 있구먼…… 소림사에서는 요리도 무공으로 한다더니……."

누군가의 말에 일꾼들 모두가 같은 마음으로 고개를 끄덕였다.

  그런데 왠지 자꾸만 몸이 움츠러들고 죄어드는 듯한 기분이 들고 있었다. 추워서 몸이 오싹하니 오그라드는 그런 느낌이 들어서 참기가 쉽지 않았다.

  "빨리 치우고 가세. 며칠 밤을 새워서 그런가…… 날도 풀렸는데 웬 오한이지. 난 더 있기가 힘드네."

  "그래, 얼른 치우고 돌아가세. 나도 좀 몸이 안 좋네."

  일꾼들은 이상하게 찜찜한 기분을 느끼며 움직이기 시작했다.

  어느새 슬슬 동이 트고 있었다.

  진산식의 아침이…….

제2장

진산식

완연히 날이 밝았다.

소림의 진산식이 있는 날.

강호의 새 역사가 쓰이는 기점이라는 것이 믿어지지 않을 만큼 고요하고 조용한 아침이었다.

그러나 그 역사의 아침에 희한한 짓이 벌어지고 있었다. 남들이 보면 미쳤다고 할 행동이었다.

슥, 슥.

두툼한 자루를 든 무 자 배의 승려 둘이 소림의 입주문 앞, 긴 계단을 내려오면서 자루 안의 내용물을 계단에 뿌린다.

평범한 흙, 썩은 낙엽, 부스러진 나뭇가지, 자잘한 돌 부스러기들.

자루 안에 들어 있는 건 그게 다.

사형제지간인 무오와 무경, 둘은 입맛을 쩝 하고 다셨다.

소림의 첫 관문이라고 할 수 있는 일주문, 그것도 대행사인 진산식에 깨끗이 청소를 해도 모자랄 마당에 오히려 더럽히고 있는 것이다.

"사형, 우리가 무슨 짓을 하고 있는 겁니까?"

무경의 되물음에 무오가 고개를 좌우로 흔들었다.

"사숙께서 시켰는데 해야지, 안 할 거냐?"

"살다 살다 정말 별짓을 다 해 봅니다. 새벽에 눈뜨자마자 다들 동원돼서 청소…… 아니, 난장판을 만들고 있잖아요. 아니, 도대체 그 녀석은 언제 여길 다 이렇게 만든 거죠?"

무경이 산문에서부터 쭉 이어진 계단을 보며 기가 막힌다는 표정을 지었다.

번쩍번쩍.

네모난 돌을 쌓아 만든 계단에서 빛이 난다…….

무슨 놈의 계단이 번들거리면서 광이 난단 말인가!

어찌나 깔끔한지 바람에 날려 온 잎사귀 하나라도 살포시 계단에 올라가 있으면 백 보 거리에서도 눈에 들어올 정도로 거슬리는 것이다!

"으으……."

그리고 이런 청결에 당연히 뒤따르는 건 각 맞춤이다. 계단의 각이 딱딱 맞춰져 있어서 가만히 보고 있으면 답답해 미칠 것 같아지는 건 덤이다.

"사백 한 분이 잠깐 나와서 보셨는데, 빗자루를 네댓 개를 들고 이기어검을……."

"네? 이기어검이요?"

"말이 그렇다는 거지. 아무튼 빗자루에 검기가 있어서 돌이고 흙이고 막 싹싹 다듬어지더라고 하시더군."

장건이 무시무시하게 결벽에 가까운 짓을 한다는 건 익히 알고 있는 사실이다. 그러나 실제로 보니 이건 보통 갑갑한 일이 아니었다. 눈동자를 돌려서 외면하려 해도 왠지 모르게 심장이 조여 오는 그런 느낌이다.

오죽하면 흙과 부스러기들을 흩뿌릴 때 알 수 없는 쾌감까지 느껴진다. 소복이 쌓인 새하얀 첫눈 위에 발자국을 내는 듯한 통쾌함이다. 더럽히는 데에 쾌감을 느끼니 사람의 마음이 원래 악한 것이었던가 하는 자괴감도 든다.

하지만 그 감정을 잠깐 느낀 후에도 여전히 다른 곳에 남아 있는 깨끗한 현장, 더러움과 무질서가 멸절되어 있는 기막힌 광경을 보면 이유 없는 무기력함마저 생기는 것이었다.

"여긴 그렇다 치고 저 안에는 어쩌냐?"

일주문의 계단이야 좀 어지럽히면 그만인데 안쪽의 연등이나 전각은 어떻게 손도 대지 못하는 중이었다. 연등 줄도 쫙쫙 맞춰 다시 매 놔서 기분이 굉장히 오싹했다.

무경이 먼저 자루를 내려 두고 허리를 폈다.

"에라, 모르겠다. 사형, 이제 그만할까요? 슬슬 식을 시작할 때도 되었고."

무오가 한숨을 내쉬었다.

"그러지. 이런다고 누가 올 사람도 없잖아. 속가에 있던 사백숙들과 속가 분들도 어제 다 들어오셨고."

"그렇죠."

무경도 씁쓸한 눈으로 산 아래 안개 가득한 풍경을 쳐다보았다.

정말로 오는 사람이 없다. 소림의 진산식에 이처럼 사람이 없던 적이 있었던가 싶을 정도다.

당장 굉운 때만 해도 강호 무림의 대축제라며 비무 대회도 열고 온갖 뜨내기들마저 다 찾아오곤 했었다.

그러나 어제까지 소림에 찾아온 하객은 고작 백여 명도 되지 않았다. 개인적으로 찾아온 무인들도 있었고 몇몇 문파나 세가의 사람도 있었지만, 겨우 그게 다였다.

억지로 변명을 한다면, 무인들이 잔뜩 들어왔다가 우르르 몰려 나간 지 얼마 되지 않아서일 수도 있다.

고수들이야 하루에 천릿길도 왔다 갔다 한다지만 보통의 무인들이야 어디 그러하겠는가. 여식들마저 데리고 찾아왔던 터이니 아직 집이나 문파로 돌아가지 못한 이들도 상당수 있을 것이다.

그러나 사실 소림과 한바탕 싸움을 하고 나간 입장에서 진산식이라고 다시 또 발길을 돌려 온다는 것도 꽤 겸연쩍은 일이었다.

거기다 거대 문파들이 소림의 갑작스러운 진산식 결정에 반발하여 불참을 선언한 것도 큰 영향을 끼쳤다. 기껏 진산식에 오겠다던 중소 문파의 하객들도 그 얘기를 듣고 고민 끝에 다시 되돌아갔다고 했다.

시끌벅적해야 할 산사(山寺)가 조용하기 이를 데 없는 이유다. 그리고 이것이 당금의 강호 무림에서 소림의 위치를 적나라하게 보여 주는 상황일 터다.

"휴우."

무경은 한숨을 푹 내쉬었다.

"쓸쓸한 진산식이 되겠군요."

"뭐…… 어쩔 수 없지. 그건 우리가 어떻게 할 수 없는 일이니까. 그만 돌아가자."

"예……."

무경은 자루의 입구를 동여매고 어깨에 걸쳐 올라갈 준비를 했다.

무슨 생각이 들어서였을까? 무경은 계단 아래 산 밑을 아련한 눈으로 한 번 더 쳐다보았다. 안개만 자욱해 계단의 끝도 잘 보이지도 않는데 아쉬움이 남아 쉽사리 자리를 벗어날 수가 없었다.

그런데 그때.

"응?"

무경은 안개 속에 무언가 꾸물거리는 것을 보았다. 눈을 몇 번이나 비비고 보아도 안개가 자꾸만 꿈틀대는 듯한 착각이 들었다.

"저…… 사형?"

"왜?"

"저기…… 저게 뭐죠?"

"뭐가?"

"뭔가가 보이는 거 같은데요……."

"보이긴 뭐가, 올 사람이 없……."

무오가 눈살을 찌푸리면서 귀찮다는 얼굴로 무경이 가리키는 곳을 쳐다보았다.

하지만 곧 무오도 무경처럼 놀라서 입을 떡 벌렸다.

"저, 저게 뭐, 뭐지!"

안개 속에서 꾸물거리는 것.

그것은 사람…… 아니, 사람들이었다.

올라오는 게 워낙 느려서 자세히 알아보는 데까지는 꽤나 시간이 걸렸지만, 무오와 무경은 호기심 때문에라도 자리를 쉽사리 떠날 수가 없었다.

안개를 뚫고 소림의 긴 계단을 올라오는 이는 한둘이 아니었다. 대충 보이는 사람만 수십 명이 넘었다.

그런데 더 놀라운 건 그들이 무인이 아니라는 점이었다.

남자도 있고 여자도 있었다.

어린아이도 있고 나이든 노인들도 있었다.

옷을 잘 입은 이도 있었지만, 다 해진 옷을 겨우 기워 입은 가난한 이들이 더 많았다.

그냥 소림을 찾아온 게 아니었다.

저마다 손에 무언가를 들고 있었다.

비단 한 필부터 시작해서 붓을 만드는 데 쓰는 동물의 털이라든가, 하다못해 짚신이며…… 곡식이 한 줌 정도 들었을까 한 작은 헝겊 주머니, 무 한 개, 배추 한 통, 감자 몇 알…….

소박하지만 빈손은 없었다.

저마다 최대한의 성의로 공양을 준비한 것이다.

그런 이들이 줄지어 올라오고 있었다.

"어, 어떻게 이런 일이……."

무오와 무경은 멍하니 사람들의 행렬을 지켜보았다.

행렬은 끊어질 듯 끊어질 듯 끊이지 않고 계속해서 이어졌다. 수가 늘었으면 늘었지 줄지 않는다.

무오와 무경은 도저히 자리를 뜰 수 없었다. 이 기이한 현상을 어떻게 이해해야 할지 몰랐다.

"이그, 이게 뭐여?"

"몰러. 이거 밟고 가도 되는 거여?"

"스님들이 깨끗이 다 치워 두신 건데 우리 같은 놈들이 더럽히면 되겠어? 옆으로 붙어 가."

진산식 69

가장 선두에 있던 허름한 옷의 중년 부부가 매우 조심스럽게 가장자리만 밟으며 계단을 오르고 있었다. 반질거리는 계단에 발자국을 찍는 것만으로도 큰 부담인 듯싶었다.

무오가 얼떨떨한 얼굴로 외쳤다.

"그, 그냥 올라오시면 됩니다! 그냥 올라오세요!"

그 말에도 중년 부부와 그 뒤를 오르는 방문객들은 쉽사리 오르지 못했다.

무경이 아무래도 희한하여 직접 내려가 합장을 하고는 물었다.

"저…… 이게 어떻게 된 일입니까? 시, 시주들께서는 어디서 오시는 길이십니까?"

중년 부부 중에 남편이 어색하게 웃으면서 합장을 했다.

"나무아미타불. 저희는 의양에서 왔습니다요."

"예? 의양이요?"

무인들에게는 그리 먼 거리가 아닌데 보통 사람은 산 두 개를 넘어야 하니 꼬박 이틀은 와야 할 거다.

"아, 저희 부부는 사실 매년 소림사에서 베푼 구휼미를 받고 겨우 살았습니다. 소림사에 늘 고마움을 안고 살았는데…… 먹고사는 게 바쁘다 보니 한번 온다 하면서도 와 보질 못했습니다요. 그런데 저희를 그렇게 돌봐 주신 주지 스님께서 물러나신다고 하니 사람이 그래도 은혜를 아는데 죽기 전에는 와 봐야 할 것 같아서 오게 됐지요."

"그럼 개인적으로 오신 거란 말입니까?"

"예, 그렇습니다."

기미 가득한 아낙이 옆에서 공손하게 말을 거든다.

"죄송해요. 공양이라고 준비는 했지만 영 변변치 못해서……."

부인이 내민 것은 곡식이 담긴 작은 헝겊 자루다. 양은 얼마 안 되지만 이 겨울에 그들에게는 얼마나 소중한 식량이겠는가.

"아……."

울컥.

무경은 눈시울이 뜨거워져서 자기도 모르게 고개를 숙였다.

아낙이 내미는 자루를 덜덜 떨리는 손으로 잡았다가 떨어트릴 뻔했다. 아낙이 단단히 그의 손에 쥐어 주는데 그마저도 겨우 잡았다.

"쯧쯧. 이보게, 지금 올라오는 사람이 한둘이 아닌데 여기서 그걸 쥐여 드리면 어쩌겠다는 거야? 계단 한가운데에 쌓아 놓을 일 있어?"

무경이 고개를 들어 보니 늙수그레하지만 힘찬 음성으로 노부인이 아낙을 나무라고 있었다.

"저어기 올라가면 다 놓는 데가 있어. 그러니까 괜히 스님 괴롭히지 말고 얼른 자네가 들어."

"에구머니, 그렇구만요. 저흰 오늘 처음 와 봐서요."

아낙이 다시 자루를 가져가고 미안하다는 표정을 지어 보인다. 그 순박한 표정에 무경은 다시 가슴에 울컥하고 감정이 차올랐다.

"아무리 그래도 처자가 함부로 손을 잡고 그러니까 젊은 스님께서 머리까지 다 빨개지셨잖은가. 이그그."

무경이 황망하여 머리를 가렸다.

"아, 아닙니다. 아니, 그게 아니고…… 죄송합니다."

노부인이 웃으면서 말했다.

"뭐가 어때서. 스님이 미안해할 일이 뭐가 있어. 나도 남편하고 사별한 후로 소림사에 자주 왔지만 소림사에 빚만 졌지, 내가 해 준 건 없는걸."

"고맙습니다……."

"고맙긴."

그 옆으로 지나가던 노인이 지나가면서 대화에 끼어들었다.

"난 사실 지난번 소림사에 와서 갑자기 중독이 되어 가지고 이제 죽는구나…… 했어요. 그런데 웬걸? 소림사에서 약을 지어 주는 걸 먹었는데 그때부터 더 튼튼해져서 계단도 잘 걷고, 잔병치레도 안 하게 됐어. 내 나이에 지팡이도 안 짚고 다니는 사람이 나밖에 없어요."

말하는 노인의 얼굴에는 검버섯이 잔뜩 피었는데 눈에는

생기가 완연하다.

　노부인이 혀를 차면서 맞장구를 쳤다.

　"부럽구려. 나는 하필 또 그땐 안 왔지 뭐요."

　"나도 내가 들은 얘기가 맞는가 놀랐다오. 소림사에서 우리 같은 무지렁이들을 위해서 그 귀하다는 대환단과 소환단에 각종 영약을 다 썼다는 거 아니오. 아! 대놓고 말해서 소림사가 아니면 누가 우리 같은 것들에게 그러나 신경을 써 주오?"

　노인의 우렁찬 목소리에 뒤쪽에 올라오던 이들이 죄다 '맞소! 맞소!'를 연호했다.

　한 초로의 노인이 뒤에서 감정이 격한 목소리로 말했다.

　"솔직히 나는 몇 년 동안 소림사에서 나오는 구휼미의 양이 줄어서 소림사를 욕했던 사람이요. 그런데 알고 보니 소림사가 똥구멍이 찢어질 정도로 궁핍해졌는데도 구휼을 멈추지 않았던 거요. 젠장, 나 같은 놈은 고마움도 모르고…… 그냥 죽어야지 하면서도 소림사 덕분에 겨우 연명하고 있었는데 어떻게 죽겠수. 고맙고 미안하다는 말은 하고 죽어야겠기에 내 표성에서부터 보름을 걸어왔수다. 인사드리면 다시 가서 죽으려고."

　뒤에서 와하하 하고 웃음소리가 들려온다. 초로의 노인이 한 말에 모두가 공감한다며 웃고 고개를 끄덕인다.

　다른 중년의 남자가 굵직한 목소리로 말했다.

진산식 73

"저도 그랬습니다. 한 팔구 년 됐던가요?"

다른 사람들이 맞장구를 쳤다.

"그러게. 대체 뭔 일이었을까요. 딱히 흉년이 들었던 것도 아니었는데."

"뭐, 우리가 모르는 이유가 있지 않았겠수?"

"맞아요. 그게 뭐 중요합니까. 그런 상황에서도 베풀기를 멈추지 않았으니 저흰 정말 감사할 따름이지요."

"나라님보다 낫습디다."

"맞소, 맞소. 인세에 부처가 있다면 바로 소림사지요."

그때 한 남자가 성이 난 목소리로 외쳤다.

"그런데 그런 소림에 온갖 못된 핑계를 대고 모함하려는 나쁜 것들이 다 있다고 하더이다! 에이! 그런 놈들이야 오라고 사정해도 안 올 테고, 우리라도 와야지! 안 그렇소?"

사람들이 모두 그의 말이 옳다며 함께 소리를 치고 박수를 쳤다.

그제야 무오와 무경은 알았다.

이 사람들이 어떻게 모이게 되었는지를.

누가 강제로 시킨 것도 아닌데 모두가 자발적으로 소림의 진산식에 한마음이 되어 찾아온 이유를.

이것이야말로 굉운이 지난 수십 년간 소림의 방장으로서 쌓아 온 무형의 덕이었던 것이다.

사찰이면서 동시에 무림 문파일 수밖에 없는 소림사.

굉운은 무림 문파로서의 소림사를 세우지는 못했으나 적어도 다른 방면에서만큼은 자신의 할 일을 해냈고, 지금 소림사는 그 결실을 맺고 있는 중이었다.

무오는 마구 끓어올라 터질 것 같은 감정을 억누르고 무경에게 소리쳤다.

"사제! 당장 뛰어 올라가서 귀한 손님들이 많이 오셨으니까 빨리 준비해야 한다고 전해! 얼른!"

무경도 눈물을 훔치면서 큰 목소리로 대답했다.

"네, 사형! 귀한 분들께서 많이 찾아 주셨으니까 준비 단단히 해야 한다고 전하겠습니다! 많이, 아주 많이요!"

제갈동교는 제갈가의 대표로 왔다. 제갈가는 무가도 아니고 위세가 크지 않아서 사실 소림사를 방문하기에 어려운 처지다. 가뜩이나 세가 연합인 팔대세가에서 밀려난 후 남궁가에서 눈을 부라리는 참이다.

전 가주인 제갈립까지 병석에 누워서 우환이 이만저만이 아니다. 그러나 오지 않을 수가 없었다. 제갈영이 가출해서 소림사 인근에 와 있기 때문이었다.

"참…… 뵙기 무안합니다."

제갈동교의 말에 제갈립의 친우인 굉충이 너털웃음을 터트렸다.

"괜찮네. 우리야 딱히 신경 쓰는 것도 없는걸."

"그래도 말만 한 처녀가 사찰 앞에 와 죽치고 있으니 어찌 부끄럽지 않겠습니까. 진작 데려갔어야 했는데 그게 참……."

제갈영의 행동이 과한 감은 있으나 어차피 무림에서 기가 센 여장부가 없는 것도 아니고, 이왕이면 장건과 잘되기를 바란 제갈가이기도 했다.

"허허, 우리야 어떤 이유에서든 제갈가에서 이렇게 와 준 것만으로도 고마워해야 할 처지이니 말일세. 덕분에 백리가와 양가장에서도 사람을 보냈더구만."

"솔직히 말씀드려서 질녀가 아니었다면 저희도 움직이기 쉽지 않았을 것입니다. 요즘 정세가 하도 뒤숭숭하여 저희도 굉장히 우려하고 있습니다. 진산식의 봉행이 잘 끝나더라도 각별히 주의하시는 게 좋겠습니다."

백의전주인 굉충도 정보를 다루고 제갈가는 시류를 읽는 데 능하다. 그런 제갈가에서 조심하란 말이 나왔으니 굉충도 충분히 알아듣고 고개를 끄덕였다.

"그래서 우리도 진산식이 끝나는 대로 최대한 빨리 조직을 개편하려 한다네."

"필요한 게 있다면 저희도 얼마든지 돕겠습니다."

"고맙네."

그때 밖에서 나한승이 소식을 알려 왔다.

"급보입니다! 얼른 나와 보십시오!"

"음?"

목소리가 다급하긴 한데 전혀 위기를 알리는 목소리가 아니라서 굉충이나 제갈동교나 둘 다 의아하게 생각했다.

"뭣이?"

일주문에서부터 전해진 소식은 소림사 전체를 들썩이게 만들었다.

적어도 천 명 이상의 향객이 소림으로 올라오고 있으며 그 수가 더욱더 불어나고 있다는 소식이었다.

원호는 믿어지지 않는다는 눈으로 나한승을 쳐다보았다.

"내가 들은 그 말이 맞는 게냐?"

"그렇습니다."

"허어!"

손님도 없어 적막한 소림만의 행사가 될 뻔했던 진산식이었다. 그런데 뜻밖에도 무인들이 아닌 보통의 민초들이 소림을 찾아 준 것이다.

어떠한 손익 계산도 없이 그야말로 소림을 위한 순수한 마음으로 축하하기 위해 말이다.

그동안 강호의 무림 문파들에 쉼 없이 핍박을 당해 왔기 때문인지 감동은 더 컸다.

원호는 벅찬 심정을 주체하지 못해 연신 염주를 굴렸다.

"정말로…… 정말로 본사를 지켜 주는 이들은 따로 있었구나. 내 결코 오늘의 일을 잊지 않을 것이야……."

소림이기에 가능했던, 방장인 굉운이 있었기에 가능한 사건이다.

원호는 격앙된…… 하지만 기쁨으로 떨리는 목소리를 감추지 못하며 나한승에게 외쳐 명했다.

"본사의 모든 자원을 총동원하여 손님을 맞이하도록 하라! 곳간을 바닥까지 긁어서라도 손님맞이에 소홀함이 없도록 하여라!"

적막하던 산사는 어느새 활기로 가득해졌다. 급하게 나와 향객들을 맞는 승려들의 얼굴에도 환하게 미소가 피었다. 경내 이곳저곳에서 밝은 불호 소리가 청량하게 들려온다.

장건도 다른 속가제자들과 함께 깨끗한 승복을 갖춰 입고 나와 줄을 서서 안내하고 있었다.

대팔이가 코를 훌쩍거리면서 말했다.

"난 진짜 사람 한 명도 없이 진산식해서 완전 쪽팔릴 줄 알았는데."

소왕무가 손님들을 향해 고개를 꾸벅 숙이고 불호를 외친 후에 대팔이를 보고 대꾸했다.

"마, 이게 다 우리 소림이 쌓은 공덕 때문이지. 그동안 얼마나 말이 많았냐. 그 목숨 같은 대환단이며 소환단을 다 쓸어 넣고 약재도 완전 다 털었잖아. 당가도 털리긴 했지만."

"히히, 나는 그거 약 지을 때 한 모금 먹었잖아. 효과 진짜 죽이더라. 대환단이 헤엄치고 지나간 맹탕 국물인데도 밤새도록 빨딱 서서 가라앉질 않아 가지고, 와…… 내가 진짜 사형한테 춘화도만 안 뺏겼어도……."

딱!

"윽!"

대팔이 머리를 움켜쥐고 뒤를 보니 무 자 배의 승려가 눈을 부라리고 있었다.

"이 철딱서니 없는 녀석아. 손님들이 이렇게 많이 오셨는데 조용히 못 해?"

"죄, 죄송합니다."

장건과 소왕무가 킥킥하고 웃었다.

그러나 둘의 가슴에도 소림에 대한 자랑스러움과 자부심은 가득했기에 얼굴에는 뿌듯함이 그대로 드러나 있었다.

"이야…… 엄청 많이 왔는데?"

오황은 아침을 먹고 나더니 공양간 지붕 위로 올라가 외원을 내려다보는 중이었다.

"왜 이렇게 복작복작 시끄러운가 했더니 인파가 엄청나게 몰려들었구먼."

마해 곽모수도 아침 식사를 끝낸 후 공양간 밖으로 나와 있었다. 곽모수가 옷매무새를 가다듬으며 지붕 위의 오황을 올려다보았다.

"곱게 밥 먹여 놨더니 무슨 짓인가. 내려오게."

"아, 궁금하잖아. 도대체 어떻게 이 정도로 사람이 몰려들었지? 이상한 일이네……"

"그간 소림이 쌓은 인망이 적지 않았으니. 무림 문파로서의 입지는 줄었으나 사찰로서는 여전히 천하제일이네. 얼마나 많은 인원이 찾았는지는 모르나 아마 진산식을 이리 급하게 준비하지 않았다면 찾은 인원이 훨씬 더 많았을 것이네."

"흐음……"

오황이 뭔가 생각하는 듯하다가 갑자기 곽모수를 내려다보았다. 그리고 뚱한 목소리로 물었다.

"근데 너 나랑 친하냐? 왜 친한 척이야? 누가 너한테 대답해 달랬어?"

"그럼 여기에 자네와 나 말고 누가 더 있나?"

곽모수가 아무렇지 않은 표정으로 양팔을 들어 보였다. 그들의 주변에는 이상하게 사람이 없었다.

개인적으로 소림을 찾아온 문파나 세가의 무인들도 공양간에서 식사를 하고 나와서는 곽모수와 멀찌감치 떨어진 곳에서 삼삼오오 모여 있다. 둘의 주변만 휑하다.

보통 우내십존이라 하면 무공의 극에 오른 자, 둘의 주변에 모여서 친분도 쌓고 한마디라도 들으려 해야 정상인 것이다. 그러나 어제 달랑 인사를 하고선 내내 이런 식이었다.

오황이 혀를 찼다.

"쯧쯧, 괜히 남의 무공이 어쩌니 저쩌니 시비나 걸고 그러니까 사람들이 널 싫어하는 거야. 니가 뭔데 남의 무공에다 점수를 매겨?"

"점수를 매긴 적은 없네만."

"등급은 매기잖아."

"그렇지. 무림의 역사를 남기는 것이 본원의 일이니까."

"그러니 누가 널 좋아하겠냐고. 민폐도 이런 민폐가 없어요. 그나마 몇 되지도 않는 하객들을 다 불편하게 만들면 좋냐? 좋아?"

곽모수가 유건을 단정하게 고쳐 매며 대꾸했다.

"그러게 말일세. 나도 잘 이유를 모르겠네. 이미 기재가 다 끝나서 어차피 저들 중엔 더 이상 파악할 게 남아 있는 이도 없는데 말일세."

"하긴 그렇군. 애들이 아직 잘 몰라서 그런가 보네."

오황은 그렇게 납득했다. 딱히 대단한 무인들이 온 것도 아니라서 오황이 쓱 한 번 봐도 대부분 성취를 알 만했다. 특별할 게 전혀 없는 이들이었다. 하나, 하수라고 해도 자기 무공을 파악당하는 것을 좋아하지는 않을 터였다.

하지만 실상은…… 오황 때문이었다.

오황의 성질이 워낙 고약하니 가까이 하고 싶지가 않은 것이다.

곧 오황이 삼삼오오 모여 있는 무인들 중 삼십 대 정도로 보이는 장한 한 명에게 손짓했다.

"어이, 거기. 이리 잠깐 좀 와 봐."

"네, 네? 저요?"

장한이 겁먹은 눈으로 주위를 둘러보다가 한숨을 푹 쉬고 지붕 아래로 걸어와 포권을 했다.

"오…… 선배님을 뵙습니다. 소, 소인은 조삼문에서 온 금량이라고 합니다."

"아, 그래. 소개는 됐고, 자네가 밥 먹으러 제일 늦게 왔지?"

"예. 그, 그런데요."

"혹시 개방 애들 못 봤어?"

"못…… 본 거 같은데요?"

"정말?"

"개방에서 왔으면 저뿐만 아니라…… 누구나 다 알았을 겁니다요."

"그렇지? 하긴, 놈들이 왔으면 일단 냄새가 진동을 할 텐데 말이야."

오황이 지붕의 기와에 쪼그리고 앉아 손을 내저었다.

"고마워. 가 봐."

"예예, 그럼."

오황은 지붕에서 내려오지도 않고 계속 고개를 갸웃거렸다.

"이상하다. 딴 애들은 몰라도 걔들은 올 건데?"

곽모수가 물었다.

"누구 말인가?"

"개방. 딴 덴 몰라도 걔들이 안 올 리가 없잖아. 걔들이야 정보라면 환장을 해서 정사 안 가리고 여기저기 쏘다니는 게 일이잖아. 하물며 지금 가장 주시해야 할 게 소림인데 말이지."

"듣고 보니 잔칫집에 거지가 빠진다는 게 이상하긴 하군. 하지만 조금 생각해 보면 별로 이상한 일도 아닐세."

곽모수가 빤히 오황을 보며 말했다.

"뭐냐, 그 눈빛은?"

"아닐세. 모르면 됐지."

"거, 예전에 혈기왕성할 때 사고 친 걸 가지고 아직도 그러냐. 아, 설마 내가 경우도 없이 남의 집에 와서 또 분탕질을 칠까?"

"그럼 됐고."

근엄한 얼굴로 수염을 가다듬으면서 꼬박꼬박 말대답은 잘하는 곽모수다.

"허…… 이거 갑자기 또 없던 성실이 뻗칠라 그러네. 한판 해?"

"분탕질 안 친다면서?"

"분탕질이 아니고 못된 개를 패는 거지."

"개가 개와 싸워도 개싸움이란 소리를 피할 길이 없는데 개가 사람을 물려 하니 미친개가 따로 없네그려."

"허허. 이놈아, 너 은퇴하기 전에 꼭 나 찾아와라. 알겠냐? 그땐 제대로 해보자고."

"기억해 두지."

둘의 표정은 아무렇지 않은데 곁에서 지켜보는 무인들은 소름이 다 끼치는 중이었다. 이대로라면 나중이 아니라 지금 한판 붙을 것 같은 분위기였다.

다행히도 그때 소림의 제자 몇 명이 공양간으로 왔다.

"곧 진산식이 봉행될 예정입니다. 행사장인 대웅전으로 모시도록 하겠습니다. 내빈 여러분들께서는 본산 제자들의 안내를 받아 이동해 주시기를 부탁드립니다."

오황도 지붕에서 훌쩍 뛰어내렸다.

"흥."

곽모수와 같이 가기도 싫다는 듯 먼저 앞서서 나가는 오황이었다. 그 뒤를 곽모수와 무인들이 뒤따랐다.

개방의 장로 흑개는 소림에 오르지도 않았다.

소림의 아랫마을 객잔 외부에 놓인 탁자에서 이른 아침부터 죽치고 앉아 있는 중이었다.

"젠장, 이 나이 먹고 그 시팔놈 때문에 무서워서 여기서 이러고 있어야 되나?"

흑개는 거지답지 않게 매우 깔끔하게 옷을 입었다. 이른바 개방 문도의 정식 복장이 아니다.

도저히 평소대로 올 수는 없었다. 그랬다가 또 오황과 마주치면 무슨 일이 벌어질지 상상만 해도 끔찍했다.

하여 죽어라 옷을 빨고 수십 년 만에 목욕도 했다. 강호인으로서의 하객이 아니라 일반 참배객들 틈에 섞여 들어가려고 마음도 먹었다. 하지만 쉽게 발을 뗄 수가 없었다.

고민을 하는 동안 어느덧 객잔을 지나는 참배객들의 수가 점점 줄어 가고 있다. 드문드문하더니 이젠 거의 지나가는 사람이 없다. 소림을 오르는 데만도 꽤 시간이 걸리니 일반인이 늦지 않게 가려면 지금쯤은 일주문의 계단을 오르고 있어야 한다.

이제 슬슬 흑개도 움직여야 할 시간이다.

"얼어 뒈질."

욕을 내뱉은 흑개가 문득 고개를 돌렸다.

멀리 마을 어귀에서 무언가가 번쩍거리는 걸 본 듯한 착각이 들어서였다.

"얼레?"

잠시 동안 그곳을 보고 있던 흑개의 표정이 요상하게 변했다.

워낙 많은 사람이 찾아와서 소림의 경내는 심하게 북적거렸다. 행사의 시간이 다 되었는데도 아직 일주문에서 사람들의 줄이 끊이질 않았다. 눈대중으로만 세어도 족히 육천 명이 넘는 수였다.

진행을 맡은 지객당주 굉보가 수천 명이 모두 들을 수 있도록 내공을 실어 웅혼한 목소리로 행사의 시작을 알렸다.

"지금부터 진산식을 봉행토록 하겠습니다. 시주분들께서는 본사 제자들의 안내를 받아 대웅전까지 이동하여 주십시오."

두―웅, 두―웅

묵직한 북소리가 울려 퍼지며 소림의 제자들이 사람들을 안내했다. 이 또한 진산식의 절차 중 하나이므로 분위기는 매우 숙연했다.

드넓은 대웅전의 앞은 금세 사람들로 가득해졌다. 앞쪽 연단에는 굉운과 원호를 비롯한 내빈들이 자리하고 있었다.

둥, 두웅―

어느 정도 분위기가 정돈되자 북소리와 함께 굉보가 흰 수염을 휘날리며 의례를 계속했다.

"귀의불 양족존(歸依佛 兩足尊)이니 복과 덕을 지닌 부처님께 마음과 예를 바쳐 믿고 따르나이다. 귀의법 이욕존(歸依法 離欲尊)이니 탐욕을 버리는 가르침에 마음과 예를 바쳐 믿고 따르나이다. 귀의승 중중존(歸依僧 衆中尊)이니 모든 수행자인 사부대중(四部大衆)에 마음과 예를 바쳐 믿고 따르나이다.

나무아미타불 관세음보살."

모든 이들이 굉보의 뒷말을 따라 외며 나무아미타불을 연호했다. 수천 명의 군중들이 고개 숙여 불호를 외는 모습은 실로 장관이었다. 조그맣게 읊조리는데도 수천 명이 넘다 보니 그 마음이 닿아 숭산 전체에 울려 퍼지고 있었다.

연단의 원주들도 그 모습을 보고 가슴이 벅차올랐다. 이제야 새로운 세대로의 교체가 피부로 와 닿는지 몰래 눈물을 찍는 굉 자 배의 승려들도 있었다.

"육법공양을 봉헌토록 하겠습니다."

육법공양은 본래 향과 등, 꽃, 과일, 차, 쌀 등의 각기 다른 의미가 담긴 공양물을 올리는 식순이었다.

모든 사람들이 여섯 가지의 공양을 다 올릴 수는 없으니 활짝 문을 열어 둔 대웅전의 안쪽에 미리 이러한 차림상을 차려 두었다. 밖에서 굉보가 게(偈)를 낭송하면 안에서 주요 인물 몇이 공양을 진행하는 식이다.

하여 원주들이 그 안으로 막 이동하려는 때였다.

공양이라는 말을 착각했는지 아니면 뭔가를 잘못 알아들었는지 한 노인이 어리둥절해하며 연단의 옆으로 나왔다. 그러더니 연단의 승려들을 향해 합장을 하고 자신이 들고 온 공양물 자루를 내려 두고 돌아간다. 너무나 정중하고 공손하여 연단의 원주들 역시 자기도 모르게 함께 반장을 하며 마주 인사했다.

그러자 눈치를 보고 있던 사람들이 하나둘 앞으로 나오기 시작하더니 저마다 가져온 보따리를 두고 들어가기 시작한다.

굉보가 당황하여 육법공양에 대한 식의 설명을 하려 하는데, 이미 그때는 너무 많은 사람들이 앞으로 나오고 있었다.

몇몇은 너무 가져온 게 적어 부끄럽다는 듯 잽싸게 달려 나와 거의 내던지다시피 하며 돌아가고, 또 몇몇은 몇 번이고 합장하며 고개를 조아리고 공양물을 내려 두었다.

우르르르.

삽시간에 연단의 좌우와 앞쪽에는 공양물의 자루와 궤짝들이 수북하게 쌓여 갔다.

굉보는 어쩔 줄을 몰라 연단의 굉운을 쳐다보았다. 다른 원주들과 승려들도 난처하기는 마찬가지였다. 수천 명이 나와서 공양물을 두고 가니 어떻게 말려 볼 도리가 없었다. 이대로는 제대로 된 식순으로 행사를 진행할 수도 없었다.

"내가 먼저요."

"어, 거기 줄 좀 섭시다!"

"무슨 먼저 놓는 사람이 극락 가는 것도 아닌데 밀지 좀 마요!"

심지어는 투덜대고 몸싸움 비슷한 사태까지 벌어졌다. 한두 명이 아니다 보니 소란은 어쩔 수 없었다.

진중하던 대웅전의 행사는 여느 번화한 마을의 장터나 다름이 없어졌다. 왁자지껄한 목소리들이 대웅전을 활기찬 장터로 만들고 있었다. 고함 소리와 욕설만 없을 뿐이지 앞다투어 공양물을 놓고 가느라 정신이 하나도 없는 상황이었다.

어쩔 수가 없었다. 지금 소림을 찾아온 많은 이들, 그중에서도 대다수는 소림에 한 번도 찾아온 적이 없는 사람들이었다. 먹고살기 바빠 근처에 있는 사찰이라도 한 번 가 본 적이 없었을 터였다.

그러니 평생 가도 한 번 보기 어려운 소림의 진산식 행사에 대해 무엇을 알겠는가!

그저 손이 부끄럽기만 한 탓에 얼른 공양을 마치고 싶은 심정일 것을.

그 마음을 굉운이 모를 리 없었다.

굉운은 파리한 안색이었지만 소리 없이 크게 웃었다. 이제껏 소림의 제자들이 보아 온 굉운의 미소 중에 지금이 단연 최고였다. 조금의 거짓도 없이 꾸밈없는 아이의 미소처럼 굉운은 해맑게 웃고 있었다.

하지만 옆의 원주들은 다소 낭패함을 감추지 못했다. 참다 못해 보현전주인 굉읍이 굉운에게 청했다.

"방장 사형, 이대로는 진산식이 엉망이 되고 맙니다. 어떻게든 손을 써야 하지 않겠습니까?"

굉운은 그저 웃기만 했다. 미소를 짓고 작은 산처럼 쌓여 가는 공양물을 바라보기만 한다.

답답해진 백의전주 굉충도 한마디를 보탰다.

"사형, 저도 이렇듯 소림을 생각해 주시는 시주분들의 모습이 좋긴 합니다만, 그래도 지금은 백년지대행사인 진산식입니다. 진산식만큼은 부끄럽지 않게 마쳐야 우리도 물러날 때 체면이 설 게 아닙니까. 아, 막말로 우리가 거지도 아니고 저게 뭡니까."

굉운은 다시 미소를 지었다.

그러고는 불평과 불만이 가득한 원주들을 보며 조용히 말했다.

"자네들은 유쾌하지 않은가?"

"예?"

"그게 무슨 뜬구름 잡는 소리랍니까?"

굉운이 소매를 열어 한 손으로 하늘을 감싸 안듯 가볍게 들어 올렸다.

"여섯 가지 공양물을 올리는 이유가 무엇이었는지 생각해 보게나. 등은 지혜와 광명을, 꽃은 수행을 뜻하네. 쌀은 기쁨을, 과일은 깨달음을 의미하지. 우리는 그 같은 상징적인 공양물을 바침으로써 마음속에 다시금 법(法)을 새기게 되네."

"그, 그렇지요. 저희가 그걸 모르겠습니까."

"하나 과일이 아니고 감자이면 어떠한가. 꽃이 아니라 면포이면 어떠한가. 등이 아니라 손때 묻은 사발이면 어떠한가. 이미 공양을 올리는 순간 마음속에 법이 새겨짐을 알지 못하겠는가?"

"사형……."

굉운이 굉충의 말을 가로막았다.

"무릇 형상이 있는 것은 모두가 허망하여 형상을 형상으로 보지 않게 되면 곧 여래를 보게 되리라(凡所有相 皆是虛妄 若見諸相非相 卽見如來)."

원주들은 어색하게, 혹은 쑥스럽게 웃었다.

"방장 사형도 참……."

수십 수백 번을 외던 경구가 지금처럼 이렇게 와 닿은 적은 없었다.

누군가 굉운의 뒤를 이어 한 구절을 외었다.

"빛깔에 마음이 현혹되지 말 것이며 소리와 냄새와 맛과 느낌의 일체에 마음을 주지 말지어다. 마음은 형체에 머무름이 없도록 할지어다."

다른 원주가 뒤를 이었다.

"형상과 소리의 실체로 부처를 찾고 깨달음을 구하는 것은 삿된 도를 행하는 것이니."

굉충이 부끄러워하면서 마지막 경구를 받았다.

"일체의 현상은 꿈과 같고 환상과 같고 물거품과 같아서 그것을 꿰뚫어 볼 때에 비로소 진실한 여래를 보게 될 것이니라."

굉운이 웃으면서 말했다.

"육법공양이라는 식에 집착한 것도 우리요, 공양물에 집착한 것도 우리라네. 하나 저기 저 거사와 보살들께선 마음으로 육법공양을 대하고 진심으로 여래를 구하고 있네. 한데 우리가 어찌 저분들의 진실 됨을 외면하고 헛된 형상에 연연하여야 하겠는가 말일세."

원주들이 크게 감읍하여 일거에 불호를 외었다.

"나무아미타불."

"저희들이 잘못하였습니다."

"구하는 도는 같으나 형태는 다른 법. 우리는 우리가 할 수 있는 것을 하여야 할 것일세."

내빈으로 와 있던 오황과 천문서원의 곽모수도 감탄하여 합장을 했다.

이어 굉운이 굉보에게 손짓을 했다.

굉보는 굉운의 말을 듣고 눈시울을 붉히고 있다가 얼른 마음을 추슬렀다.

둥― 둥.

고아한 목소리로 굉보가 외쳤다.

"향공양게를 올리나이다. 일찍이 만년천자로 태어나 오분법신을 이루신 분께 전단 숲 속 으뜸가는 난초 사향 가운데 최상품을 올립니다. 원컨대 이 향을 흠향하시고 해탈지견케 하옵소서. 해탈의 향을 지극한 정성으로 애경하옵나이다."

굉보의 외침이 울리는 가운데 원주들은 대웅전 안으로 들어가 공양을 시작했다.

"밝은 등불을 밝히시어 대천세계를 골고루 비추오니, 밝은 지혜와 마음의 등불을 지금 얻게 하소서. 중생들의 악업이 소멸되어 해탈의 선정에 올라……."

굉보의 낭송은 계속되었고, 식순에 따라 차분히 육법공양이 이루어지자 곧 분위기도 차분해졌다. 더 이상의 소란이나 혼란도 일어나지 않았다.

사람들은 연단에 공양물을 두고 가며 대웅전 안의 불상을 향해 경건한 마음으로 참배했다. 조용히 불상에 합장을 하는 것만으로도 한결 마음이 가벼워진 표정들이었다.

*　　*.　　*

이히히힝!

말의 투레질이 곳곳에서 들려온다.

시퍼렇게 날을 세운 창날이 펄럭이는 깃발들 사이로 빼곡하다.

기름 먹인 등패를 든 수백 도부수들의 사이에서 범상치 않은 기운을 가진 두 노인이 모습을 드러냈다.

거대한 월도를 들고 금빛 갑주를 입은 거대한 체구의 장수. 키는 작지만 다부진 체격으로 검푸른 색의 관포를 입은 관리. 금월사자 유장경과 무이포신 종암, 그 둘이다.

유장경은 특유의 비웃는 표정으로 멀찌감치 위를 올려다보았다. 아직 운무가 가시지 않은 봉우리들 사이로 산사의 전각들이 모습을 드러내 있다.

"아아, 드디어 이런 날이 오게 될 줄이야. 종 형은 어떻소? 감회가 색다르지 않소?"

유장경의 말에 종암은 무뚝뚝하게 소림사를 올려다볼 뿐이다. 유장경은 아랑곳 않고 계속해서 말했다.

"난 사실 잘 이해가 안 가오. 어째서 그자가 우리에게 그런 투서를 보내었는지 말이오. 그래 놓고 소림사는 우리에게 화평을 청해 왔고…… 난 솔직히 이게 무슨 꿍꿍인가 싶어 당황했었소."

유장경이 코웃음을 쳤다.

"참, 종 형. 그때 소림사는 반대를 했다 그랬던가? 오호라…… 그러니까 자신들은 그때 그 일을 은혜라 생각하고 종 형에게 부탁을 하러 온 거였군? 투서는 전혀 모른 채?"

유장경이 껄껄 웃었다.

종암은 여전히 무표정했다. 하지만 종암의 눈동자 깊은 곳에서는 지난 일들의 지독한 회한과 잊지 못할 울분이 스멀스멀 피어오르는 중이었다.

제3장

종암의 이야기

종암은 전진파의 제자였다.

그중에서도 무공만 따지자면 선대를 넘어서서 전진파 최고의 실력자로 손꼽혔다.

가장 유력한 차기 장문인 후보 중 한 명이기도 하였으나 스스로 '나는 도력이 부족하니 장문으로서는 어울리지 않는다.'라며 사양할 정도로 곧은 성정마저 갖추었다.

때문에 전진파에서는 종암이 쇠락한 전진파의 부흥에 지대한 역할을 할 거라 기대해 마지않고 있었다.

기실 역대 문파 중 가장 강대한 세력을 자랑했던 전진파였다. 북방 일대를 모두 전진교가 휩쓸었고 황제가 친히 전진파의 도사들을 불러 설법을 듣곤 하였다. 황실의 전폭적인 지지를 받는 전진파는 중원 전체에 군림하는 유일한 도가일맥이며 무림 문파이기도 하였다.

그러나 그렇게 전폭적인 지지를 받으며 융성하던 전진파도 시대가 바뀌면서 한순간에 명운이 달라질 수밖에 없었다. 특히나 마지막 황제의 폭정에 백성들이 항거하여 새 황제가 옹립되고 나라가 바뀌어 버리자, 전 황실의 총애를 받던 전진파는 곧바로 새 황제의 눈 밖에 나고 말았다.

천 리를 내내 걸어도 발길 닿는 곳마다 도력이 미치지 않는 곳이 없다던 전진파는 썩은 수수로 지은 집처럼 삽시간에 몰락해 갔다.

전 중원에 수만 개를 아우른다던 전진파의 도관은 차례로 폐쇄되었고 박해를 버티다 못한 제자들은 하나둘 전진파를 떠났다. 일부는 전진파에서 떨어져 나가 새로운 계파가 되었다.

그 결과, 남은 전진파는 도가로서의 입지를 거의 상실하고 겨우 무림 문파로서의 명맥만 유지하는 게 고작인 상태가 되고 말았다.

그렇게 시간이 흐르다가 종암이라는 걸출한 인재가 나타난 것이다.

종암으로 말미암아 전진파는 다시 한 번 재기를 노릴 수 있는 기회를 얻었다. 그야말로 황금 같은 기회였다.

그 때문에 종암은 스스로 노력을 게을리 하지 않았다. 자신이 전진파의 미래를 짊어져야 한다는 걸 너무도 잘 알고 있었다.

그리고 이어진 정사대전에서 종암은 다른 누구보다도 열심히 활약했다. 다른 이들이 인정하지 않을 수 없도록, 전진파를 우습게 보지 못하도록!

그리하여 종암은 마침내 강호 최고의 고수 열 명을 뜻하는 우내십존의 한 명이 되었다. 그것은 쇠락을 거듭하던 전진파에게는 겨우 붙들고 있던 실낱과도 같은 희망의 신호였다.

그런데 정사대전이 끝난 후 충격적인 소식이 전해졌다.

관부에서 강호의 고수들을 영입하려 한다는 것이었다.

관부와 무림이 서로 상충하지 않는다는 조약을 위한 증표였다.

조약 자체는 나쁘지 않았다. 강호 무림으로서는 관부의 압력에서 벗어날 수 있어 좋았고, 관부에서는 강호 무림을 견제할 수 있어 서로에게 좋은 제안이었다.

문제는 누가 관부로 투신하느냐 하는 것이었다.

관부에서는 단순한 무공 교두가 아니라 완전한 귀화를 요구하고 있었다. 그것도 우내십존급의 초고수 한 명과 그 외의 중견 고수 다수를 요구해 왔다. 강호 무림이 조약을 지킬 의지가 있는지에 대한 시험인 것이다.

귀화한다는 것은 자신이 나고 자란 문파와도 연을 끊어야 한다는 뜻이다. 아무리 강호의 안녕을 위한다지만 누구도 선

불리 나설 수가 없었다. 하루아침에 내놓은 자식이 되어 아비와 연을 끊고 살아야 한다는 건 감당하기 힘든 어려움이다.

게다가 초고수의 자리에 오른 이들은 대부분 자신이 몸담은 문파의 미래를 책임져야 할 이들이었다. 누군가 자의로 나선다면 그가 소속된 문파에서라도 말려야 할 지경인 것이다.

그게 아니더라도 흔히 '관부의 개'라고 부르며 멸시하던 것이 관에 투신한 무인을 보는 강호의 시선이었다. 홀로 다니던 오황조차 관에 영입되는 것을 죽도록 싫어하였다.

누구도 나서지 않으니 방법이 없었다.

결국 거대 문파와 무림세가의 수뇌들이 모여 투표를 실시했다.

후보가 열여섯 꼽혔고, 열여섯이 투표하였다.

결과는 소림이 다섯 표, 전진파가 아홉 표, 오황이 두 표.

소림이 다섯 표나 나온 것은 딱히 의외가 아니었으나 전진파가 아홉 표나 얻은 것은 약간 의외인 면이 있었다.

어쨌거나 종암은 도저히 이 결과를 받아들일 수가 없었다. 아직 후사도 채 키워 놓지 못했다. 만일 종암이 전진파와 연을 끊게 되면 전진파는 재기불능의 상태에 빠질 것이다.

종암은 타 문파의 장문과 장로들의 앞에서 무릎까지 꿇고 호소했다.

―제발 부탁드리오. 지금 전진파의 사정이 어떠한

지 잘 알고 있지 않소. 내가 없으면…… 내가 없으면 안 된단 말이오. 내 이렇게 무릎을 꿇고 부탁드리겠소. 한 팔을 달라면 드리겠소. 눈을 달라면 드리겠소. 제발 이번 결정만은 되돌려 주시오! 제발!

그러나 반응은 매우 냉랭했다. 어차피 누군가 한 명이 가지 않으면 안 되는 상황이었고, 그게 자신의 문파일 필요는 없었다.

전진파의 문적에서 자신의 이름이 지워지는 것을 보았을 때 종암은 상심에 피를 토했다.

평생을 바쳐 온 단 하나의 삶의 이유가 사라졌다.

이제 그에게는 아무런 희망도 남아 있지 않았다.

후에 알게 되었다.

당시 투표에 무당파의 입김이 크게 작용했다는 걸.

마지막 황제가 통치하던 말기의 혼란 때 항거에 참여했던 무당파는 수백 채의 전각과 도관을 잃고 멸문 직전까지 몰렸다. 그 원한을 그대로 전진파에 새기고 있었던 것이다.

종암은 그렇게 목숨 같았던 전진파를 떠나왔다…….

가슴에 깊은 한을 새긴 채로 종암은 포쾌가 되었다.

스스로 가장 낮은 자리를 선택했고 그 외에는 받아들이지 않았다.

포쾌가 된 종암은 죄를 지은 자라면 지위 고하를 막론하고, 심지어 그것이 무림인일지라 하더라도 무조건 잡아들였다.

삶마저 허망하였기에 눈치를 볼 필요도 없었다. 그것을 트집 잡아 자신을 죽여 주었으면 하고 바라기도 했다.

단 한 번의 검거에도 실패한 적이 없었다. 어쩌면 그게 당연한 일이다. 그가 물리력으로 체포하지 못할 이는 황제나 우내 십존 정도일 뿐이니까.

추후에 그의 공로를 들은 황제가 친히 불러 몇 번이나 벼슬을 내리려 했으나 종암은 그마저 모두 거절했다. 그러다 보니 되레 그는 강직한 인물로 소문이 났다. 종암을 꺼리던 관부와 황실의 인물들도 '죄만 안 지으면 만나지 않을 자'로 종암을 인식하게 되었다.

종암의 사람됨에 크게 감명을 받은 황제는 간혹 종암을 불러 흉금을 털어놓기까지 하였다.

나랏일이며 온갖 잡다한 일들마저 다 털어놓았다. 그리고 벼슬을 받지 않는 종암에게는 갖은 핑계로 영약들을 하사하기도 했다.

황제는 강호 무림을 경외하고 있었다. 오래전부터 그들의 결집된 힘을 두려워하고 있었으나 또한 동경하기도 하였다. 그래서 더욱 종암을 가까이했는지도 몰랐다.

그러다가 최근에 문제가 생겼다.

소림에서 일어난 미증유의 대사건.

수천의 민중들이 중독된 사건.

이것은 위정자의 입장에선 도저히 용납할 수 없는 일이었다. 한둘도 아니고 수천 명이 강호의 일로 피해를 보게 된다면 그 원망이 어디로 쏟아지겠는가. 사람들이 그 같은 일을 방관하는 관과 황궁을 성토하지 않겠는가!

게다가 강호 문파들, 특히 소림이 여러모로 손을 쓴 덕분에 그 사건은 결국 흐지부지 결말이 나고 말았다.

그때 그 일을 계기로 황제는 강호 무림에 대해 비판적인 생각을 갖게 되었다.

관과 무림이 서로 상호 불가침이라 하면서 어째서 무림은 관부에 영향력을 행사하는가, 왜 피해는 백성이 받고 관이 비난을 짊어져야 하는가…… 라며 무림의 행태에 환멸을 느끼게 된 것이다.

이후로도 소림에서 벌어진 일련의 사건들은 황제를 진노케 하기에 충분했다.

종암 역시 강호 무림에 대해 지극한 분노를 가지고 있었다. 하지만 분노를 쏟아 내거나 터트릴 수 있는 적당한 명분이 없었다. 그저 황제가 가끔 부르면 입궁하여 불만을 들어 주고 그 역시 분노를 식이는 입장일 뿐이었다.

가장 최근에 강호를 뜨겁게 달구었던 소림의 속가제자 이야기조차 문파를 떠나온 그와는 아무런 관련이 없는 얘기였다.

그러다가 그 일이 터지고 말았다.
마치 기다렸다는 듯이.

* * *

어두운 밤, 홍등가의 불빛만이 요란스럽게 비추는 가운데 종암은 구석진 곳에서 어느 주루의 상층을 주시하고 있었다.
북해의 주요 인사가 머물고 있다는 주루였다.
북해가 중원에 들어온 사실에 관부는 매우 긴장하고 있었다. 명목상으로는 소림의 진산식에 온 사절이었다고는 하나, 그 뒤를 비밀리에 따라 들어온 백여 명의 절정고수들이 문제였다.
그들이 강호에 와서 무슨 일을 저지를지 알 수 없는 노릇이었다. 하여 종암은 그들을 감시하며 의도를 파악해 내려 애를 쓰고 있었다.
한데 그때 상주 육검문의 젊은 제자들이 나타났다. 그에 어울리지 않는 준수한 청년 한 명도 함께였다.
젊은 혈기에는 호사보다도 나쁜 일이 더 많이 발생하는 법이다.
아니나 다를까, 얼마 지나지 않아 일이 벌어졌다.
쾅!
무지막지한 기파가 야음을 반으로 갈랐다. 최근에는 종암도 이만한 기파를 본 적이 없었다.

생사결에서나 볼 수 있는 엄청난 기파.

콰쾅!

눈 깜짝할 사이에 두어 번의 기파가 더 퍼졌다.

우르르르.

순식간에 주루 상층이 폭발하며 지붕이 무너지고, 벽면이 터져 나갔다. 그리고 그 순간 여러 개의 그림자가 주루 상층에서 허공을 향해 튀어나왔다.

종암은 즉시 그림자들을 쫓았다.

그림자들은 홍등가를 벗어나 작은 야산으로 숨어들었다. 그러더니 종암을 기다리기라도 한 듯 더 이상 움직이지 않았다.

종암은 당당히 야산을 향해 걸어갔다. 그림자들도 몸을 숨기지 않고 기척을 드러내었다.

종암이 말없이 서서 그림자들을 바라보았다. 단연 한 사람이 눈에 띈다. 십여 명의 그림자 중에 가장 돋보이는 한 명이다.

그도 종암의 기세를 느끼고 앞으로 걸어 나왔다. 사내는 손에 축 늘어진 누군가의 목덜미를 쥐고 있었다. 육검문의 제자들을 따라왔던 청년 중 한 명이 피범벅이 되어 늘어져 있던 것이다.

'다르다?'

이제껏 보아 온 강호의 고수들과는 달랐다. 미지의 존재, 미지의 무공. 미지의 경험에 대한 호기심이 치밀었다.

스스로 무인이 아니라고 되뇌어도 소용이 없었다. 사내가 종암을 향해 투기를 뿜어낸 순간, 종암의 심장에서부터 전신으로 뜨거운 피가 뻗어 나갔다.

실로 오랜만에 강력한 상대를 만났다는 걸 서로 느끼고 있었다. 솜털까지 곤두설 정도로 만만치 않은 상대였다. 그것이 두렵지 않았다. 오히려 약간의 흥분과 함께 승부욕이 끓어올랐다.

할 수 있다면 지금 입고 있는 관복을 벗어 던지고 다짜고짜 일장을 날리고 싶었다. 상대가 어떻게 반응할지 생각하는 것만으로도 가슴이 벅차올랐다.

단전의 내공이 마구 휘몰아친다.

찌익—

들뜨는 흥분에 약간의 파열음과 함께 눈동자의 실핏줄이 터진 것도 알지 못한 종암이었다.

상대도 마찬가지인 듯했다. 상대 사내는 손에 쥐고 있던 청년을 던져 버리고 전투적인 모습으로 종암을 마주했다.

둘 사이에서 퍽퍽 소리를 내며 흙이 튀어 올랐다. 보이지 않는 기의 대립이 허공에 거대한 파문을 일으키고 있었다.

'대단하군!'

종암은 감탄했다.

북해에서 온 것으로 보이는 이 사내. 놀랍게도 자신과 대등하게 내력을 겨루고 있지 않은가!

비틀.

상대의 뒤에 서 있던 그림자들이 하나둘 비틀거리면서 물러나기 시작했다. 둘의 내공 대결이 가파르게 정점으로 치닫고 있어 버틸 수가 없는 것이다.

이대로 가게 되면 끝까지 갈 수밖에 없을 지경이 된다. 도저히 물러설 수 없는 상태가 될 수 있었다. 그러나 어차피 종암은 물러설 생각이 없었다.

한데 그때, 낭랑한 목소리 하나가 둘 사이에 끼어들었다.

"포쾌 나으리께서 선량한 타국 사절을 함부로 겁박하신다면, 이는 충분히 외교적 문제가 될 수 있을 거라 생각하는데요?"

"쿨럭!"

사내가 크게 한 모금의 피를 토하면서 물러났.

종암은 상대가 내상을 감수하고서라도 물러설 줄은 몰랐던지라 급히 내공을 거두어들였다. 그러나 종암 역시 급하게 내공을 거두다가 약간의 내상을 입어야 했다.

"일개 포쾌기 냉고사와 호각을 다툴 투기라니…… 그렇다면 당신은 분명 무적의 포쾌, 무이포신이 틀림없겠군요?"

"일개 포쾌?"

종암은 입가에 흐르는 실피를 닦으며 천천히 걸어 나오는 그림자를 바라보다가 자신의 눈을 의심했다. 그림자의 머리칼이 달빛에 온통 은색으로 빛나고 있었다.

현실적이지 못한 그 묘한 마력에 종암은 말을 잃었다.

"무이포신 종암. 전진파의 최고 절학을 이은 고수. 하나 정사대전을 기점으로 관부에 포섭되어 탈문(脫門)하고 이십 년째 포쾌에 머물러 있는 중."

종암이 흠칫 놀랐다.

"그대들은……."

은발의 가녀린 음영이 말했다.

"다른 건 몰라도 우내십존에 대해서만큼은…… 아주 잘 알죠. 그리고……."

종암이 말을 끊었다.

"그대의 말은 틀렸다. 생각보다 아주 잘 알고 있는 건 아니라 말해 주지. 나는 관부에 포섭되지 않았다. 자의로 탈문한 적도 없다."

종암의 목소리에는 약간의 분노마저 담겨 있었다.

야용비가 그 말을 듣고 하얀 이빨을 드러내며 웃었다.

"역시 그랬군요. 그래서 화가 나신 거로군요?"

마치 일부러 말실수를 한 듯하여 종암은 살짝 위험한 느낌마저 들었다. 그런 감정을 감추려는 듯 종암이 힘주어 말했다.

"말하라. 그대들 북해에서 중원을 찾은 진짜 이유를."

야용비는 별것 아니라는 투로 대답했다.

"강호 무림을 뒤흔들어 볼까 하고 찾아왔습니다만?"

황당하고도 충격적인 얘기에 종암은 목소리가 다 떨렸다.

마치 자신의 속내를 읽은 듯한 착각이 들었다.

아니, 처음부터 자신의 처지를 알고 그 같은 말을 내뱉은 것인가?

그게 어느 쪽이든, 종암에겐 충격적이다.

"가능할 것…… 같은가?"

"아아, 그러고 보니 중원 무림에는 수호신이라는 우내십존이 있다지요. 그들만 꺾으면 되지 않을까 생각하는데요. 때마침 확인해 볼 수 있는 좋은 기회도 생겼고."

"큭큭큭."

온몸에 소름이 쭉 돋았지만 그것은 죽음에 대한 공포 때문이 아니었다.

오히려 말도 안 되는 희열이 그의 전신에서 피어오르고 있었다.

오랜 세월 묵혀 있던, 묵혀 놓아야만 했던 수레바퀴들이 굴러가려는 것을 느꼈다.

시대의 수레바퀴가…….

종암은 단전을 요동치던 막대한 내력을 전신으로 퍼트렸다. 옷이 팽팽하게 부풀고 머리칼이 하늘로 치솟는다.

콰—앙!

그가 내디딘 진각에 엄청난 양의 흙더미가 사방으로 비산했다.

종암은 눈을 빛내며 살기등등한 표정으로 야용비와 북해의 고수들을 바라보았다.

쏟아지던 흙더미들이 종암의 내력 때문에 공중을 부유하는 믿지 못할 일이 벌어지고 있었다.

위압적인 모습으로 종암이 천천히 입을 열어 말했다.

"인연인가, 필연인가…… 잘 모르겠군. 하나 그대가 나를 시험하였으니, 나 또한 이번엔 그대들을 시험해 보겠다."

"역시 강호 무림인들은 단순하지만 명쾌하군요!"

야용비가 웃으며 손짓했다.

냉고사가 물러가고 뒤쪽에서 냉고사와 거의 비슷한 느낌의 사내가 공력을 일으키며 앞으로 걸어 나왔다.

종암은 웃었다.

때론 천지를 뒤집으려는 계획조차 수십 년의 시간을 들이지 않더라도 하루아침에 이루어질 수 있는 법이다.

북해와의 만남.

그리고 그때 모든 것이 시작되었다.

강호 역사상 초유의 일.

황궁과 북해빙궁의 합작이…….

제4장

소림 공습

뎅—뎅—뎅—

땡땡땡!

웅장한 종소리를 뚫고 작고 날카로운 종소리가 빠르게 울렸다.

나한승 한 명이 쏜살같이 대웅전으로 달려간다.

마당이고 안이고 사람들로 북적거린다.

그러나 나한승이 그 많은 사람들을 뚫고 원주들에게까지 달려갈 필요는 없었다.

이 같은 급한 타종은 어지간한 일로는 울리지 않는다. 이미 심상치 않은 분위기를 느낀 백의전주 굉충이 대웅전의 밖으로 나와 있었다.

굉충은 향객들에게 반장을 하며 한쪽 옆으로 비켜난 후 전음으로 물었다.

[무슨 일이냐.]

[무장한 관군이 산 아래에 몰려와 있다고 합니다. 그 수가 수천을 헤아립니다.]

[뭣이!]

그럴 리가 없었다. 사자로 갔던 오황이 도독부의 문제에 대해서는 허무할 정도로 쉽게 얘기가 끝났다고 하지 않았던가?

이유는 아직 모른다. 그러나 관부의 목적이 무엇이든 진산식을 방해하게 둘 수는 없다. 대부분의 제자들이 진산식을 보기 위해 이곳에 몰려 있기 때문에 더욱 불안한 느낌이 든다.

[창칼을 든 병사들 다수를 본사에 들일 순 없다. 무공을 익히지 않은 민간인들이 다칠 수도 있어.]

굉충은 곧바로 지시를 내렸다.

[남아 있는 나한전과 백의전의 모든 나한들을 끌고 나가 막아야 한다. 입구를 막는다면 그들도 함부로 들어오지는 못할 것이다.]

[알겠습니다!]

굉충은 사람들이 동요하지 않도록 승려들을 밖으로 불러내었다. 어떻게든 진산식만은 무사히 끝내야 했다.

저벅! 저벅!

종암과 유장경은 거침이 없었다.

둘이 앞장서서 소림의 일주문으로 향하는 계단을 오르고, 그 뒤를 누런 비단옷 위에 갑주를 걸친 금의위 무사들이 따랐다. 가장 뒤쪽에서는 수천의 일반 병사들이 뒤를 쫓는다.

일주문의 아래에는 이미 백의전주 굉충과 나한전주 굉소가 나한들을 데리고 나와서 이들을 기다리고 있었다. 나한들도 곤을 들고 무장을 했다.

곧 굉소가 외쳤다.

"멈추시오!"

하지만 종암과 유장경은 걸음을 멈추지 않으며 일정한 속도로 계속해서 계단을 올라왔다.

굉충과 굉소가 잠시 시선을 교환했다. 한눈에 보기에도 완벽한 무장을 하고 그러한 병사들이 수천을 아우르니 좋은 의도가 아님은 분명한데, 확실한 이유를 알아야 했다. 그러나 상대가 아무런 대답을 하지 않으니 답답하기 그지없었다.

백의전주 굉충이 반장하며 나섰다.

"나무아미타불. 두 분께서 본사의 진산식을 위하여 일부러 찾아 주신 거라면 조금 더 예의를 갖추어 주셔야 할 것입니다."

금월사자 유장경이 보란 듯 피식 웃었다.

"우리가 진산식을 축하라도 하기 위해서 온 것으로 보이나? 머저리도 이런 머저리가 없군?"

다짜고짜 튀어나오는 좋지 않은 소리에 굉소의 민머리 가득 힘줄이 돋았다.

"그 말은! 좋은 뜻으로 본사를 찾은 게 아니라고 받아들여도 되겠소이까!"

"그러든지."

"어떻게 협약을 깨고 이러한 행위를 저지를 수 있단 말이오!"

그사이에 종암과 유장경은 이미 일주문 앞의 널찍한 공간에까지 올라왔다.

굉충이 굉소를 만류하며 다시 한 번 사정했다.

"본사의 진산식이 아직 끝나지 않았소이다. 알다시피 이것은 본사에게 있어 대를 계승하는 중요한 자리요. 혹여 본사에 볼일이 있다 하더라도 조금만 참고 기다려 주시길 부탁드리오."

"웃기는군."

유장경은 냉소를 지으며 걸음을 멈추었다. 그러나 그것은 진군을 멈춘다는 의미가 아니었다. 그가 거대한 월도를 치켜들어 바닥을 찍었다.

으직.

박석이 두부처럼 으깨지고 금이 간다. 그의 행동에 뒤따르던 금의위 무사들이 걸음을 멈추고 자세를 낮추었다.

촤라랑!

일제히 무기를 뽑아 들었는데 한 손에는 두툼한 도를, 또 한 손에는 굵은 오랏줄을 들었다.

유장경이 단호하게 말했다.

"사람들을 속이고 세상을 어지럽혀 혹세무민(惑世誣民)하는 무리들이 말이 많구나!"

"그게 무슨 말이오! 혹세무민이라니!"

찾아온 뜻이 명확했다. 굉소와 굉충은 낭패한 마음을 감추지 못했다.

유장경의 말을 들어 보면 도독부 문제 때문은 아닌 것 같았다. 그렇다고 좋다고 말할 수는 없다. 도독부의 문제보다도 더 좋은 핑계거리가 있으니까 당당하게 쳐들어왔다고 봐야 한다.

굉소와 굉충은 서로 마주 보았다.

단순히 관부에서 나온 게 아니라 금의위 무사들이 전면으로 나선 것이라면 얘기가 달라진다.

금의위는 황궁의 친위군.

관부에 대항하는 것과 금의위에 대항하는 것은 격이 다르다. 금의위는 형부의 법적인 구애를 받지 않는 초법적인 조직이고, 거기에는 황궁 직속이라는 강력한 직권이 작용한다.

그러니 금의위의 행사에 반한다는 건 황궁의 의지에 반하는 것으로 간주되고 마는 것이다. 또한 황궁의 의지에 반한다는 것이 무엇을 의미하는지 굉소와 굉충은 잘 알고 있었다.

그래서 둘은 동시에 앞으로 나설 수밖에 없었다.

"너희들은 물러나 있거라."

뒤에 따라온 이백의 나한들이 어리둥절해했다.

"예?"

"끼어들지 말란 말이다!"

그 이상 무슨 명령을 내려야 할지 굉소와 굉충도 알 수 없었다. 그저 다가오는 금의위 무사들을 상대로 어떻게든 시간을 끌어서 진산식만은 무사히 마쳐야 한다는 것만 떠올릴 뿐이다. 만약 금의위와 맞선 책임을 져야 한다면 둘이 모든 책임을 질 생각이었다.

"포박하라!"

유장경이 재차 명령을 내리자 금의위 무사들이 굵은 오랏줄을 던진다. 두께가 손가락 두 마디나 되는 묵직한 오랏줄이 채찍 혹은 창처럼 날아드는데 하나같이 계산된 듯 피하기 어려운 각도로 짓쳐들어왔다.

금의위의 특성상 한 명 한 명이 황궁의 무공을 익힌 얕볼 수 없는 고수들이다. 오랏줄이 날아오는 모양새만 보아도 결코 방심할 수 없었다.

"타합!"

굉소와 굉충은 동시에 진각을 밟으며 일기가성으로 공력을 끌어 올렸다. 굉충은 쇠로 된 묵빛 염주를 꺼내 들었고, 굉소는 둥그런 고리가 있는 선장(禪杖)을 떨쳤다. 허공에서 날아오는 오랏줄을 쳐 내어 튕겨 낸다.

터텅!

오랏줄과 염주, 선장이 부딪치는데 쇠 종을 치는 둔탁한 소리가 났다. 어지간히 공력이 담겨 있는지 부딪칠 때마다 뿌연 먼지가 산산이 흩어진다.

다시 십여 개의 오랏줄이 쉬지 않고 둘을 향해 날아들었다.

"흠!"

굉충은 왼손 소맷자락을 단단하게 만들어 어깨로 날아오는 오랏줄 두 개를 휘감듯 쳐 내고, 가슴으로 날아오는 오랏줄을 염주로 막았다. 채찍을 휘두른 것처럼 정수리로 휘갈겨 오는 오랏줄은 오른발을 차올려 발바닥으로 민다.

터터텅!

잠깐 사이에 네 개의 공격을 튕겨 냈지만 그사이 달려온 금의위 무사 둘이 도를 벼락처럼 떨구었다. 굉충은 마보에서 몸을 틀어 괘면각의 수법으로 발날을 이용해 무사 한 명의 가슴팍을 찼다. 무사는 내려찍던 기세 그대로 도를 놓아 버리고 가슴을 양팔로 보호했다. 퍽 소리와 함께 무사가 가슴을 보호한 자세 그대로 길게 밀려난다.

그 후 굉충이 다른 무사의 공격을 방어하려 하는데, 허공에서 주인 없이 놓아 버린 도가 거슬린다. 거기다 뒤로 밀려나던 무사가 시야가 가려짐을 이용하여 오랏줄을 창처럼 꽂아 오고 있다.

굉충은 반 바퀴를 회전하여 오라를 피하면서 오른손의 중지와 약지로 주인 없는 도의 날을 붙들고, 다른 무사가 내려친 도는 절묘하게 염주알의 사이에 끼워 비틀었다. 쩡 소리를 내며 도의 이빨이 깨지더니 방향이 빗나갔다.

몸을 돌리던 그대로 멈추지 않고 앞발을 들어 뒤꿈치로 무사의 옆구리를 내질렀다. 무사가 도의 한 면에 손바닥을 대고 방어해 보았으나, 금이 가 있던 도는 여지없이 깨져 나간다.

콰창!

동시에 무사도 발돋움을 하며 반동을 이용해 몸을 회전시켜서 굉충의 선풍각에서 벗어났다.

굉충은 쫓으려고 하지 않았으나, 마치 쫓아오는 걸 기다렸다는 듯 여섯 개의 오랏줄이 동시에 날아들고 있었다. 한 걸음만 더 나아갔어도 분명히 어딘가는 묶였을지도 몰랐다.

굉충은 두 번을 빙그르르 몸을 돌려서 오랏줄을 피해 내고는 한 손 뒷짐을 지고 한 발을 내밀어 굽힌 상태에서 장을 뻗은 상태로 안정되게 자세를 갖추었다. 일련의 공격을 모두 방어해 내긴 하였으나 속으로는 내심 혀를 내두를 수밖에 없다.

'과연 금의위로구나. 이제 갓 서른 중반이나 될까 해 보이는데 이 내가 한 명도 제압하지 못하다니.'

실력 차는 분명히 있었다. 하지만 합종연횡(合縱連衡)의 식으로 서로 간의 단점을 보완하고 합동 공격을 해 오면 굉충이라도 단번에 제압할 수가 없었다.

굉소 역시 공격을 막아 내고 호흡을 고르는 중이었다. 어차피 제압이 목적이 아니라 버티는 게 목적이다.

금의위의 무사들은 일련의 공격이 실패로 돌아가자 갑자기 오랏줄의 한쪽 끝을 돌려서 매듭을 짓기 시작했다. 그러고는 유성추처럼 오랏줄을 빙글빙글 돌린다.

부웅─부웅─

공력까지 담긴 오랏줄이 무거운 파공음을 내며 회전한다.

굉소와 굉충은 서로 눈빛을 교환했다.

한두 개가 아니라 여러 개의 유성추를 제자리에서 상대하기는 굉장히 어렵다. 움직여야 한다.

그때 앞줄의 금의위 무사들이 일제히 오랏줄을 던졌다. 끝에 매단 매듭이 추의 역할을 하여 좀 전의 공격과는 위력이 다르다.

굉소와 굉충은 기민하게 옆으로 움직였다.

퍼퍽!

굉소와 굉충이 지나간 자리에 썩은 두부를 짓이기듯 오랏줄의 매듭이 박혀 들었다.

굉소와 굉충은 나한보와 선문보로 이리저리 오라의 창을 피하며 그 위에 올라타기도 했다.

퍼퍼퍼퍽─

수십 개의 오랏줄이 바닥에 박히며 바닥의 돌들이 박살이 났다. 마치 긴 창을 찔러 넣은 듯한 모양새였다.

셋째 열의 무사들까지 오랏줄을 내던졌고 그것들은 모두가 굉소와 굉충을 지나쳐 바닥에 박혀 있는 상태다. 그런데 갑자기 오랏줄을 땅에 박은 채로 좌우의 무사들이 우르르 서로 교차해 이동한다. 오랏줄을 고의적으로 엉키게 만들 태세다.

굉소와 굉충이 몸을 빼내려 했지만 늦었다.

"회(回)! 포(捕)!"

그와 함께 금의위 무사들은 달리면서 일거에 오랏줄을 당겼다.

파팍!

박혀 있던 오랏줄들이 뽑혀 나오면서 크고 작은 호선(弧)을 그린다. 그냥 뽑아서 회수하는 것이 아니라 오랏줄이 반원 형태로 돌아오면서 굉소와 굉충을 감싸고 있는 것이다.

"아차!"

굉소와 굉충은 사방을 휘휘 두르고 있는 오랏줄을 보면서 대경했다.

황궁 무공이 강호의 무공과는 궤를 달리하는 걸 알고 있었지만 금의위의 이런 포박술은 경험해 본 적이 없다.

좌우로 갈린 무사들이 달려 나간 중앙으로 또 다른 금의위 무사들이 뛰쳐나와 오랏줄을 던지고 있다. 사방팔방이 오랏줄로 가득해져 피할 곳이 없다. 몇 개를 쳐 낸다고 하더라도, 한 점이 아니라 긴 선의 형태로 감아 오는 오랏줄을 다 피하긴 어려웠다.

승라포박술(繩邏捕縛術)!

경마자(苘麻子)라는 풀에서 채취한 실을 수백 번이나 꼬아 만들어 어지간한 칼로 쳐도 끊어지지 않는 오랏줄이다. 특히나 내가공력을 탄력적으로 흡수하고 반탄하는 성질이 있어서 내공이 깊은 무림인들에게도 치명적이다.

승라포박술은 한번 펼쳐지면 오랏줄끼리 서로 마구 엉켜서 그 안에 있는 자가 빠져나갈 길이 없다. 아마도 오랏줄에 몸이 꽁꽁 매이거나, 매듭에 담긴 공력에 몸이 부서져 죽을 것이다.

굉소와 굉충이 온 힘을 다해 오랏줄과 매듭을 튕겨 내 보지만 튕겨 난 오랏줄은 다른 오랏줄에 얽히거나 되튕겨서 다시 날아들었다.

휘리리릭!

오랏줄이 거미줄처럼 얽혀 간다. 굉소와 굉충이 얼마 지나지 않아 고치가 되거나 고깃덩이가 될 것 같다.

"사백님!"

"저희들도 돕겠습니다!"

보다 못한 나한들이 곤을 들고 달려들었다. 호선으로 날아들며 좁혀지는 오랏줄을 곤으로 튕겨 내며 굉소와 굉충을 구해 내려 했다.

뒤쪽 후열에 있던 금의위 무사들이 이를 가만히 두고 볼 리 없었다. 매듭진 오랏줄을 크게 휘둘러 던졌다. 곤으로 쳐 내려 해도 공력이 부족하면 곤이 박살 나고, 겨우 쳐 내도 또 다른 오랏줄이 날아든다.

"그냥은 안 된다! 나한진으로!"

곧 나한들은 세 명이 한 조가 되어 하나처럼 힘을 합쳐 오랏줄을 걷어 내기 시작했다. 세 명이 안 되면 네 명, 네 명이 안 되면 여덟이 힘을 모은다. 나한들은 여러 합격술과 진법을 익혔고 그건 지금 같은 때에 큰 위력을 발휘할 수 있다.

하늘을 온통 뒤덮고 사방을 폭풍처럼 감아 오던 오랏줄이 조금씩 걷히기 시작한다.

괜히 소림이 아니고, 소림의 나한이 아니다. 금의위의 자랑인 승라포박술을 차근차근 해체해 나가고 있었다. 날고 긴다는 금의위 정예를 상대로 소림의 나한 이백도 전혀 밀리지 않는다..

"흥. 그래도 한가락 한다 이건가?"

유장경이 코웃음을 쳤다.

동시에 종암이 땅을 박찼다.

종암이 허공으로 뛰어올라 승라포박술이 펼쳐지는 진의 한가운데로 떨어진다. 마치 기다렸다는 듯 금의위 무사들이 움직임을 뚝하고 멈추었다.

"음?"

굉충은 바로 옆에서 종암의 기척을 느끼고 몸을 돌렸다. 종암이 하늘에서부터 떨어지는데 오른 주먹을 왼쪽 귓가에까지 끌어 올려 두고 있었다. 그러더니 바닥에 내려서며 벼락처럼 사선으로 주먹을 내리친다. 주먹을 쥔 손등이 굉충의 턱을 강타한다.

굉충이 무쇠 염주를 들어 양팔로 막았다.

쾅!

사람의 주먹이 쇳덩어리와 부딪쳐서 나는 소리가 아니었다. 그러나 굉충의 염주는 박살이 났다. 종암의 주먹은 염주를 산산조각 내고도 힘이 줄지 않았다. 굉충의 턱이 휙 하고 돌아갔다. 흰자위가 보이며 눈이 뒤집힌다. 염주알이 사방으로 비산하며 굉충은 그대로 쓰러졌다.

탱, 탱그르르.

찌그러진 염주알이 바닥을 굴렀다.

뒤에서 굉소가 보고도 믿지 못할 광경이었다. 단순하게 휘두른 주먹을 피하지 못하고 막은 것도 기이한데, 무식하게 힘으로 방어를 뚫어 버렸다.

"이런 지독한!"

굉소가 뒤늦게 선장을 휘두르며 달려들었다. 종암이 팔을 아래로 내리고 소매를 흔들었다.

불쑥, 소매 안쪽에서 세 뼘 길이의 짧은 육모곤이 튀어나온다. 끄트머리를 육각형으로 깎아 둥그런 징을 박아 넣었다. 종암은 무표정하게 손잡이를 잡고 육모곤을 하늘로 한껏 치켜들었다가 그대로 내려친다.

구—웅—!

그 단순한 일 초식에 굉소는 헛숨을 들이켰다. 가공할 압박이 느껴지며 다리가 땅으로 꺼져 버릴 듯 무거워졌다. 선수는 굉소가 잡았는데 그 한 초식에 도리어 주도권을 빼앗긴 셈이 되어 버렸다.

으직, 으직.

발밑의 박석에 금이 가기 시작하고 몸이 바닥으로 파묻힐 것 같은 중압감이 짓누른다.

이러니저러니 해도 종암은 우내십존의 한 명이며 무적이라고까지 불리는 무인. 방어만 해서는 어차피 승산이 없다.

굉소는 입술을 깨물어 피를 냈다. 조금이나마 압박이 사라진 느낌이다. 종암에게 달려가면서 연속으로 두 번 발을 굴러서 진각을 밟았다. 순간적으로 뒷발과 앞발을 동시에 차서 진각을 두 번 밟은 힘을 내는 신묘한 수법이다.

선장으로 종암의 비어 있는 오른쪽 허리를 후려쳤다. 팔을 들고 있기 때문에 완벽하게 비어 있다. 설사 굉소의 머리가 부서진대도 종암 역시 갈비뼈가 부러지고 내장이 진탕될 상황이다.

그러나 종암은 아무런 표정의 변화도 없었다. 그저 육모곤을 쭉 내려칠 뿐이다.

하지만 굉소는 어딘가 모르게 선장의 무게가 갑자기 무거워진 듯한 착각에 빠졌다. 선장을 휘두르는 게 아니라 물속에서 밀어내는 것 같은 강한 저항이 느껴졌다. 공기의 흐름이 세로로 수백 겹이나 차단되어 있어 가로로 선장을 후려치는데 뭔가 계속해서 가닥가닥 부딪치는 듯하다.

'크윽!'

호신기공인가 싶었는데 그게 아니다.

허공에서 내려치고 있는 육모곤이 수십 개로 갈라지며 폭포수같이 쏟아지고 있었다. 하나 실제로는 육모곤이 채 떨어지지도 않았는데 그 기운이 벌써 전신을 장막처럼 두르고 있는 것이다.

보극대삼락.

공격이 시작되는 순간 이미 방어가 끝나 있다는 신비한 전진파의 장법이 육모곤으로 펼쳐지고 있었다.

이대로라면 허리를 친대도 힘이 다 빠져 그냥 툭 건드리는 정도나 될 것 같다. 꿩소의 이마에 대번에 식은땀이 배어났다.

어쩔 수가 없이 몸을 낮추며 선장을 위로 들어 막을 수밖에 없었다. 왜 꿩충이 막을 수밖에 없었는가, 그 이유를 어렴풋하게나마 깨달은 꿩소다.

그리고······.

선장은 여지없이 부러졌다. 육모곤은 처참하게 선장을 박살 내고 욱이며 부서트렸다. 급하게 철포삼과 호신기를 돌려 막아 보려 했으나 그것도 소용이 없었다.

소림 공습 127

꽁소의 왼쪽 어깨에 육모곤이 파묻혔다.

"커헉!"

끔찍하게 뼈 부러지는 소리가 나고 꽁소는 피를 한 사발이나 토하면서 무릎을 꿇었다.

털썩.

단 일격에 눈이 돌아가며 혼절했다.

소림에서도 고수 측에 속하는 두 승려를 모두 일 초식으로 쓰러트렸다.

그럼에도 아무런 감흥이 없는 표정으로 쓰러진 두 승려를 번갈아 보는 종암이다.

지나온 시간들의 회한이 뼈에 사무쳤다.

머지않은 곳에 보이는 전각이 바로 진산식이 봉행되고 있는 대웅전이다.

"이제…… 갚아 줄 시간이다."

입술이 씰룩였다.

그의 입가에 스산한 미소가 감돌았다.

"사백님!"

나한들의 안타까운 비명 소리에 유장경이 손가락을 들어 앞을 가리켰다.

"제압하라."

금의위 무사들이 망연자실한 나한들을 향해 오랏줄을 날렸다.

＊　　　＊　　　＊

삐이이이이이—익!

날카로운 휘파람 소리가 소림 경내에서 마구 울려 퍼졌다.

공양게를 끝내고 연단에 서서 막 이임사(離任辭)를 준비하던 굉운이 낮은 한숨을 내쉬었다.

내빈석에 있던 오황이 그 모습을 가만히 보고 있다가 나름대로 신경 써서 차려입었던 장포를 벗어 버렸다. 그러고는 굉운을 향해 전음을 날렸다.

[아무래도 내가 일을 잘못한 모양일세. 면목이 없구먼.]

굉운이 파리한 안색에 담담한 미소를 담으면서 오황을 쳐다보았다.

[그 때문이 아닐 겁니다. 약조를 맺었음에도 불구하고 굳이 찾아온 것은 어차피 찾아올 생각이었기 때문이겠지요.]

빠드득, 오황은 이를 갈았다. 이미 무력 충돌이 있음을 느꼈고 희미한 기운 중 익숙한 몇 개를 발견하기도 했다.

[어쩐지 이상하긴 했어. 유장경, 그놈이 아무리 열등감을 갖고 있었어도 나한테 그렇게 행동할 건 아니었거든. 뻔뻔한 얼굴로 나를 속여 넘기고 속으론 다른 꿍꿍이가 있을 줄 몰랐네.]

오황은 분을 참지 못하고 씩씩댔다.

다른 건 몰라도 속았다는 생각에 울분이 치밀었다. 성질대로라면 당장 뛰쳐나가서 싸우고 싶다. 하지만 지금은 소림의 백년지대행사 중이다. 차마 마음대로 행동할 수가 없었다.

[내 책임을 지지. 진산식이 끝날 때까지 놈들이 이곳 대웅전에 발도 못 붙이게 하겠네! 놈들이 뒤에서 낄낄대고 있는 걸 생각만 해도 복장이 터져!]

마해 곽모수가 인상을 잔뜩 쓰고선 한마디를 내뱉었다.

"그만두게. 호미로 막을 것을 가래로 막게 될 게야."

"뭐?"

오황이 곽모수를 보고 눈을 부라렸다.

"네놈이 지금 내 말을 엿들었나?"

"엿듣지 않아도 자네가 할 행동이야 뻔하지."

"흥, 그렇다면 내가 당장 나가서 밖의 놈들을 다 때려잡을 거라는 걸 예측했겠구먼?"

"그러니까 말리는 걸세. 저들은 우리가 전혀 예측하지 못할 타당한 이유를 들고 나타날 테니까."

"크윽……"

"우선은 그들의 이야기를 들어 볼 수밖에 없네. 소림에 와서 함부로 실력 행사를 할 정당한 이유가 있는지를."

"그게 왜 하필 지금이냐고!"

"저들의 입장에선 일을 도모하고자 한다면 지금이 가장 적기이지."

오황은 발을 동동 굴렸다. 그러나 당장은 그가 할 수 있는 일이 없었다.

곽모수의 말대로다.

소림사의 내원만 하더라도 미륵정인팔대호원진이라는 절진이 발동되고 있어 철옹성이나 다름없다. 한 명이 열 명을 능히 막아 낼 수 있는 곳이다. 그곳이라면 천하의 우내십존이라 하더라도 마음껏 힘을 쓰기 어렵다. 환야 허량도 그 안에서 달아나지 못하고 발각된 전력이 있을 정도다.

그러나 지금은 진산식을 위해서 거의 대부분의 승려들과 제자들이 외원으로 나온 상태였다. 기마대를 상대로 갑옷을 벗고 계곡에서 탁 트인 평야로 나온 셈이다.

심지어 일반인 수천 명까지 함께하고 있어서 신속한 대응이 어렵다. 총 만 명이 넘는 인원이 어우러져 있으니 격전이 벌어진다면 일반인들의 피해가 만만치 않을 것이고 소림은 이를 우려하지 않을 수 없다. 제대로 된 대처는커녕 반응만 굼떠진다.

관부와 금의위에서 내세우는 명분이 무엇인지 이쪽은 전혀 알지 못하는 와중에 혹시 모를 격전에 일반 참배객들마저 보호해야 하는 부담스러운 상황.

이런 상황에서 소림이 선택할 수 있는 방법이 몇이나 있겠는가.

"안 돼……."

오황은 굉운이 원주 한 명을 불러 조용히 말을 이르는 것을 보며 저도 모르게 혼잣말을 중얼거렸다.

다른 사람은 몰라도 지금의 방장 굉운이라면 취할 행동이 너무나 뻔했던 것이다. 굉운은 참배객들을 방패로 삼을 만한 이가 아니었다. 따라서 자신이 직접 이번 일을 해결하려 할 터다.

곧 소림의 뭇 승려들이 대웅전의 입구와 담 쪽으로 퍼져서 참배객들을 호위하는 형태로 선다. 속가제자들까지도 말을 전달받고 함께 행동하고 있다.

진산식을 참관하던 많은 참배객들이 불안으로 웅성거렸다.

굉보가 내공을 실어 중후한 목소리로 외쳤다.

"장내에 계신 시주님들께 알립니다. 이임식의 행사를 잠시 멈추도록 하겠습니다. 무슨 연유인지 알아보는 동안 본사 제자들이 이곳에서 여러분들이 안전하도록 모실 것이니, 부디 양해를 부탁드립니다."

뎅뎅뎅뎅.

몇 번의 종이 더 울리자, 굉운이 결단을 내린 듯 연단을 내려왔다.

그 뒤를 원호를 비롯한 수뇌 원주들과 오황, 곽모수…… 그리고 두어 명의 내빈이 뒤따랐다.

쭉 갈라진 사람들의 사이를 지나가는 굉운과 원주들을 보며 소왕무와 대팔이 걱정스러운 얼굴을 했다.

"야, 이거 보통 큰일이 생긴 게 아닌가 본데?"

"그러게. 진산식을 하다 말고 갑자기 내려가실 정도로 일이 생긴 거야?"

사람들 틈으로 무 자 배 승려가 급히 다가와 마당 한편에 서 있던 장건과 소왕무, 대팔을 비롯한 속가제자 아이들에게 말을 전했다.

"너희는 이곳을 벗어나지 말고 손님들을 지키도록 해라. 알겠느냐? 손님들의 안전이 최우선이지만 너무 위험하다 싶으면 너희들의 몸은 스스로 지키도록 해."

급하게 말하고 이동하려는 무 자 배 승려에게 소왕무가 물었다.

"사형! 무슨 일이에요?"

무 자 배 승려가 목소리를 낮추고 대답해 주었다.

"관군이 쳐들어온 모양이다."

"예에? 왜……."

"쉿, 조용히 해. 시주분들의 귀에 들어가지 않도록 하고. 상황이 파악되는 대로 시주분들이 밖으로 피신할 수 있도록 할 예정이니까, 똑바로 잘 지키고 있어."

"아, 알겠습니다."

무 자 배 승려는 명령을 전달하기 위해 다시 바삐 움직였다.

소왕무가 장건을 보고 낮은 소리로 물었다.

"건이 너는 뭐 아는 거 없어?"

"나도 잘……."

다른 사람들이 아무것도 알지 못하는 일을 장건이라고 알 수 있을 리 없었다.

궁금한 것도 궁금한 거지만 관부 때문이라고 하니 장건은 그게 또 자신 때문인지 걱정하지 않을 수가 없었다. 그래서 염려스러운 얼굴이다.

대팔이 흥분해서 말했다.

"도독부 문제는 잘 해결됐다고 하지 않았어?"

"그러게."

"우리가 뭔가 해야 하지 않냐?"

소왕무가 타박했다.

"뭐, 인마? 우리가 뭐라고 나서냐. 뭘 할 수 있다고. 우내십존이 두 분이나 계시는데 너랑 내가 가서 '괜히 힘쓰지 마세요. 우리가 할게요.' 그럴까?"

"아니, 그게 아니라 무슨 일인지는 알아봐야 할 거 아냐."

"그건 그러네. 아, 도대체 뭔 일이야."

대팔은 걱정스러운 얼굴로 굉운들의 뒷모습을 지켜보다가 팔꿈치로 장건의 옆구리를 쿡 찔렀다. 당연히 장건이 찔릴 리 없다. 사소한 동작이었는데도 불구하고 대팔의 팔꿈치는 빈 공간만 휘저었다.

"왜?"

아무렇지 않게 묻는 장건을 보며 대팔이 입맛을 다셨다.

"가 보자."

"뭐?"

"무슨 일인지는 알아야 뭐라도 어떻게 해 보든지 말든지 할 거 아냐. 소림의 제자로서 아무것도 안 하고 가만히 있는다는 게 말이나 되냐?"

"하지만 사형이 여기서 손님들을 지키라고……."

"그냥 구경만 하고 오는 거야, 구경만. 넌 궁금하지 않아?"

"궁금은 하지……."

"그럼 가자. 살짝 보고 오면 되잖아."

소왕무가 어이가 없다는 얼굴로 말했다.

"인마, 보고 싶으면 너 혼자 다녀와. 왜 건이를 꼬셔?"

"야, 나 혼자 갔다가 무슨 일 생기면 어쩌라고. 건이가 있어야 안심이 되지. 안 그래?"

"그럼 안 가면 되지."

"누가 너한테 가자 그랬나?"

대팔이 장건을 보며 독촉했다.

"가자, 건아. 응?"

장건도 궁금하긴 했다. 만약 지금의 일이 또 자기 때문에 생긴 일이라면 도저히 자기 자신을 용납할 수 없을 것 같았다. 아무리 소림에서 감싸 주더라도 책임을 져야 할 일이 있는 법이다.

그러나 분명히 사형들에게서 받은 명령은 이곳에서 평범한 일반인인 손님들을 지키라는 것이었다. 함부로 행동하기에는 아무래도 뒤끝이 찜찜하다. 그렇다고 모른 체할 수도 없고……

장건은 고민했다.

하지만 그렇게 오래 고민할 필요는 없었다.

굉운이 대웅전의 정문을 나선 지 얼마 안 되어서, 아니, 바로 직후라고 봐도 될 만큼 무방한 시간 뒤에 갑작스러운 소란이 벌어졌다.

"앗!"

"무슨 짓이냐!"

밖에서 고함과 함성 소리가 들려왔다.

대웅전 밖으로 방장과 일부 원주들이 나갔기 때문에 대웅전 안에서 기다리던 승려들은 크게 놀랐다.

"뭐야?"

"따라와라!"

일부 나한들이 대웅전을 달려 나갔다.

진산식을 위해 중원 각지에서 본산을 찾아온 속가의 성인 제자들도 가만히 두고만 보고 있지 않았다. 표두나 표사를 하고 있거나 지역에서 무관을 운영하는 이들이 대다수였다. 일부가 나한들을 따라 대웅전의 밖으로 뛰쳐나간다.

참배객들이 웅성거리며 소란이 생기자 나이 어린 속가제자들도 어찌해야 할 바를 모르고 당황했다. 무진이 달려와 어린 속가제자들을 이끌었다.

"너희는 시주분들을 최대한 대웅전 안쪽으로 모시거라! 무공을 익히지 않은 학승분들도 함께!"

그러나 대웅전의 크기는 한계가 있고 수천 명을 다 수용할 수는 없다. 당장에 노약자를 전각 안쪽으로 대피시키고 마당에서 보호하는 형태로 설 수밖에 없었다.

쿵쾅거리며 계속해서 박투 소리가 나더니 밖으로 뛰쳐나갔던 속가의 성인 제자들이 정문 안쪽으로 계속해서 밀렸다. 몇몇은 맞아서 나동그라지고 몇몇은 포박된 채 굴렀다. 진형도 유지하지 못하고 밀리면서 대웅전 문 안으로 완전히 밀렸다.

쿠당탕탕!

대웅전의 정문으로 가장 마지막 속가의 성인 제자가 쫓겨나듯 맞고 날아들었다.

그리고 그쪽으로 일단의 무사들이 쏟아지듯 들어왔다.

불쑥!

정문뿐이 아니었다. 담 위에서도 여지없이 무사들이 모습을 드러냈다.

"이…… 이런!"

"무슨 일이 벌어진 거냐!"

황제의 권위를 상징하는 누런 금색 비단옷에 몸 전체를 누비는 용의 자수. 그 위로 덧댄 시커먼 묵색 갑주. 한 손에는 오랏줄을 들고 다른 손에는 대도를 든 모습.

"그, 금의위!"

흔히 볼 수 없는 이들이었으나 누군가 용케도 그들을 알아보았다. 하지만 오히려 그것은 역효과를 불러 일으켰다.

그 누구도 집행권을 벗어날 수 없다는 공포의 상징 금의위. 고관대작들조차 금의위가 모습을 드러내면 만사를 다 포기한다는데 일반 민초들이야 어떠하겠는가.

대웅전의 정문으로 들어선 금의위 무사들은 삼백여 명에 불과했으나 사람들은 당황했다.

"꺄아아악!"

"무, 무슨 일이야!"

수천 참배객들이 금의위라는 한마디에 완전히 혼비백산하여 얼어붙었다. 북방의 찬 바람보다도 더한 한기가 대웅전을 휘감는다.

담 위에 올라가 있는 이천 관병들이 단궁을 들어 화살을 활시위에 메기자, 공포감은 더욱 극심해졌다. 오죽 겁에 질렸으면 남녀노소 가릴 것 없이 비명 소리조차 내지 못하고 오들오들 떨기만 했다.

비록 무공을 배운 승려들과 소림의 속가제자들이 앞에서 보호해 주고 있다고는 하나 나라의 권력에 대한 직접적인 공포는 쉬이 떨쳐 내기 어려운 것이었다.

더구나 실질적인 수뇌부들이 모두 굉운을 따라나섰기 때문에 누구 하나 제대로 나설 만한 이도 없었다.

"낭패로구나……."

무진은 식은땀을 흘렸다.

싸우려고 해도 싸울 수가 없었다. 금의위의 무력이 강하다는 건 알고 있으나 소림의 전 제자들이 그에 당하지 못할 바는 아닌 것이다.

하나 난전이 펼쳐지면 소림을 찾아온 일반 참배객들의 안전을 보장하기가 어렵게 되는 건 물론이고, 금의위와 관부에 함부로 대항했다가 또 다른 죄를 덮어쓰게 된다면…… 그때야말로 소림은 끝장이 날 터다.

무진은 입술을 깨물었다. 나무아미타불, 하고 불호를 외워 봐도 마음이 진정되지 않았다.

무언가 말로 표현하기 어려운 미심쩍은 불안감이 자꾸만 심기를 어지럽히고 있었다. 지금의 이 상황에서 뭔가 더 탈이 날 여지가 있다는 생각이 들었다.

'그게 뭐지?'

무진은 최대한 호흡을 고르면서 천천히 사방을 돌아보았다. 정문과 담장까지 올라 있어 완벽하게 포위된 상황.

그런데…….

거기에 이상한 게 있었다.

담에 올라 단궁의 활시위를 메기고 있는 관병들.

그중에서 일부는 도저히 일반 관병이라고 생각되기 어려운 눈빛을 가지고 있었다.

꽤 먼 거리임에도 불구하고 무진은 확신할 수 있었다. 특히나 몇몇은 무진이 승패를 장담하는 것조차 어려워 보였다.

'이건…… 이건 결코 단순한 위협이 아니다!'

거기까지 생각이 미치자 무진은 현재 가장 걱정해야 할 것은 다름 아닌 누구인가를 깨달았다.

"방장 사백조님!"

무진이 경악하여 소리쳤다.

굉운을 비롯한 각대 원주들, 그리고 소림을 찾은 몇몇 명사들은 대웅전의 앞을 벗어나자마자 꼼짝달싹 하지 못하고 포위되어 있었다.

수백의 금의위와 수천의 관병들이 그들을 완벽하게 둘러싼 상황이었다. 다들 당황한 기색이 역력했다.

굉운은 원래 수천 명 참배객들의 안전을 위해서 일부러 앞서 나와 관병들을 맞이하려 했다.

그러나 그것이 오히려 화로 작용했다.

금의위와 관병들이 가타부타 말도 없이 굉운들을 둘러싸더니 돌연 병력 중 일부가 대웅전 안쪽으로 들어가 버린 것이다.

그들의 목표가 무엇인지는 명확하다.

결국 대웅전의 일만이 넘는 이들이 인질이 되어 버린 셈이다. 또, 반대로 그쪽의 입장에서는 굉운들이 인질이 된 것이나 다름없는 상태가 된 것일 터였다.

어차피 대웅전에서 기다리고 있었다고 해도 상황은 마찬가지였을지 모르나, 심리적으로 받는 압박은 더 클 수밖에 없었다.

섣불리 움직일 수도 없었다. 이미 둘러싸이기 이전부터 찌를 듯한 살기가 사방에서 쏟아지고 있었으니까.

그것은 마치 '움직이면 죽는다.'라는 일종의 경고와도 같았다. 문제는 그 경고를 보낸 이가 단순한 수준의 무인이 아니라는 것, 그리고 한두 명이 아니라는 것이었다.

심지어 그것은 거의 우내십존의 수준에 준하는 살기였다. 마구 뒤섞여서 교묘하게 숨겨진 수많은 살기 중에 적어도 넷 이상이 그러했다.

"이놈들이 협박을……."

오죽하면 오황조차 섣불리 움직이지 못했다.

오황은 눈을 부라렸다.

"어디의 어떤 놈이냐."

하나 포위를 하고 있는 수천 명 중에서 숨어서 살기를 쏟아 내는 자를 찾기란 쉽지 않았다. 어디쯤에 있는지는 알 수 있지만 찾아낸다고 해도 별다른 방법이 없는 것이다.

마해 곽모수도 인상을 잔뜩 찌푸렸다.

그만큼 위협을 받고 있는 상황.

그러나 곽모수는 끝까지 가만히 있진 않았다. 다들 살기에 집중하고 있을 때 곽모수는 방장 굉운의 얼굴이 새하얗게 질려 가는 것을 보았다. 몸 상태가 정상이 아니니 살기를 버텨 내지 못하는 것이다.

인상을 잔뜩 찌푸리고 있던 곽모수가 거무죽죽한 철필을 들어 올렸다. 소림의 진산식에 참관을 위해 온 만큼 최소한의 불상사가 일어나지 않도록 살필 의무가 있다. 만약 지금도 관부가 아니라 무림의 문파와 일이 생긴 것이었다면 그가 나서서 중재를 했을 터다.

펄럭!

도포자락을 휘날리며 뛰어오른 곽모수가 내려앉으면서 철필을 내리그었다.

퍽!

사람 팔뚝 길이의 철필이 땅에 박혔다.

"위아래로 통하여 꿰뚫을, 곤(丨)!"

우르르르.

철필을 바닥에 꽂았는데 바닥이 아니라 허공이 위아래로 길게 갈라지며 공기가 울음을 토해 낸다.

일순간 쏟아지던 살기가 잠시나마 뒤흔들렸다. 곽모수는 철필을 뽑아 크게 허공을 휘저었다. 잔뜩 엉킨 실을 되감는 것처럼 두어 바퀴 원을 그리더니 옆으로 힘껏 철필을 털었다.

살기가 철필의 움직임을 따라 마구 휘감겼다가 순식간에

사방으로 흩어졌다.

살기의 흐름이 흐트러지면서 잠시나마 여유가 생겼다. 몇몇 내공이 부족한 원주는 탁한 숨을 토해 내기도 한다.

울컥.

압박을 받고 있다가 풀려난 굉운은 더 버티지 못하고 입에서 핏물을 게워 냈다. 공명검에 다친 상처가 터져서 황색 승복이 적색 가사보다도 더 붉게 물들었다.

"사백님!"

"사형!"

원주들이 굉운을 둘러싸고 급히 호법을 섰다. 굉운이 하얗게 질린 얼굴로 고개를 흔들었다.

"괜찮네."

심지어 굉운은 나서서 한마디 하려던 곽모수조차도 말렸다. 곽모수가 나서는 것을 본 굉운이 소매를 저어 막은 것이다.

다행히도 더 이상 살기는 쏟아지지 않았다. 곽모수는 뒤로 한 걸음을 물러났다.

대신 종암과 유장경이 금의위 무사들을 제치고 모습을 드러냈다.

"과연 흐름을 장악하는 자, 불가해(不可解)의 해법을 지닌 천문서원의 마해답군. 오랜만이오."

"그렇소. 오랜만이오."

아무렇지 않게 말하는 모습이 얄미웠는지 오황이 폭발했다.

"이 더럽고 치사한 놈들, 이게 무슨 짓이냐! 살기를 뿌린 나머지 두 놈은 또 어디 있어!"

굉운이 조용히 오황을 불렀다.

"본사의 일입니다. 제가 얘기를 하지요. 잠시만…… 잠시만 물러서 주십시오."

"하지만, 방장 대사!"

"제가 합니다."

오황은 나서고 싶었으나 굉운의 이루 말로 표현하기 어려운 단호한 얼굴을 보고는 끙 소리를 내며 물러섰다.

굉운은 좌우의 부축을 받으면서 앞으로 걸어 나왔다. 금방이라도 쓰러질 듯한 모습인데 눈빛만은 조금도 죽지 않았다. 가만히 유장경에게 시선을 두는데 오히려 지극히 담담한 눈빛이 독하게 느껴졌다.

굉운은 길게 얘기하지 않았다.

"자, 본사를 찾으신 이유를 듣겠습니다."

그 짧은 말에 얼마나 깊은 분노가 담겨 있었는지 유장경은 저도 모르게 흠칫하고 어깨를 떨었다.

합당한 이유를 대지 못하면 이 같은 짓을 저지른 대가를 치르게 만들겠다는 강렬한 의지가 느껴졌다.

"흥."

코웃음을 친 유장경이 월도를 땅에 찍어 세우고는 품에서 붉은 수실이 달린 금패(金牌)를 꺼냈다.

"상천권명(上天眷命)!"

유장경의 한 마디에 굉운이 눈을 부릅떴다. 뒤쪽 승려들도 놀라서 입을 다물지 못했다.

"헉!"

하늘을 우러러 명을 받들라는 말, 그것은!

순간 모두가 무릎을 꿇었다.

소림의 승려와 내빈들은 물론이고 유장경을 제외한 금의위와 관병 수천 명이 동시에 몸을 숙였다.

구——웅!

수천 명이 하나처럼 무릎을 꿇는 소리에 거대한 울림이 일었다.

황명이다.

이유여하를 불문하고 상천권명의 금패가 나온 이상 황제를 보듯 해야 한다.

유장경이 큰 소리로 외쳤다.

"근래에 간사한 무리들이 기승을 부려 죄 없는 백성들이 큰 피해를 입고 관청에 달려와 목 놓아 읍을 하고 탄원을 하니, 관인들이 충심으로 하나같이 이를 고하여 법과 질서와 짐의 덕이 모두가 어지럽혀 있다 하였다. 이에 임시 순검부사(巡檢副使) 종암을 우첨도어사(右僉都禦史) 휘하 순안감찰어사로

임명하여 상세히 살피게 하니, 순안감찰어사 종암은 교지에 따라 황명을 받들어 어명으로 이를 행하도록 할 것이며, 시위상직군의 부장 유장경은 순안감찰어사 종암이 백성들의 억울함을 살필 수 있도록 진충갈력(盡忠竭力)으로 보좌하여야 할 것이다!"

우르르릉—

내공까지 실어 울린 목소리였다. 근처의 전각 지붕에 올린 기왓장들이 덜그럭거렸다. 가까이에 있던 관병들은 고통스러워 귀를 막고 주저앉기도 했다.

지금의 목소리는 바로 앞에 있는 대웅전에서도 똑똑히 들었을 것이다. 아니, 아직도 메아리가 들릴 정도로 소실산 전체가 웅웅거리고 울렸으니까 소림의 모든 암자와 전각에서 들을 수 있었을 터다. 물론 그런 목적으로 힘껏 외쳤을 거라는 건 주지의 사실이다.

당연히 오황은 유장경의 외침을 듣고 당황스런 표정을 지었다.

"어사? 포쾌가 아니고 어사? 순안감찰어사?"

종암이 순검부사가 아니라 포쾌였던 것은 확실하다. 그러나 포쾌에서 어사가 되는 건 보기 좋은 일이 아니다. 하여 임시 순검부사로 품계를 올렸다가 다시 순안감찰어사의 직위를 내린 것이다.

하물며 유장경은 종암의 보좌 역할이다. 세상에, 금의위의 부장이 보좌하는 어사라니!

그러나 정작 중요한 건 종암이 어사가 되었다는 게 아니었다.

상천권명은 간사한 무리를 철저히 가려내어 징벌하라는 내용이었다. 그러한 칙령을 들고 종암과 유장경이 소림으로 왔다.

그것이 무엇을 의미하겠는가.

소림사를 백성들을 괴롭히는 간사한 무리로 지목하고 있다는 뜻이다!

유장경이 상천권명의 금패를 갈무리하자 승려들과 내빈들은 분분히 몸을 일으켰다. 하나같이 당황을 금치 못하는 표정이었다.

"이, 이런……."

"어이없는 일이……."

모두가 창백한 얼굴이 되었다.

뭐가 어떻게 돌아가는지 알 수가 없다. 만일 저것이 도독부의 사건으로 말미암은 것이라면 이미 어제 오황이 해결하지 않았던가!

그것 말고도 또 무엇이 있기에 간사한 무리니 뭐니 하며 황명을 들먹인단 말인가?

이대로라면 소림의 승려들이 모두 관부로 줄줄이 붙들려가 문초를 받을 판이다. 무슨 일인지 알지도 못한 채 말이다.

황명까지 들먹인 이상 벗어날 길이 없다. 누군가의 모함이든 아니든.

 곧 취임해야 할 입장이었던 원호도 어이가 없었으나 함부로 나설 수가 없었다. 아직 굉운이 이임하지 않았으니 나서기가 어렵다.

 하지만 말도 안 되는 얘기를 들은 이상 그런 원호도 분기탱천할 수밖에 없었다.

 "대명천지에 터무니없는 이야기로 모함을 하다니! 이런 일이 용납될 것 같소이까!"

 그러나 굉운은 침착했다. 기다리라고 원호에게 손짓한 후 한 자 한 자 또박또박 말을 내뱉는다.

 "그렇다면 잘못 찾아오신 것 같습니다."

 담대하다고 해야 할까? 그 침착함에 유장경은 눈살을 찌푸릴 수밖에 없었다.

제5장

환우신장

유장경이 곧 표정을 가다듬고 되물었다.

"부정하는 것인가?"

"무엇을 말씀입니까?"

"본관은 수많은 악행과 더러운 협잡으로 선량한 백성들을 착취하고 괴롭힌 자들에게 법의 지엄함을 알리라는 명을 받았다. 중벌을 면치 못할 것이다."

"아니 이를 말씀이십니까."

"넛이?"

담담한 얼굴로 대답한 굉운은 약간 언성을 높이면서 강하게 말했다.

"본사는 사찰이며 동시에 백도 무림의 문파입니다. 하나

무인이기 이전에 승려이며, 승려이기 이전에 나라의 백성이기도 합니다. 그러한 무리가 있다면 백성으로서 마땅히 어사 대인과 부장 대인이 찾아오기 이전에 저희가 먼저 찾아내어 인도하였을 겁니다."

그제야 원주들은 위협적인 상황에서 미처 생각하지 못한 점을 깨달았다.

칙령에는 간사한 무리를 척결하라는 말뿐이었다.

간사한 무리가 소림이라는 명확한 설명은 어디에도 없었다.

즉, 유장경은 자의로 칙령의 문구들을 해석하여 소림을 핍박하고 있는 중이나 마찬가지였다.

굉운은 감정에 휘둘리지 않고 그 점을 정확하게 짚어 낸 것이다.

묘한 상황을 깨달은 원주들이 저마다 의심의 눈초리로 유장경을 노려보았다.

이것은 분명한 트집이고 이유 없는 핍박이다.

모두가 그것을 느끼고 있었다. 만일 제대로 된 해명이 없다면 이번 일은 반드시 크게 확대될 것이다.

그러나 의외로 유장경은 여유만만하였다.

"그런가? 아직도 부정하는 모양이로군. 그렇다면……"

유장경이 원주들을 한 바퀴 휘둘러보는 투로 고갯짓을 하더니 물었다.

"소림에는 사부의 유명으로 외유가 금지된 자 하나가 있다지. 나도 익히 아는 자이다. 그자는 어디에 있는가?"

원주들의 등골이 서늘해졌다.

설마…….

유장경은 비웃듯이 코웃음을 치더니 한 장의 서한을 다시 꺼내 들었다.

"이것은 한 선량한 백성이 보낸 투서다. 알겠는가? 투서란 말이다."

"투서!"

원주들이 섬뜩함을 느끼며 외쳤다.

굉운조차 긴장하고야 말았다.

"투서라니……."

유장경은 웃었다.

"그래, 무려 투서지, 투서. 바로 사찰이라는 허울 좋은 껍데기를 뒤집어쓰고 저지른 추악한 짓들과 그 비리를 고발한 투서, 크크크."

유장경의 웃음소리는 매우 음산하고 자신만만했다.

그의 웃음소리를 들은 모두는 소름이 돋았다.

* * *

"뭐? 간사한 무리 어쩌고 그런 거 맞지?"

"어. 근데 왜 우리 소림에 와서 이러는 거야?"

대웅전 안에 있는 수천의 참배객들은 물론이고 소림의 승려들, 속가제자들마저도 모두가 불안감에 휩싸여 웅성거렸다.

소림이 만만치 않은 일에 휘말렸다고 느낀 것이다.

"이, 이걸 어째야 해?"

"방장 대사님이 위험하다고!"

소왕무와 대팔을 비롯해서 속가제자 아이들은 불안함에 휩싸여 안절부절못했다.

당장 대웅전 정문 밖에서 방장 굉운과 원주들에게 무슨 일이 생겼는지 아무도 알지 못했다. 거기에는 차기 주지, 방장이 될 원호마저도 함께하고 있었다. 그들에게 무슨 일이 생긴다면 소림의 앞날은 그야말로 어찌될지 장담할 수 없게 된다.

그러나 단순히 그 정도로 그칠 일이 아니라면?

무진은 수뇌부 회의에 들은 말이 자꾸만 뇌리를 맴돌아 참을 수가 없었다.

―이번 일로 비단 소림뿐 아니라 강호 무림은 사상
 최대의 위기를 맞고 있는 것일 수도 있다네……

저들의 목표가 강호 무림의 핍박이라면 지금만큼 좋은 기회는 또 없을 터였다. 소림의 수뇌부는 물론이고 우내십존 중의 둘이나 함께 있는 것이다. 물론 그들을 힘으로 제압한다는 게 쉬울 리 없으나 저쪽에서는 이미 만반의 준비를 하고 왔을 터다. 제압이 불가능했다면 애초에 시작도 안 했을 게 분명하다.

무진은 주변을 돌아보았다. 그러나 담벼락 위에 올라선 관원들이 활을 들고 있어서 섣불리 움직일 수가 없다. 활이 무서운 게 아니라 일반 참배객들이 다칠까 봐서다. 워낙 많은 수가 군집해 있어 눈을 감고 쏴도 누군가는 반드시 맞을 판이다.

가만히 있자니 방장 굉운과 원주들의 안위가 걱정되고, 제자들을 움직여 포위를 뚫으려니 피해가 우려된다.

"나무아미타불……"

불호를 외도 마음이 진정되지 않는다. 무진은 원주들 중에 유일하게 남아 있던 굉보를 쳐다보았으나, 낭패하기는 굉보도 마찬가지였다.

그런데 그때.

돌연 정문 쪽의 금의위 무사들 중 유독 화려한 수가 놓인 비단옷에 갑주를 걸쳐 입은 중년인 한 명이 앞으로 걸어 나오며 소리쳤다.

"겁먹은 쥐새끼처럼 오들오들 떨고 있군. 이것이 소문의 그 유명한 소림사란 말인가?"

중년의 무사는 거만하게 뒷짐을 지고 나와 비릿한 미소를 지었다. 선이 얇은 외모에 몸도 왜소한 편인데 목소리마저 가늘었다. 천하를 호령하는 금의위의 형상과는 어울리지 않으나, 분명히 고수의 분위기가 풍겼다.

"소림사? 잘못 찾아온 것은 아니겠지?"

누가 봐도 조롱하고 있음을 알 수 있었다. 참배객들에게는 그마저도 공포스러웠지만 승려들은 얼굴이 붉어져서 겨우 화를 참아 내는 형국이었다.

현장에서 가장 배분과 지위가 높은 굉보가 앞으로 나섰다.

"도대체 이 무슨 행패란 말이오!"

그러나 중년의 금의위 무사는 손가락을 까딱거려 말을 그만하라는 투의 손짓을 해 보였다.

"아까부터 같은 말만 오가서 대답하기도 귀찮군. 입만 나불거려 봐야 너무 싱겁지 않은가. 자, 혹시 그대들 중에 용기 있는 자가 있다면 나와 겨루어 보는 것은 어떻겠는가?"

굉보가 크게 분노했다.

"금의위에서는 지금 이것이 장난 같아 보인단 말이외까!"

"장난이라니. 아, 그러면 이렇게 하지. 나를 쓰러트리고 지나간다면 저기 담 위의 궁수들을 물리는 것으로."

흠칫.

"그, 그 말이 사실이오?"

"아! 시위친군사부부장(侍衛親軍司副部長)의 직품을 걸고 약속하지. 누구라도 나를 쓰러트린다면 더 이상 선량한 백성들의 안전은 걱정하지 않아도 될 것이다."

"으음."

"그것도 부족하다면 포위를 풀어 주는 것도 고려해 보지. 어떤가?"

애초에 그럴 거면 뭐하러 포위를 했는지 알 수 없었으나, 어쨌든 거부할 수 없는 제안이었다.

"할 수 없군."

굉보가 막 나서려는데 무진이 막아섰다.

"안 됩니다. 뭔가 저들의 말에서 뭔가 이상한 구석이 느껴집니다. 백성들을 인질로 저희를 기만하려는 것입니다."

"하지만 이대로 가만히 있을 수도 없지 않으냐. 저 말은, 반대로 우리가 응하지 않으면 손을 쓰겠다는 말이다. 누구라도 한 명은 밖으로 나가 방장 사형과 원주들의 안위를 확인해야 한다."

굉보가 잠시 말을 삼켰다가 이었다.

"만약…… 문제가 생겼다면 우리는 총력을 다해 나서야 한다. 무력충돌을 불사하고서라도 말이다. 지금 잠깐만 궁수들을 물려 놓아도 그 시간이면 충분히 나한들이 움직여 담을 장악할 수 있게 될 서다. 그러면 시주들의 안전도 보장되겠지."

"그래도 의심하지 않을 수가 없습니다. 저들의 의도를 알 수가 없습니다. 본사의 수뇌와 제자들의 사이를 굳이 갈라놓고 유리한 우위를 점했는데 어째서 다시 물러서겠다는 말을 한단 말입니까?"

굉보가 대답했다.

"애초에 황궁 고수는 강호 무림의 대항마로 키워 냈다고 해도 과언이 아니다. 태생이 그러하니 황궁 고수들이 강호 무림의 무인들과 사이가 좋지 않은 것은 두말할 필요가 없지."

"단순히 감정적인 이유라고 보기 어렵습니다. 제아무리 친위군이라 하더라도 상명하복의 기강이 있을 것입니다. 개인적으로 이런 일을 결정한다는 것은 있을 수가 없는 일입니다."

"안타깝게도 우리에겐 선택의 여지가 없구나. 더구나 저자는 내 생각이 맞다면 황도팔위(皇道八衛) 중 한 명일 게다. 저런 자신감을 내비치는 것도 무리가 아니다."

"황도팔위……."

무이포신 종암이나 금월사자 유장경, 둘 중에서 어느 한쪽을 황궁제일고수로 꼽기는 굉장히 어렵다. 그러나 그 둘의 다음으로 황도팔위를 꼽는 데에는 황궁 내에서 누구도 이견을 내지 않는다.

황도팔위는 어렸을 때부터 작정하고 키워진 황궁의 고수다. 여덟 중에 둘 이상이면 종암이나 유장경도 승부를 장담할 수 없다는 실력자들이다.

물론 소문만으로 알려졌을 뿐이고 어차피 강호 무림과는 선 하나를 긋고 살아왔기에 그들의 실력이 어느 정도인가 강호 무림에 확실히 밝혀진 바는 없다.

그래서일까?

저들의 의도를 의심하고 있는 무진조차 황궁 고수의 실력을 보고 싶다는 생각을 완전히 떨칠 수는 없었다. 단순한 무인이었다면 그가 무슨 짓을 하더라도 충분히 이해할 수 있는 상황이었다.

그러나 그들은 명령을 받는 입장.

도대체 무슨 이유로 이러한 짓을 벌인단 말인가.

무진은 심각하게 고민했다.

하나 답은 나오지 않았다.

그때.

형형한 눈빛을 빛내는 한 중년의 속가제자가 앞으로 나섰다. 키와 덩치가 보통 사람의 한 배 반은 더 되는데 태양혈이 불쑥 튀어나와 있고 다리와 팔뚝은 통나무처럼 두껍다.

"자네는……."

"제가 한번 나서 보지요."

주변에서 그를 알아본 이들이 낮은 탄성을 내질렀다.

"거력철권(巨力鐵拳) 곽산!"

며칠 전부터 소림에 와 있던 그는 표국 중에서도 몇 손가락에 꼽는 대림표국의 총표두로 속가제자들 중에는 물론이고 표국 쪽에서도 이름만 대면 알 만한 유명 인사다.

외가 공부에 특히 뛰어나서 본산의 제자들도 잘 익히지 못하는 미륵대불권(彌勒大佛拳)을 익혔다. 도검을 맨손으로 막아 내고 부술 수 있는 미륵대불권으로 수많은 도적과 산적들을 때려잡은 강자다. 본산의 원 자 배 승려들과 비교해도 뒤지지 않는다는 평이다.

"저자들이 어떤 의도로 도발을 하고 있든 간에 본사 제자가 아닌 제가 나선다면 그 파장을 조금은 줄일 수 있을 겁니다. 일대일의 대결을 요구하고 있으니 그렇게 해 주어야지요."

말리고 싶다 하더라도 그 외에 달리 내보낼 수 있는 이가 많지 않았다. 지금 이 자리에서 최고 고수는 굉보인데 앞서 나아간 굉소나 굉충에 비하면 실력이 부족한 면이 있었다.

'하지만……'

무진은 굳은 표정으로 정문의 금의위 무사를 향해 걸어가는 거력철권 곽산이 거대한 등을 보고는 살짝 시선을 돌렸다.

아직 앳된 티를 벗지 못한 어린 속가제자들. 그 틈에서 더 걱정스러운 표정을 하고 있는 장건이 보였다.

"크크크."

시위친군사의 부부장을 맡고 있는 악천.

황도팔위에서는 환우신장(幻雨神將)으로 불리는 고수.

그는 다가오는 거력철권 곽산의 모습을 보면서 웃음을 흘렸다. 그에게 주어진 명령이 다시금 떠올랐다.

―이번 출병의 목표는 두 가지다. 한 가지는 소림사의 실질적 봉문. 또 한 가지는 문각의 백보신권 전승자들을 찾아내는 것이다. 전승자의 실력을 판단하여 위협이 된다 싶으면 수단 방법을 가리지 말고 가차 없이 제거하라.

소림사의 실질적 봉문!

그렇다. 이번 출병의 최고 목표는 바로 그것이었다.

원하는 것이 소림사의 완전한 멸문은 아니다. 확실한 증거를 잡긴 했으나 그것으로 폐사(廢寺)를 강제하기도 어렵거니와 그에 따른 강호 무림의 반발 또한 무시할 수 없다.

아무리 위세가 기울었다고는 해도 소림사는 늘 강호 무림의 중추에서 든든한 기둥이 되어 왔다. 한순간에 없애거나 사라지게 한다면 되레 강호 무림이 응집할 계기가 될 뿐이다.

그러니 껍데기만 남겨 두려는 것이다.

완전한 봉문은 아니되 실질적인 활동을 제한시킴으로써 유명무실하게 만든다!

그것만으로도 강호 무림은 구심점을 잃게 될 터다.

다른 문파들에 관병을 보내어 압박을 주고 섣불리 움직이지 못하게 한 것은 결국 소림사를 치기 위해서였다. 장수를 치는 것이 병법의 기본이다.

구심점이 사라진, 장수가 사라진 병졸들이야말로 오합지

졸. 이합집산이 아니던가?

그러나 환우신장 악천이 이해할 수 없는 건 두 번째의 이유이다.

'백보신권의 전승자? 도대체가 그딴 걸 찾아서 어쩌겠다는 거냐?'

절로 코웃음이 쳐진다. 물론 문각 선사의 백보신권은 강호를 놀라게 한 절세의 무공이다. 하나 그 한 무공이 전체의 양상을 바꿀 수 있는 힘이 있다고는 생각되지 않는다.

제아무리 우내십존이라는 걸출한 고수들이 있다고는 하나 그 때문에 강호 무림은 되레 퇴보하였다.

영웅은 전란에서 탄생하는 법.

거듭된 평화와 우내십존의 군건한 자리매김은 오히려 그 후예들에게는 나태와 상실을 가져다 준 것이다. 때문에 사실상 강호 무림은 우내십존과 바로 다음 세대와는 엄청난 격차가 있는 편이다. 한 세대의 무림이 통째로 사라진 것과 비슷한 상황이다.

그에 비해 황궁은 강호 무림의 견제를 위해 끊임없이 인재를 기르고 고수를 양성해 왔다. 당장에 황도팔위만 해도 강호에 나오면 우내십존의 뒤를 이을 고수들로 손꼽힐 수 있을 거라 장담하는 것이다.

그러니 우내십존만 제거한다면 강호 무림을 제압하는 것도 불가능한 일은 아니다. 황궁 고수들만으로야 약간 버겁다 치더라도 거기에 북해의 무력까지 더해지면 결코 부족하지 않다. 그중 일부는 우내십존과 거의 동급의 실력이기까지 하다.

그러니까 악천은 이상하다고 생각할 수밖에 없었다. 이제까지 밝혀진 바로는 백보신권의 전승자가 꼬마라지 않은가? 그런 꼬마가 뭐가 무서워서 수단 방법을 가리지 말고 제거하기까지 해야 하는가. 온갖 장황한 헛소문으로 포장되어 있어서 듣기만 해도 어이가 없는데 말이다.

'어쨌거나, 전승자든 뭐든 내 손으로 다 처리해 주마. 큭큭.'

악천은 큰 걱정을 하지 않았다. 명예보다도 중요한 건 명령이고, 그는 충분히 명령을 이행할 자신이 있었다. 뒷짐을 지고 천천히 겁먹은 듯한 소림의 승려들과 백성들을 바라본다.

강호 무림의 무인들, 특히나 소림의 무공을 익힌 무인들과 싸울 수 있게 된다는 사실에 악천도 약간의 흥분을 감출 수가 없었다.

툭툭.

장건은 누군가 팔을 건드려서 뒤를 돌아보았다.

양소은과 백리연이 있었다. 그녀들도 대웅전 밖에서 유장경이 내공을 담아 외친 소리를 듣고 답답해서 장건을 찾아온 모양이었다.

양소은이 불안함을 감추지 못하는 얼굴로 물었다.

"상황이 어떻게 돌아가는 거야?"

장건이 낮은 한숨을 쉬면서 대답했다.

"저도 잘 모르겠어요."

백리연도 걱정스러운 표정으로 미간을 찡그렸다.

"굉장한 일이 벌어지고 있군요. 금의위라니……."

양소은이 진지한 어조로 장건에게 말했다.

"네가 나가 봐야 하는 거 아냐?"

"……."

"뭐가 어떻게 된 건지는 몰라도 우리가 포위를 당해 있으면 밖에 방장 대사님께서도 위험에 처했을 수 있다는 거잖아. 왜인지 몰라도 보내 줄 수 있다고 하니까 해 봐야 하지 않겠어? 여기 소림사에서 지금 그럴 수 있는 사람이……."

양소은이 말끝을 살짝 흐렸다. 소림의 다른 승려들을 무시하는 발언이 될 수도 있어 일부러 흐린 것이다.

소림의 나한이나 원 자 배의 중견 고수들은 강하다. 하지만 양소은이 생각할 때에도 그들이 장건보다 강한 것 같지는 않았다.

그것은 아마도 소림의 관계자들이라면 누구나 인정하는 바일 터였다. 그럼에도 불구하고 장건에게 곧바로 부탁하거나 강요하지 않은 것은 어린 장건에게 부담을 주기 싫어서였거나, 혹은 보는 눈이 많아서 자존심을 지키고 싶은 탓이었을지도 몰랐다.

양소은이 말을 흐렸다손 치더라도 알아들을 만한 이들은 다 알아들었다. 곁에 있던 소왕무나 대팔 같은 속가제자 친구들도 마찬가지였다.

"그래, 건아. 우리 생각에도 너밖에 없어."

"네가 나서 줘야 해. 더 큰 피해가 있기 전에."

장건이 곤란한 표정을 지었다. 사실은 방금 양소은이 권하기 이전에 이미 장건도 뛰어나갈 생각을 했었다. 방장이나 원호들도 걱정이 되어서 자기도 모르게 걸어 나가려 했다.

한데 내공이 움직이지 않았다.

그래서 나갈 수가 없었다.

그 이유는 장건도 알고 있었다.

생활에서의 무공을 쓰는 것은 괜찮은데 싸울 때 쓰는 무공에 대해서는 아직 난감하기 때문이다. 정확하게는 남을 때리려는 생각을 할 때, 그때에 무공이 잘되지 않는다.

장건도 스스로 너무 기의 가닥에 의지했다는 걸 깨닫고 있다. 그동안 배운 수많은 무공들이 있음에도 불구하고 뭘 어떻게 해야 할지 알 수가 없었다. 이제까지는 어떻게 해 왔는지 모르겠다.

'다시 한 번 해 보자.'

장건은 기의 가닥을 뽑아내려 했다. 멀리에 당당하게 서 있는 금의위의 장수를 상대로 싸울 거라고 생각하면서.

하지만 단전은 잠잠하다. 역시나 잘되지 않는다.

아침까지만 해도 청소하는 데 잘 이용했던 기의 가닥인데 싸우려는 생각으로 쓰려 하니 움직이지도 않는다.

 '큰일이네······.'

 싸우는 데에는 비은을 어떻게 적용해야 효율적이 될지 찾아내지 못한 까닭이다.

 비은에 대해서는 이해했다.

 제아무리 기의 가닥을 쓴다고 해도 최대의 위력을 얻기 위해서는 몸의 움직임이 따라야 한다는 것도 알았다.

 그러나 여전히 장건에게 있어서는 몸을 움직이지 않고 기의 가닥만 움직이는 것이 최대의 효율이었다.

 애초에 기의 가닥을 사용하게 된 게 누군가를 쓰러트리기 위한 목적이 아니었던 탓이다. 그저 제 한 몸 편안히 운신할 수 있으면 이미 기의 가닥을 사용하는 목적에 부합되는 것이다. 그러니 굳이 몸을 움직일 이유가 없다.

 하여 자꾸만 생각과 생각이 서로 상충했다.

 머리로는 몸을 써야 한다고 생각하는데 이미 목적에 도달해 버려 익숙해진 몸은 그것을 거부한다. 살기 위해 아껴야 한다는 생각에 적합하게 바뀐 몸은 굳이 필요하지 않은 최소한의 투자를 마다한다.

 심생종기로 기를 운용하는 장건이기에 이 같은 이율배반적인 상황은 치명적이었다.

 '더러우니까 청소를 해야겠다.'와 '싸우기 위해 무공을 해야겠다.'가 극과 극의 차이인 것이다. 청소를 할 땐 기의 가닥이 가장 효율적이지만 싸우기 위해 무공을 쓸 땐 기의 가닥이 효율적이 않다고 생각하니, 마음이 불편한 것이다.

스스로 자물쇠가 걸렸다고 해야 할까?

장건은 아직도 혼란 중이다. 어제 비무로 인해 깨달음을 얻긴 했는데 그건 머리로 이해한 수준이었다.

해답은 아직 구하는 과정에 있다.

장건이 자신의 곤란한 상태에 대해 막 입을 떼려는데 제갈영이 장건의 옷소매를 붙들었다.

"가면 안 돼!"

제갈영이 다급하게 말했다.

"뭔가 꿍꿍이가 있을 것 같아."

양소은이 무슨 소리냐고 되물었다.

"뭐야, 그럼 이대로 당하고 있어야 한다는 거야?"

"아니. 금의위에서 우리 오라버니의 실력을 모를 리 없잖아. 그럼 당연히 오라버니가 나서는 게 수순이 될 거야. 안 그래?"

"그렇지?"

"그런데도 종용하는 이유가 뭐겠어?"

"나야 모르지?"

"……에이 씨, 모르는데 왜 끼어들어?"

"그럼 넌 알아?"

"나도 몰라. 하지만 조금 더 지켜보는 게 좋을 것 같아."
"흠…… 듣고 보니 그 말도 틀리진 않네."
양소은으로서도 제갈영의 말을 무시할 수 없었다. 제갈가의 사람 입에서 나온 말이다.
"하지만 방장 대사님도 그렇고 다른 분들도 건너편에 잡혀 계시잖아. 무슨 일이 생기기라도 하면……."
백리연도 제갈영의 편을 들었다.
"우내십존이 두 분이나 계시는데 그렇게 쉽게는 당하시지 않을 거예요. 일단은 지켜보는 것이 나을 것 같아요. 사백숙들께서도 장 소협을 부르고 있지 않으니까 이유가 있겠죠."
장건은 어색한 표정으로 고개를 끄덕였다.
그런데…….
"응?"
제갈영은 문득 이상하다는 생각이 들었다.
장건의 옷소매를 자신이 쥐고 있다니?
"흐응?"
"어? 왜?"
제갈영이 장건을 빤히 쳐다보고 있다가 고개를 갸웃거렸다. 그러더니 갑자기 장건을 끌어안는다.
와락!
양소은과 백리연이 깜짝 놀랐다.
"뭐 하는 짓이야!"

곁에 있던 속가제자 아이들도 마찬가지였다. 상황이 상황인데 이 무슨 해괴한 짓인가?

하지만 제갈영은 딱히 좋아라 하진 않고 묘한 얼굴로 장건을 올려다볼 뿐이다. 그 모습을 보면서 화를 냈던 양소은과 백리연도 곧 깨달았다.

평상시에 장건은 결코 이런 일을 허용하지 않았던 것이다. 보통은 장건이 본능적으로 피하는 바람에 제갈영이 맨땅에 엎어지거나 했다.

"우리의 특별 수련이 효과가 있었나?"

"뭐?"

"정말? 그럼 장 소협이 평범하게 된 거야?"

속가제자 아이들도 수군거렸다.

"무슨 소리야? 특별 수련이라니?"

"아니, 그보다도 건이가 평범해졌다는 건 뭐야?"

장건이 난처한 표정으로 고개를 저었다.

"그게 아니고, 실은……."

제갈영이 달려드는 건 알았는데, 기의 가닥을 어떻게든 뽑아내려고 하다가 몸이 굳어 버리는 바람에 피하지 못했을 뿐이었다.

그때 사람들의 비명에 가까운 탄성 소리가 들려왔다.

"아이고!"

"저럴 수가……!"

장건이 대답을 하기도 전에 모두가 그쪽으로 시선을 돌렸다. 그것은 장건도 마찬가지였다.

*　　*　　*

"이, 이런……."
거력철권 곽산은 실로 낭패함을 금치 못하고 있었다.
앞에 있는 자가 다르게 보였다.
무엇을 어떻게 해야 할지 떠오르지가 않을 정도로 막막해졌다.
"젠장……."
팔다리가 욱신거렸다.
크게 얻어맞은 데도 없는데 내공의 흐름까지 원활치 않았다.
"암경에 당했나?"
도대체 언제?
입술 사이로 가느다란 실처럼 핏물이 흘러내린다. 확실히 내상을 입은 게 분명했다.
여유만만하게 웃고 있는 악천을 보니 이가 갈렸다.
"이것이 황도팔위의 실력인가……."
나름대로 어디에 가서 고개 숙일 위치가 아니기에 더욱 두려움이 커졌다. 그러나 이대로 물러설 수도 없었다.

"대소림의 제자로서 목숨을 아까워할 것 같으냐!"

차라리 죽어야 한다. 목숨은 사라져도 기개는 남는다. 그것이 소림의 정신으로 남을 것이다.

곽산은 그렇게 생각했다.

"이여어업!"

쾅!

진각을 밟으며 일기가성으로 공력을 끌어 올렸다. 다친 기혈을 무시하고서 거칠게 내공을 순환시켰다. 전신 근육이 부풀어 오르고 핏줄이 툭툭 불거지면서 옷자락이 펄럭인다.

미륵대불권.

근육질의 거구의 몸에서 뿜어지는 권이라고는 도저히 믿을 수 없는 부드러운 초식이 펼쳐졌다.

그러나 그 안에 숨겨진 권력은 어마어마한 것이었다. 제대로 펼쳐진 미륵대불권은 아름드리나무를 쓰러트리고도 남는 위력이 있었다.

그가 펼칠 수 있는 가장 강력한 힘이었다.

그야말로 중생을 바라보는 자애로움과 세상의 모든 중생을 제도하겠다는 강인한 의지가 담긴 권이다.

하지만 곽산은 미륵대불권이 일초식조차 제대로 펼칠 수가 없었다.

턱!

주먹이 뻗어 나가는데 그보다도 더 빠르게 악천이 곽산의 팔뚝을 손바닥으로 맞대어 버린다. 옆으로 팔뚝을 슬쩍 밀어 버리니 힘의 방향이 바뀌어 버린다.

탄탄한 하체의 지지력으로 중심을 잃진 않았지만 이래서야 주먹을 끝까지 뻗을 수가 없다. 뻗어서 때려 봐야 별다른 충격을 주지 못할 것이다.

너무나 헛되이 공격이 실패하고 말았다.

"이익!"

곽산은 자세를 바꿔 오른 주먹을 거두면서 왼 주먹을 허리춤에서부터 끌어 올려 악천의 가슴팍을 치려 했다. 악천이 약간 뒤늦게 손을 뻗어 냈으나 어쨌거나 곽산의 주먹은 악천의 손바닥에 막혀 버렸다.

턱!

둘 다 팔을 굽히고 있는 채로 중도에 마주친 셈이다. 힘이 끝까지 뻗어 나가지 못하고 중간에 막힌 것이다.

타타탁!

몇 번이나 공격을 해 보려 했으나, 그때마다 기가 막히게 악천의 손바닥이 경로를 가로막는다. 그 어떤 초식을 쓰려 해도 계속 막혀 버린다.

곽산의 표정이 딱딱하게 굳었다.

"이, 이런……."

곽산은 매번 똑같이 동작을 수련해야 하는 초보 무인이 아니라 이미 성취를 이룬 무인이다. 같은 초식이라도 수백의 변화를 일으킬 수 있다. 그것을 미리 알고서 매번 가로막는다는 것은 불가능하다.

그러니 악천은 영리하게도 초식의 중간에 방해를 건다. 중간에 막혀 버리면 그냥 하나의 초식이 되어 버릴 뿐이다. 하나 그것 자체도 분명 굉장히 어려운 일이다.

아까부터 계속 이런 식이었다. 공격을 채 하기도 전에 중간에 가로막혀 버린다. 아무것도 해 볼 수가 없었다.

그래서 곽산은 아예 중도에 막을 수 없도록 최대한 강한 힘으로 밀어붙일 생각을 했다. 가로막는 악천의 손바닥을 부술 생각으로 공력을 실었다.

"크아아앗!"

곽산이 온 힘을 다해 주먹을 뻗었다.

악천의 덩치는 평범보다도 더 왜소한 편이다. 마르고 작은데 팔이 길어 원숭이처럼 보인다. 덩치가 두 배 차이는 되어 보이는 곽산의 주먹을 정면에서 막으면 몸이 다 날아가 버릴 듯하다. 뼈도 가늘어서 대충 후려치면 산산조각이 날 것 같다.

하나 보이는 겉모습과 달리 악천은 조금도 곽산의 힘에 밀리지 않았다. 곽산이 온 힘을 다했지만 결과는 좀 전과 똑같다. 악천은 아무렇지 않게 곽산의 주먹을 중간에서 차단했다.

몇 번을 더 했지만 똑같이 막아 낼 따름이다. 아니, 똑같은 게 아니라 오히려 치고 있는 곽산이 더 충격을 받고 있는 입장이다.

 손바닥이 아니라 철벽을 친 것 같다. 힘을 주면 줄수록 반탄력이 더해져 왔다.

 퍽! 퍽!

 곽산은 주먹이 으스러질 듯한 충격에 이를 꽉 깨물었다. 겉으로 보이는 주먹은 멀쩡하다. 하지만 속으로는 벌써 뼈에 금이 가고 근육이 파열된 상태다. 철벽을 몇 번이나 두드렸으니, 그것도 제대로 친 것이 아니라 철벽에 주먹을 무식하게 밀어 댄 형국이니 멀쩡할 수가 없다.

 "크앗!"

 곽산이 재차 오른 주먹을 뻗었다.

 이번엔 허초다. 주먹이 채 뻗어지기 직전에 회수하여 악천을 속일 셈이다.

 그러나 그 허초마저도 중간에 가로막혔다. 가로막힌 허초는 더 이상 허초가 아니다. 막혀 버린 실초가 되는 것이다.

 게다가 공력이 실리지 않은 상태에서 악천의 손에 잡혀 버린 셈이 되어 버렸다!

 저릿!

 잡힌 주먹으로 악천의 공력이 흘러들어 온다.

 '크악!'

 곽산은 이를 깨물었다.

 악천의 공력이 기혈을 마구 헤집으며 무시무시한 속도로

팔을 엉망으로 만들어 간다. 팔에서 가시가 돋아나는 통증과 함께 주먹에서부터 팔뚝, 팔꿈치, 우완을 타고 어깨까지 마비된 느낌이 전해 온다.

'이것이었나!'

곽산은 이것이 악천의 수법이라는 걸 깨달았다. 공격을 막으면서 내밀히 암경을 흘려보내는 것이다.

어쩐지 악천은 계속 막기만 하고 있는데도 타격은 곽산 혼자서만 받는다 싶었다.

기력의 차이가 커서 방어도 제대로 할 수가 없다.

'이렇게나 내공이 차이가 날 줄이야! 황궁 고수들이 영약으로 키운 내공이 보통이 아니라더니……'

일기가성과 진각으로 본신의 기력을 두어 배나 높였는데도 상대가 되지 않는다.

곽산이 피가 나도록 입술을 깨물었다.

'그렇다고 이렇게 가까운 거리에서도 막을 수 있을 성싶으냐?'

곽산은 오른팔을 버릴 생각으로 몸을 틀었다. 왼손을 펼쳐서 손가락을 조(爪)의 형태로 갈퀴를 만들고 악천의 목을 할퀴었다. 손바닥으로 막을 수 없도록 바짝 손가락을 세웠다.

단순히 할퀴는 데에 그치는 게 아니라 미륵대불권의 공력이 그대로 실려서 아예 목을 부수려는 생각이다.

그러나 그 순간 악천이 곽산이 내디딘 앞발의 엄지 부분을 찼다.

그야말로 교묘한 한 수였다.

소림의 무공은 무당의 무공과 달라서 신장력의 방향이 경력의 방향과 일치한다. 일기가성과 진각으로 힘을 응집시키고 쏟아 낼 때 직선상으로 가장 강한 힘의 사출이 진행된다.

즉, 대개의 초식에 있어서 앞선 손과 발이 방향이 같다는 것이다. 왼발과 왼 주먹이, 오른발과 오른 주먹이 순방향으로 움직인다. 일기가성과 진각을 이용해 일직선상으로 끌어 올린 힘을 잠깐 동안 휴지시켜 멈추었다가 뿜어내는데, 뒤틀지 않은 직선적인 형태 그대로다.

그러다 보니 상체로 힘을 쏟아 낼 때에 버텨 줄 하체의 지지력이 매우 중요하게 된다. 힘이 발생되는 시작이며 기둥이 된다. 소림의 제자들이 첫 입문부터 하체의 근력 수련을 하는 이유가 거기에 있다.

그리고 그때에 가장 큰 힘이 집중되는 곳이 앞선 발의 엄지발가락이다.

발가락 끝을 땅에 박듯이 굽힌다. 엄지발가락은 큰 돌이 굴러 떨어지지 않도록 괴는 작은 돌, 사석이 되어 몸에 실린 힘을 다 받는다. 아주 작고 사소한 부분이지만 그 하나가 몸 전체의 중심을 지탱한다.

반면에 그것은 전체를 무너트릴 수 있는 약점이 되기도 한다.

바로 지금처럼.

딱!

뼈가 부러지는 소리와 함께 곽산의 몸이 튀어 나가듯 고꾸라졌다.

악천의 목을 할퀴기는커녕 자신의 힘을 이겨 내지 못하고 중심이 흐트러져 앞으로 튕겨 나간다.

악천은 그래도 잡은 손을 놓아주지 않았다. 튕겨 나가던 곽산은 악천에게 붙들려 구르다가 말고 팔이 비틀렸다.

악천이 쓰러진 곽산의 겨드랑이 부근을 걷어찼다. 세게 걷어찬 것처럼 보이지도 않으나 공력이 실린 발길질이었다.

"컥!"

곽산은 숨을 들이키며 낮은 비명을 내뱉었다. 입가에 피가 맺히면서 눈빛이 흐려지고 전신이 빳빳하게 굳으며 마비가 되어 버렸다.

곧 악천이 거만하게 고개를 들고 중얼거렸다.

"시시한데?"

거력철권 곽산은 강자다. 그런 그가 아무것도 해 보지 못하고 허망하게 쓰러졌다.

이미 곽산은 싸울 수 없는 상태다.

"다음, 다음 없나?"

무시하는 듯한 악천의 말투에도 선뜻 나서기 어렵다.

"없나? 없어? 소림의 기개는 이게 다인가?"

악천이 또다시 발끝으로 쓰러진 곽산의 옆구리를 걷어찼다.

퍽!

"끅!"

비명은 내지르지만 그나마도 온전한 정신에 내지르는 비명이 아니라 숨이 막혀 내는 소리인 듯싶다.

"실망인데?"

퍽! 퍽!

악천은 말을 할 때마다 주기적으로 곽산을 걷어찼다. 몇 번 피를 울컥 뿜어낸 곽산은 꿈틀거리면서 더 이상 비명도 지르지 못했다. 그래도 악천은 발길질을 멈추지 않는다.

퍽! 퍽!

이 잔인한 광경에 지켜보던 사람들이 몸서리를 쳤다. 아낙들은 끔찍해서 고개를 돌리고 덜덜 떨어 댔다.

"이 무슨 잔인한!"

참다못한 젊은 무승들이 곤을 들고, 주먹을 쥐고 달려 나가려 했다.

"당장 멈추시오!"

그러나 굉보가 무승들을 막아섰다.

"사백님!"

"물러서라. 젊은 혈기로 어쩔 수 있는 상대가 아니다."

악천은 보통의 상대가 아니라 황궁에서 열 손가락 안에는 꼽는 고수다. 소림사에서도 팔대호원의 원주들이나 되어야 겨우 손을 겨룰 수 있을 정도가 될 게 뻔하다. 괜히 젊은 무승들이 나서 봐야 몸만 상하고 악천에게 일초지적도 되기 어려울 터였다.

굉보는 굳은 얼굴로 결심을 했다. 이대로 가만히 있는 건 소림의 자존심이 상하는 일이다. 하다못해 십팔나한이 진법을 펼치기라도 한다면 악천을 어찌해 볼 수 있을지 모르나, 정면에서 일대일의 대결을 요구하는 자에게 차마 그럴 수도 없었다. 아니, 그랬다가는 당장 담장 위에 있는 수많은 궁수들이 일반 백성들에게 화살을 날릴지도 모른다.

소림으로서는 어쩔 수가 없다. 뻔히 당하는 걸 알면서도 상대가 이끄는 대로 움직여 줄 수밖에.

굉보가 긴장한 얼굴로 나서려 했다. 그러나 이번엔 그런 굉보를 무진이 막는다.

"안 됩니다."

굉보는 지객당을 맡아 어지간한 수준은 뛰어넘는 실력이다. 하나 그 역시 황도팔위와 싸울 정도는 아니다.

무엇보다 무진은 상대의 의도도 파악하지 못한 채 섣불리 행동하면 안 된다고 생각했다.

"하지만……."

굉보가 한숨을 쉬자 자연스레 승려들의 눈빛이 한곳을 향해 쏠린다. 정확히는 장건 한 사람을 향해 몰려드는 것이다.

우내십존이 인정한 실력. 언제 무슨 일을 터트릴지 모르는 사고뭉치.

그라면 어떻게 할 수 있지 않을까 하는 기대감이 들 수밖에 없는 상황이었다.

하지만 이내 승려들은 고개를 젓고 만다. 사실상 장건에게 기대를 할 수 없다는 걸 깨달았다.

분명히 장건은 걸출하다는 말로도 부족할 정도의 성장을 보여 주었다. 하나 그렇다고 해서 장건이 황도팔위를 상대할 수 있다는 뜻은 아니다.

바로 어제 원호와의 비무에서 무엇 하나 해 보지도 못하고 엉망진창으로 깨져 버렸다. 우내십존의 신위에 근접해 있는 황도팔위라면 원호와 비슷하긴 해도 부족하진 않을 터였다.

혹시나, 하고 믿어 보고는 싶으나 막무가내로 사지에 몰아 놓을 수는 없었다.

그런 온갖 생각이 뒤섞인 느낌의 시선을 받은 장건은 매우 곤혹스러웠다.

장건은 사실대로 털어놓았다.

"사실 지금 무공을 할 수가 없어."

"뭐?"

근처에 있던 세 소녀와 속가제자 아이들이 장건의 말을 듣고 기겁을 했다.

"어째서!"

"어제 비무를 하고 나서 깨달은 게 있는데…… 그게 좀처럼 생각같이 안 되더라고."

세 소녀들은 어제의 비무 사건을 몰랐다. 제갈영이 놀라 되물었다.

"비무라니? 그럼 특훈으로 평범해진 게 아냐?"

"응. 그냥은 괜찮은데 싸우려고 무공을 쓴다 생각하면 온갖 생각이 다 들어서 아무것도 할 수가 없어. 운기도 잘 못하겠고…… 무공이 잘 안 돼."

듣는 이들에겐 참 황당한 노릇이다.

'또 심마냐!'

'무슨 허구한 날 심마라고!'

'도대체 왜 온갖 종류의 심마를 다 겪는 거야?'

남들보다 몇 배, 아니, 몇 십 배나 성장이 빠르니 그만큼 심적인 면에서 문제가 생기는 건 이해한다. 하지만 이렇게 맨날 심마에 빠지고 그러다 보면 불안해서 어떻게 '같이' 산단 말인가!

제갈영은 장건의 손을 잡고 만지작거리면서 울먹였다.

"난 손도 잡을 수 있고 그래서 평범해진 게 좋은 데……."

내공민 없어도 그나마 이렇게 '인간' 다워지는 건가?

하다못해 능공섭물로 머리를 긁는다거나 하는 짓만 안 해도 봐줄 만할 것 같다. 안고 싶을 때, 만지고 싶을 때 마음대로 만질 수 있는 것도 대단한 축복처럼 여겨진다.

"괜찮아, 동생. 울지 마."

백리연이 제갈영을 끌어안고 머리를 쓰다듬어 주었다. 그러면서 자연스럽게 제갈영과 장건을 떼어 놓는다.

"이, 이거 안 놔?"

백리연의 의도를 모를 제갈영이 아니라서 표독스러운 눈으로 백리연을 쏘아보았다. 백리연은 가슴에 제갈영의 머리를 파묻어 버렸다.

소림사는 소림사고, 애정은 애정이다. 소림사야 어쨌든 남의 일에 가까운 거니까.

하지만 그걸 참을 수 없는 성격도 있었다.

"에이, 씨! 그렇다고 가만히 있을 거야? 사람이 죽어 가잖아. 어떻게든 사람은 살리고 봐야지!"

양소은이 치마 부분을 손으로 잡아 쭉 찢어 버렸다. 매끈하고 탄탄한 종아리가 드러났다.

양소은은 거침없이 옆의 속가제자에게서 곤을 빼앗아 들었다.

"앗! 양 소저!"

누가 말릴 새도 없이 양소은이 뛰쳐나갔다. 워낙 괄괄한 데다 성격이 불같아서 참지 못한 양소은이다.

악천이 양소은을 보고 의아한 눈빛을 했다.

"저건 또 뭐냐?"

소림의 제자도 아니고 어린 소녀가 눈에 핏발을 세우고 달려드니 희한하게 생각되는 악천이었다.

 악천은 족히 이백 근은 나갈 듯한 곽산을 아무렇지 않게 발로 차서 날려 버렸다. 사람들이 놀라서 나가떨어진 곽산을 살피고 난리가 났다.

 악천은 그에는 신경도 쓰지 않고 양소은을 보았다.

 "어디서 온 애송이냐?"

 아무리 양소은이 성숙해 보인다 해도 이제 갓 십팔 세다. 환갑을 앞둔 악천이 보기엔 핏덩이일 뿐이다.

 "산동 제남의 양가장에서 온 후배 소은이 한 수 가르침을 청해 보겠습니다!"

 길게 말을 할 필요도 없었다.

 십장을 달려 나간 양소은은 십 척 길이의 곤을 길게 하늘로 곧추세웠다.

 악천이 어떻게 곽산을 쓰러트리는지 보았다. 접근해서는 승산이 없다.

 양가창법 제슬포창(提膝抱槍)!

 위에서 아래로 곤을 내려쳐서 악천의 무릎과 발등을 동시에 노렸다. 옆으로 슬쩍 피하면 충분히 피할 수 있는 일초다. 그러나 그건 실초이면서 연환 초식이 시작점이다.

 상대가 피한다면 거기에서 전신하찰(轉身下扎)로 바닥을 쓸거나 삽보연환(揷步連環)으로 계속 발등을 찍는 형태로 이어지는 것이다. 일단 첫 초식에 몸을 피해 버리면 상대가 토끼처럼 깡충거리고 피해야 하며, 즉시 수세에 몰리게 된다.

오황에게 가르침을 받은 이후 실력이 일취월장하여 봉을 뻗는 속도가 배나 빨라졌다. 같은 나이 대에서는 첫 초식인 제슬포창도 제대로 피하기 어려울 정도로 빠르다.

게다가 떨어지는 순간에 소매에 곤의 길이를 감추고 있다가 좀 더 길게 내뻗었다. 엄지와 검지만으로 최대한 곤의 끄트머리를 붙들고 곤을 밀어냈다.

악천은 '호오.' 하고 작은 감탄성을 내뱉었다.

예측했던 곤의 길이보다 한 뼘이 더 길어졌다. 뒤로 피하려 했으면 거리 계산이 잘못되어 정수리가 깨졌을 터였다.

순식간에 공력이 담긴 곤이 악천의 머리부터 앞무릎, 발등을 부술 듯 떨어졌을 때 그의 몸이 흐릿해졌다.

따—악!

양소은이 후려친 곤이 바닥을 쳤다. 박석이 깨져 파편이 튀었다. 악천은 좌로 몸을 피했다.

거기까지는 예상대로다.

그러나 양소은은 그 다음 초식으로 동작을 이을 수가 없었다.

곤의 끝을 악천이 밟고 있었다.

"윽!"

당겨 보았으나 빠지지 않는다.

'뭐, 뭐가 이래!'

이런 수법은 강호 무림에서는 전연 생소한 것이다. 보통은 피하거나 막는다. 그런데 이건 피하긴 했으나 피한 것도 아니고 막긴 했으나 막은 것도 아니다.

악천이 뒷짐을 지고 조소했다.

"강호에선 사내놈도 어린 계집년도 멍청하긴 마찬가지로구나."

양소은은 당황해서 뭐라고 말도 할 수가 없었다.

대련과 비무로 겨루는 형태의 무공에서 벗어나지 못한 강호 무림과 군문(軍門)에 가까운 황궁 무공은 확실히 형태가 달랐다.

심지어 공력이 깃든 곤을 발로 밟고 있다는 것도 어이가 없는 일이었다. 검기가 맺힌 검날을 맨손으로 잡는 것과 비슷한 형국이다.

양소은의 이마에 순식간에 식은땀이 맺혔다. 곽산이 했던 것과 비슷한 생각을 할 수밖에 없다.

'도대체 얼마나 내공이 심후하면······!'

악천이 코웃음을 치면서 발에 힘을 주었다.

와작!

밟고 있던 곤의 끝이 으깨졌다. 내공이 이어진 양소은이 충격을 받았음은 당연하다.

양소은은 신음을 흘리면서 양손으로 곤을 잡고 빼내려 했다. 그러나 곤은 여전히 빠지지 않는다.

으직으직.

악천이 곤을 계속해서 밟으면서 앞으로 다가온다. 그제야 양소은이 곤을 놓으려 생각했지만 이미 늦었다. 곤을 잡은 손을 통해서 악천의 암경이 끊임없이 흘러들어 오고 있었다.

그것이 밧줄처럼 양소은을 옭아매어 놓아주지 않는다. 손가락의 감각이 없어지고 팔뚝부터 이어진 근육이 찢어질 듯 아파 온다.

"으윽……!"

"한 수 재간을 믿고 날뛰는 천둥벌거숭이 같은 아이로구나, 쯧쯧."

양소은은 이를 악물었다. 악천이 한 걸음을 내디딜 때마다 곤이 부서지고, 곤을 붙든 자신의 몸은 더불어 땅으로 가라앉는다. 극심한 고통과 두려움에 모골이 송연해졌다.

언제인가 부친인 양지득에게 들은 말이 생각났다.

―아오. 내가 젊을 때 동창 고수랑 한 번 붙은 적이 있었는데 진짜 드러워서 못 싸우겠더라. 동창 애들 수법 중에 제일 지독한 게 암경이야. 놈인지 년인지도 모를 것들이 내공은 무지막지해 가지고, 이건 뭐, 창이고 뭐고 건드리기만 하면 쭉쭉 밀고 들어오니까 당최 어딜 건드릴 수가 있어야지.

―그래서 어떻게 했어?

―뭘 어째, 이년아. 그냥 튀었지. 너도 나중에 동창 애들 만나면 그냥 튀어. 잡혀도 애비 이름은 불지 말고.

 양소은은 '설마?' 하고 생각했다. 물론 황궁 고수라면 서로 비슷한 수법을 쓸 수 있는 가능성도 있다.
 그러나 다른 금의위 무사들과 달리 호리호리한 체격에 약간 간드러지는 듯한 날 선 목소리가 의심스럽다. 수염이 있긴 하지만 간혹 내시들은 외유를 나갈 때 가짜 수염을 붙이기도 하니 그것만으로 단정할 수도 없다.
 '시위친군사부부장이라는 게 금의위 조직의 품계가 아니었나?'
 하기야 품계라는 건 필요할 때 어떻게든 만들거나 줄 수도 있는 노릇. 그것 역시 눈앞의 고수가 동창 인물이 아니라는 증거는 아니다.
 '만약 동창의 고수까지 금의위의 행사에 나선 거라면……'
 제갈영이 뭔가 있는 것 같다고 했던 게 괜한 걱정은 아니었던 모양이다. 양소은으로서야 자세한 내막은 모른다. 하지만 관부에 금의위, 동창까지 가세했다면 정말로 큰 일이 터진 셈이다.
 "무슨 생각을 하느냐?"

확실히 굵지 않은 기묘한 어조의 목소리.

"강호 무림인들은 애나 어른이나 자신의 병기가 생명과도 같다며 손에서 놓지 않으려 하더구나. 참으로 바보 같은 노릇. 독문병기라고 목숨보다 중할 리는 없지 않겠느냐?"

"큭!"

"병기보다는 목숨이 소중하고, 목숨보다는 승리가 중하며, 승리보다는 상관의 명(命)이 중한 것이다."

양소은은 이제 어깨를 타고 목에까지 시퍼런 핏줄이 돋아났다. 거의 주저앉아서 몸을 덜덜 떤다.

악천이 계속해서 말을 걸며 다가온다.

으직으직.

"군부에서 십팔반 병기를 왜 배우는지 무림인들은 그에 대한 고찰이 없어. 진정한 병기는 나 자신이고, 병기는 도구에 불과할 뿐인 걸 모르고."

"그, 그런 말을 왜 내게……."

악천이 웃었다.

"큭큭. 그래야 네가 더 겁을 먹을 게 아니냐? 그럼 저기 있는 아이가 망설임을 멈출 테지. 저놈이 문각 선사의 백보신권 전승자인가?"

"으윽!"

악천은 바보가 아니다.

벌써 소림사 승려들의 시선이 몇 번이나 장건을 향해 있음을 알았다.

'전승자가 꼬마라 하였으니까.'

그의 추측이 맞다면 바로 저 소년이 바로 문각의 백보신권 전승자일 것이다. 그렇지 않고서야 소림의 전 승려들이 죄다 소년을 주시할 리 없는 까닭이다.

'자기들이 안 나서는 이유가 다 있는 것이지, 클클.'

거기다 지금 이 소녀 양소은은 소년의 곁에서 왔다.

어떤 관계이든 간에 이 소녀를 괴롭히는 모습을 가만두고 보지는 못할 게 분명하다. 그게 바로 강호 무림인들이 벗어날 수 없는 '협(俠)'의 굴레가 아니겠는가.

"자아, 그럼."

악천은 다시 한 번 웃음을 지으며 한 손을 추켜올렸다. 여자의 몸으로 이를 꽉 깨물고 애써 공포를 이겨 내려는 모습이 대견하지만, 그렇다고 봐줄 악천이 아니다.

양소은은 몸이 떨렸다.

나름대로 동년배 중에서는 제법 한다고 했지만, 그래도 황도팔위의 고수에겐 상대도 되지 않는다. 어마어마한 실력 차이가 고스란히 느껴졌다. 몸을 옭죄는 내공에 계속해서 몸이 올리고 있었다.

너무 성급하게 나선 모양이었다.

그때.

"그만둬!"

낭랑한 외침 소리가 들려왔다.
양소은이 반색했다.
"장 소협!"
어찌나 반가웠는지 소협 소리가 절로 나왔다.
장건의 목소리였다.
'날 위해 심마를 벗어났구나!'
라고 생각해서인지 더 기뻤다.
"와아아!"
소림 승려들의 환호성이 울려 퍼졌다.
양소은의 눈에 반짝반짝 자신을 위해 달려오는 멋진 협객의 모습이 보였다.

제6장

흑개의 음모

 양소은을 내려치려다가 멈춘 악천이 여유롭게 앞으로 고개를 돌렸다.
 "호오, 이제야 나설 모양…… 응?"
 거짓말 하나 안 보태고 악천은 황도팔위로 불리는 고수가 된 이후로 이렇게 놀라 본 적이 없었다.
 장건이 십여 장은 족히 넘는 거리를 단숨에 격하고 나타난 것이다. 아니, 축지법을 쓰는 것처럼 한 번에 그만큼을 줄이고 나타난 건 아니었다.
 꼭 표현을 하자면 발 없는 귀신이 다가오듯 쓱 하고 가까워지는데, 그 느낌이 심히 괴이했다. 보이지 않는 배라도 타고 땅을 미끄러져 다가오는 그런 느낌이었다!

"헉!"

악천이 짧은 신음을 내뱉었다. 잠깐 당황한 사이에 장건이 바로 앞까지 다가와 있었다.

"……"

악천은 놀란 채로 멈추어 있었다.

그러나 아무 일도 일어나지 않았다.

"……?"

장건은 뭔가 얼굴을 벌겋게 물들이고서는 바로 앞에서 쳐다보고 있을 뿐이었다.

정신을 차린 악천이 장건의 가슴팍에 발길질을 했다.

"뭐, 이런 미친놈이!"

퍼억!

장건은 얻어맞고 뒤로 한참을 나가떨어졌다. 거의 삼 장을 데굴데굴 굴렀다.

"뭐지……?"

때린 악천도 놀랐다.

"이걸 맞았어?"

때리긴 했지만 이렇게 쉽게 맞을 줄은 몰랐다. 그래서 때려놓고도 어리둥절했다.

지켜보던 소림의 승려들과 양소은마저도 멍했다. 환호성은 순식간에 꺼지고 장내는 조용해졌다.

눈 깜짝할 사이에 일어난 일이었다.

번개처럼 달려갔다가 번개처럼 맞고 나가떨어진 건…….

"장 소협!"

덕분에 악천의 위협에서 벗어난 양소은이 장건에게 달려갔다.

양소은이 부축하자 장건이 가슴을 문지르면서 비틀거리고 일어났다.

"으윽…… 그래서 내가 무공 못 한다고 했는데……."

원망하는 투가 역력했다.

"미, 미안. 괜찮아?"

"끙. 괜찮아요. 맞는 순간에 많이 충격을 흘렸으니까."

양소은의 눈이 퀭해졌다.

'그게 무공을 못 하는 거냐?'

맞고서 삼 장을 굴렀다. 보통 사람이었으면 가슴팍이 다 주저앉을 터였다. 그런데 무공을 못 한다고 말하는 모습을 보니 뭐라고 말을 해 줘야 할지 헷갈리는 양소은이었다.

물론 장건이 말하는 무공과 양소은이 생각하는 무공의 의미는 많이 달랐다. 명확하게 말하자면 내공을 못 쓴다기보다는 공력을 일으키지 못한다는 뜻이었으니까.

하지만 생활에서의 무공이나 사람과 싸우는 무공이나 장건에게는 똑같은 무공이다. 그래서 장건 스스로는 그것을 구분하기가 쉽지 않은 일이었다.

"끙."

장건이 겨우 버티고 섰다.
파라락.
갑자기 장건이 몸을 떨었다. 양소은은 장건을 부축하고 있다가 저도 모르게 손을 놓치고 뒤로 살짝 밀려났다.
뭔가 굉장한 떨림이었다!
장건의 몸 뒤로 흙먼지가 뿌옇게 밀려 나갔다.
옷에 묻은 흙을 털기 위해 한 행동인 모양이었다.
"……."
양소은은 잠깐 할 말을 잃었다가 방금 본 건 그냥 잊기로 했다.
그냥 방금 왜 그랬는지를 물었다.
"그럴 거면 왜 달려 나왔어. 뭐 하러 나와서 얻어맞아. 큰일 날 뻔했잖아."
"앞에 서긴 했는데 어떻게 해야 할지 모르겠어서…… 통할까, 안 통할까 고민이…… 그래서 그냥 금강권이라도 써야 할까 했는데 그것도 잘 안 되더라고요."
"하아…… 바보같이."
양소은도 기분은 나쁘지 않았다. 어쨌거나 자신을 위해 달려와 준 장건이었다.
하지만 장건은 스스로 답답했는지 양소은에게 물었다.
"어쩌죠?"
그런데 그때, 장건의 앞에 이상한 노인이 나타났다. 정말로 이상한 노인이었다.

흰 머리는 뒤로 대충 묶어서 봉두난발이나 다름이 없고 수염도 덥수룩한데 입은 옷은 심하게 낡아서 여기저기 구멍까지 났다.

그런데 그런 차림에 비해 사람은 너무 깨끗하다. 주름진 피부는 손으로 밀면 뽀드득 소리가 날 정도로 윤기가 나고, 구멍이 날 만큼 오래되고 해진 옷은 색이야 바랬을지언정 티 없이 하얗다.

그러니까 더 이상하다. 성격이 깔끔한 선비라면 옷은 물론이고 옷매무새와 머리카락, 수염마저 잘 정돈하였을 터다. 그런데 이 노인은 옷매무새도 엉망이고 머리칼과 수염도 십 년 넘게 다듬지 않은 것처럼 엉망인데, 옷과 피부만 깨끗한 것이다.

깔끔하려면 다 깔끔해야 정상이 아닌가?

이 추잡하고 모순적인 상황에 장건은 상당한 압박감을 느끼고 있었다. 그래서 노인이 불쑥 모습을 드러낸 순간부터 몸을 옴짝달싹하기 어려울 정도로 오그라들어 있었다.

그런데 그 노인이 손을 내밀었다. 손에는 호리병이 들려 있다.

"뭐예요?"

"뭘까?"

"제가 물어봤는데요?"

노인이 히죽 웃는데 이빨은 닦지 않았는지 누렇다.
'으윽!'
가뜩이나 깔끔을 떠는 장건에겐 노인을 보는 것조차 큰 고역이다. 장건은 움츠러드는 손발에 억지로 힘을 주면서 노인을 보았다.
"보아하니 이대로는 영 뭔가 안 풀릴 것 같아서 말이다."
노인이 호리병의 마개를 열었다. 알싸한 냄새가 풍겨 온다. 숨이 턱턱 막히는 느낌이 드는 것으로 보아 굉장히 독한 듯하다.
"……술?"
"그래. 듣자하니 네가 취공을 좀 한다면서? 혹시 이게 필요하지 않으냐?"
교묘한 언변으로 장건을 구슬리는 노인이다.
"네? 취공이요?"
이 뜬금없는 상황에 장건도 잠깐 당황스러웠다.
술이라면 지긋지긋하다. 술을 마시고 난 후에 숙취를 생각하면 지금도 머리가 깨질 것 같았다. 심지어 먹은 걸 쏟아 내는 어이없는 속 울렁거림은 참을 수 없는 일이었다.
하지만…….
장건은 호리병에서 눈을 뗄 수가 없었다.
어쩌면 그것이 지금 상황에 도움이 될지도 모른다는 생각이 들어서였다.

술을 마시면 온몸의 감각이 느슨해지면서 내공이 스스로 움직이게 된다. 지금 같은 상황에서 내공을 움직이게 하려면 술을 마시면 되지 않을까?

지난번 술을 마셨을 땐 기의 가닥을 쓰지 않았다. 그냥 절로 다른 무공들이 튀어나왔다. 지금처럼 기의 가닥이 아니면 꼼짝도 할 수 없는 그런 상황은 벗어날 수 있는 것이다.

장건은 호리병을 받아들었다.

숙취는 괴롭지만, 지금은 마음이 더 괴롭다. 방장 굉운과 원호가 따로 떨어져 무슨 일을 당하고 있는지도 모르는 상황.

소림의 제자로서 할 수 있는 일을 해야 하지 않겠는가!

장건은 심호흡을 한 번 크게 하고는 호리병의 주둥이에 입을 가져다 댔다.

뒤늦게 달려온 제갈영이 놀라서 외쳤다.

"뭐 하는 거예요? 도대체 할아버지 뭐 하는 사람인데……."

뭐 하는 사람인데 우리 오빠에게 술을 먹이려는 거예요? 하고 물으려 했다.

한데 장건이 술을 마시면 무슨 일이 생기는지 곧 깨달았다.

"어?"

장건은 술을 마시면 깽판을 친다.

지금 상황에서 왜 그런 일을 바란단 말인가?

물론 심마 때문에 무공을 제대로 펼치지 못하는 상황에서

술이 도움이 될지도 모른다. 그러나 부작용으로 더 안 좋은 상황을 야기할 수도 있는 노릇이다.

"오라버니! 술 마시면 안 돼!"

노인이 갑자기 살기를 띠고 제갈영에게 달려들었다.

"어딜 건방진 꼬맹이가."

"앗!"

백리연이 황급히 세갈영을 뒤로 당겼다. 자신이 앞에 서서 보호하는 태세를 취했다.

"무슨 짓이에요!"

노인은 대꾸도 없이 손을 썼다.

휘릭!

마치 손을 안으로 감았다가 밀어내듯이 일장을 쭉 뻗었는데 어딘가 모르게 느물거리는 느낌이 들었다.

개방의 토룡장(土龍掌)이다.

노인은 바로 개방의 장로 흑개였던 것이다.

본래 흑개도 이렇게까지 할 생각은 아니었다. 이러자고 모습을 감추고 들어온 게 아니다.

하지만 어쩔 수가 없었다.

마을 어귀에서 수천의 관병들을 본 순간 깨달았다.

'놈들, 아주 작정하고 소림으로 왔어! 이번만큼은 소림이 무슨 발버둥을 쳐도 도저히 벗어나지 못할 게야.'

흑개는 냉정하게 사태를 판단했다.

그냥 소림에 죄과를 추궁하러 왔다면 이 정도의 무력은 필요하지 않다. 뭐니 뭐니 해도 이 상황은 무림 문파 간의 싸움이 아니다. 황궁이 개입된 관부의 공적 집행이다. 그에 반하는 집단행동을 한다는 건 반역에 준하는 죄목이다.

그러니까 정말 사심 없이 소림에, 소림의 몇몇 승려에게 죄를 물으러 왔다면 한 십여 명의 관리나 관병으로 충분하고도 남는다. 소림으로서도 반역자의 탈을 쓰면서까지 대항하기는 어려울 게 당연하지 않은가.

그럼에도 이만한 무력 집단이 동원되었다는 건, 단 하나의 의미로밖에 해석할 수밖에 없다.

제대로 눌러 버리겠다는 뜻이다.

이른바, 소림은 본보기가 되는 셈이다.

황궁은 이번 일을 거점으로 강호의 모든 문파에 대한 압박을 거행할 것이고, 그 첫 출발을 실수하지 않기 위해서라도 최대한의 무력을 동원하였을 터다.

'설마설마했더니 결국 이런 일이 벌어지는군.'

가만 내버려 두면 강호 무림은 차례차례 각개격파를 당하고 말 터였다. 어떻게든 막을 방도를 찾아봐야 한다.

강호 무림은 워낙 개인적인 성향이 강해서 정말 최악의 상황이 아니면 뭉치려 하지 않는다. 강호 무림의 역사상 몇 번이나 맹(盟)과 련(聯)이 생겼으나 늘 오래가지 못하고 지지부진한 것도 다 그러한 연유에서다.

심지어 서장의 마교가 사천을 다 넘어와서야 비로소 맹을 결성하고 맞설 준비를 했는데, 누가 맹주가 되느냐로 설전을 벌이다가 한 달을 허비했다는 어이없는 얘기도 전해지고 있다.

그러니까 흑개는 앉아서 가만히 당할 수는 없다고 생각했다. 이대로라면 강호 무림 전체가 위험해진다.

뭉치기 싫어하는 강호 무림이 뭉치지 않으면 안 될 정도의 강한 위기의식을 느끼도록 만들 필요가 있다.

물론 흑개는 불세출의 영웅도 아니고 어떠한 사명을 지니고 있는 것도 아니다.

하나 생각해 보면 사실 지금이 관부의 방해할 가장 좋은 적기였다.

관부의 무림 탄압 첫 출발지인 소림에서 무난히 일이 끝나지 않도록 할 수 있다면? 소란이 커지도록 부추길 수 있다면?

이를테면 상상도 하지 못할 정도로 소림이 끔찍하게 박살이 난다든가…… 수백 명의 사상자가 나온다든가…… 하는 식으로 말이다.

그렇다면 강호 무림은 충분히 위협을 느끼고 대처할 준비를 갖추게 될 것이었다.

'소림은 버려야 한다. 이미 늦었어.'

어차피 소림은 표류하는 배다.

'소림에는 안됐지만 살 사람은 살아야지.'

강호 무림이 똘똘 뭉친다면 황궁도 어쩔 수가 없다. 오랜 세월 뿌리를 박아 온 강호 무림을 분쇄하자고 수십만의 군사를 일으키기도 어렵다.

결국 소림이 죽어야, 그것도 처참하게 죽어야 강호 무림이 살아날 수 있게 되는 것이다. 소림의 파멸이 역설적으로 강호 무림의 결속을 가져올 터였다.

소림도 그것을 알기에 지금도 섣불리 움직이지 못하고 있지 않은가. 속가제자인 거력철권이 저토록 심하게 당했는데도 말이다.

'그러니까······.'

흑개는 한 가지 방법을 떠올렸다.

소림에는 괴물이 있다. 보통 사람이라면 쳐다보기도 어려운 도독부에도 행패를 부릴 정도로 주사를 부리는 괴물, 그것도 단순한 주사가 아니라 무당의 태극경이나 개방의 취팔선보 같은 고도의 무공을 사용하는 괴물.

그 괴물을 끌어낼 수 있다면······.

하여 지금의 결과가 바로 그 같은 상황이었다.

흑개의 입장에서야 잘되면 좋은 거고 안되면 할 수 없는 거다.

원래 음모란 그러하지 않은가. 잘되면 영웅이고, 안되면 욕먹는 것이고.

하지만 이렇게 좋은 기회가 올 줄은 그 역시도 생각지 못했던 일이었다.

'자, 황도팔위는 내가 시간을 끌어 줄 터이니 넌 관병들을 상대로 마음껏 난동을 부려 주려무나. 천하의 무송도 석 잔을 못 마신다는 독주를 네 병이나 챙겨 왔느니라!'

흑개는 그런 생각을 하면서 방해꾼인 백리연을 몰아냈다.

"귀찮으니까 꺼져라!"

마음이 급한 흑개다. 최대한 일을 빨리 끝내야 한다.

'저놈들 뭐 하나?' 하면서 멍하니 쳐다보는 악천이 끼어들기 전에 말이다.

"하압!"

흑개는 장을 밀면서 시선을 백리연의 가슴에 두었다. 백리연이 깜짝 놀라서 움츠리며 저도 모르게 가슴을 감싸자 기다렸다는 듯 척견지(斥犬指)로 바꿔 목을 찔렀다.

"큭!"

정파에 속했으나 무공을 쓰는 방식은 남녀를 가리지 않고 더럽다는 평을 듣는 개방의 무공이었다. 실제로 당해 본 것은 처음이라 백리연도 꽤나 당혹스러웠다.

백리연이 척견지에 찔린 목을 감싸 쥐고 비틀거렸다. 혈도를 찍혔는지 다리에 힘이 쭉 풀려서 서 있기조차 힘들어졌다.

"쿨럭쿨럭!"

잠깐 멍해졌던 제갈영이 이를 악물었다. 경쟁자의 입장이었지만 그래도 순간이나마 자신을 보호하려 한 백리연이 당하자 감정이 울컥 치밀었다.

제갈영이 천리삼수를 뻗으면서 흑개를 공격했다.

"이 나쁜……!"

하나 개방에서 손꼽는 고수인 흑개가 어린 소녀의 장법에 당할 리 만무했다.

철썩!

따귀 한 방에 제갈영의 고개가 돌아갔다. 순식간에 뺨이 벌겋게 물들었다.

제갈영이 흑개를 쏘아보며 소리쳤다.

"나, 나를 때렸어? 후회하게 될 거야!"

"어딜 방해를 하려고? 후회? 대의를 위해서라면 네깟 년을 거꾸로 뒤집어서 엉덩이를 까고 백 대는 더 두들겨 때릴 수 있다. 시팔, 어떤 개 같은 놈들이 이 어르신에게 욕을 해 댄대도 내가 꿈쩍이나 할 것 같으냐?"

흑개는 온갖 폭언을 퍼부으면서 제갈영을 발로 차 버리려 했다.

소왕무와 대팔을 비롯한 속가제자 아이들이 놀라서 저마다 달려들었다. 수림의 나한들까지도 달려들 태세였다.

"무슨 짓이오!"

그러나 그보다도 빠르게 뭔가가 먼저 움직였다. 사람이 움직인 건 아니었다. 아무것도 움직이지 않았는데 움직였다고 생각할 따름인, 그것이 움직였다.

퍽!

흑개의 시야가 휙 하고 옆으로 뉘어졌다. 아니, 자신의 머리가 옆으로 기울어 있어 그렇게 보이고 있다.

"어? 뭐, 뭐가……."

깜짝 놀란 흑개가 뒤로 물러서면서 양팔을 들어 방어 태세를 취했다. 하지만 아무도 없었다.

"어떤 놈이 날 건드린……."

보이는 거라곤 독주를 다 마신 장건뿐이다.

가만 보니 장건이 뭔가 이상하다. 벌써 흐느적거린다.

딸꾹, 하고 딸꾹질도 한다.

"어? 설마 벌써?"

아무리 독주라도 취하는 데에는 시간이 필요한 법이다. 그런데 이건 빨라도 너무 빠르다. 그래서 흑개는 지금의 상황을 잘 이해할 수 없었다.

흑개는 매우 찜찜했다. 이렇게 빨리 취하는 사람은 본 적이 없었다.

이윽고 장건이 눈을 들어서 흑개를 보는데 눈동자가 반쯤 풀렸다. 얼굴도 발그스름하다.

장건이 반쯤 꼬인 혀로 말했다.

"누구한테…… 소늘 대?"

"뭐?"

흑개가 그렇게 되묻는 순간 허공에서 공력의 움직임이 느껴지더니 갑자기 눈앞에 별이 반짝였다.

투다다닥!

뭔가 정신없이 마구 쏟아진다. 뭔지는 몰라도 누가 자신을 두들겨 패고 있는 중인 건 확실하다! 하지만 반탄력에 의해 튕겨 나가거나 하는 느낌은 전혀 없다!

'장풍인가? 어떤 미친놈이 장풍을 이따위로!'

흑개는 그래도 나름대로 개방의 고수인 탓에 찰나에 한 모금의 호흡을 머금었다. 호흡이 있어야 단전의 기를 빠르게 순환시켜서 내공으로 몸을 보호할 수 있다.

하지만 단순히 얻어맞는 중이 아니라 공격에 상당한 공력이 실려 있어서 맞을 때마다 몸이 울렸다.

펑! 펑! 하고 머릿속에서 뭐가 터지는 듯한 굉음이 울릴 때마다 내공의 흐름이 뚝뚝 끊겼다.

내공이 일 갑자를 훨씬 넘어선 흑개다. 내공(內功)은 단전에 축적한 기를 뜻하기도 하지만 내적으로 수양과 공부를 쌓은 시간을 의미하기도 한다. 이렇게 허무하게 막무가내 공격에 쓰러질 게 아니었다.

흑개기 막 호신기공을 극대로 끌어 올리면서 보법을 밟고 몸을 피하려는 찰나.

쩡!

전혀 이해할 수 없는 맑고 청아한 파열음. 꼭 술을 마시다가 잔을 집어던져서 깨지는 그 비슷한 소리가 환청처럼 들려왔다.

"어, 어…… 어?"

호신기공을 다 끌어 올렸는데?

그런데 왜 아무 소용이 없지?

쿵.

흑개는 어느새 딱딱하고 차가운 바닥에 뺨을 맞대었다. 그야말로 눈 깜짝할 사이였다.

너무 빠른 시간이었기에 상황을 제대로 이해하지도 못했다. 흑개는 겨우 목만 움직여 앞을 보았다.

"겨우 맞혔네…… 자꾸 빗나가, 딸꾹."

하고 이상한 소리를 내뱉는 장건이 저 앞에 서 있을 따름이었다. 거리도 댓 걸음은 더 떨어져 있었다.

누가 때렸는지 아직도 모르는 흑개다.

분위기상으로는 장건이 때린 게 분명한데 말이다.

'이상…… 하네…… 어떤 놈이 날 팼지? 저놈인…… 가?'

가물어져 가는 정신으로 흑개는 끝까지 유추에 유추를 거듭했다.

소림의 정문에서 백리연의 추종자 백 명을 쓰러트린 사건과 도독부 사건 당시의 얘기를 들어 보았을 때 장건은 근접에서의 박투술에 능한 것으로 추정된다.

상대의 허점을 파악하고 내공을 집중해 일순에 날려 버리는 수법을 쓴다고 한다. 문각의 백보신권을 전수하였다지만 사실 누가 봐도 문각의 백보신권과는 거리가 있다.

어쨌거나 일설에는 오황과도 손속을 겨룰 정도였다니까 장건의 박투술이 상당한 경지인 것은 확실하다.

'근데 저놈…… 멀리 있잖아. 저렇게 취해서 순식간에 날 패고 다시 뒤로 돌아갔다고? 내가 전혀 모르게? 그건 말이 안 되지.'

하지만 흑개가 미처 모른 것이 있었다.

장건이 백리연의 추종자들과 박투를 한 것은 분명히 몇 달 전이었다. 그리고 바로 얼마 전만 해도 도독부의 병사들과 쌍봉우사를 태극경과 박투로 쓰러트렸다.

그사이의 기간은 매우 짧다.

그래서 장건이 뭔가 달라졌을 거라고 생각하긴 어려운 게 확실하다. 게다가 이런 말도 안 되는 기괴한 수를 쓰는 건 더욱 예측하지 못했을 테고 말이다.

하지만 그가 한 가지 놓친 게 있었다.

도독부의 병사들과 시비가 벌어졌을 때 장건이 단순히 술에 취했던 상태가 아니라는 점이었다.

오황은 장건에게 술을 먹이면서 분공산을 함께 썼던 것이다!

태극경에 취팔선보까지 자유로이 구사했는데 내공을 제대로 운용하지 못하도록 만드는 분공산을 썼을 거라고는 전혀 생각할 수도 없었던 것이다!

물론 예상을 했더라도 흑개가 그것마저 확실하게 알 방법은 없었다.

당시의 장건은 분공산 때문에 의도대로 내공을 운용하지 못하고 그저 내공이 움직이는 대로 내버려 둘 수밖에 없었다. 그래서 오래전에 홍오에게 배웠던, 술에 취했을 때 가장 유용한 취팔선보와 후량심공의 오의가 절로 배어나왔다.

그러니까 내공은 움직였지만 의도대로는 아니었고, 그러다 보니 기의 가닥을 마음대로 사용하지도 못했다.

그러나 지금의 장건은 그냥 술에 취한 상태일 뿐이다. 방금까지는 잡생각이 많아서 몸과 마음의 일치가 안 되었고 그 때문에 내공을 움직이지 못했을 따름이다.

하나 이제 술에 취해 잡생각은 사라지고 '비은'에 대해 초조하게 부담감을 느낄 필요도, 느낄 정신도 없게 되었다.

"……딸꾹! 그래, 뭐, 통하는 사람한테 쓰고 안 통하면 말지, 뭐!"

술에 취해서 오히려 생각이 더 편해졌다.

하수에겐 그냥 잘 통하는 기의 가닥을 쓰고, 고수에겐 안 되면 말고!

원호도 그러지 않았던가. 고수에겐 안 통할 거라고. 그건 굳이 고수가 아닌 하수에게까지 기의 가닥을 쓰지 않을 이유는 없다는 얘기도 되는 것이다!

그런 배경을 모르는 흑개에게 지금의 이 말도 안 되는 기괴한 상황은 전혀 이해가 되지 않을 수밖에.

'이상하네…… 근데 왜 자꾸 졸리냐? 시팔…… 이대로 잠들면 안 되는데…… 좀 더 난동을 피워야…….'

가물어져 가는 그의 흐릿한 시야에 들어온 것은 씩씩대고 있는 한 소녀와 분노에 찬 미녀의 얼굴, 그리고 험상궂은 소림의 속가제자 아이들의 얼굴이었다.

"내가 후회하게 될 거랬지!"

그 말에 흑개는 온 힘을 다해서 몸을 일으켰다.

"이런…… 개 같은 꼬마 년이……."

"이야아앗! 쓰러져라, 악적아!"

제갈영의 강력한 선풍각이 흑개의 턱에 적중하고, 흑개는 '켁.' 하는 외마디 비명과 함께 누런 이빨 한 개를 날려 보내면서 옆으로 자빠져 버렸다.

다른 사람이 보기엔 그냥 혼자서 고개를 휙휙 돌리다가 넘어졌는데 제갈영이 마무리로 쓰러트린 것처럼 보였다.

그리고 그것이 악천이 본 장면이기도 했다.

"……뭐냐?"

무언가 이해할 수 없는 장면이었다.

갑자기 왜 다른 데서 싸움이 났을까?

근데 싸움이 난 건 난 거고 뭐가 어떻게 된 건가? 노인이 혼자서 두리번거리다가 작은 소녀에게 맞아서 나자빠진 이유는 무엇인가?

'백보신권의 전승자 꼬마가 뭘 마시는 걸 보니…… 술인가?'

도독부이 사건 때 술을 마시고 그랬다더니 지금 그것과 관계가 있는 건가 싶다. 어쩐지 몸놀림에 비해서 바보같이 맞고 나가떨어졌다 했더니, 술을 마셔야 하는 모양이다.

'개방 놈들. 이번 소림의 일이 끝나면 잡아서 족쳐 봐야겠군. 소림의 백보신권 전승자와 무슨 관련이 있는지.'

당연히 악천도 방금 쓰러진 노인이 개방의 흑개라는 건 알지 못했다. 그가 아는 한 세상에 저렇게 깔끔한 개방 거지는 없었다.

그러나 어쨌든 간에 지금 중요한 건 자신이 철저히 무시되고 있다는 사실이었다.

"기분이 나쁘군. 본보기로 화살이라도 한 방 먹이라 할까?"

그렇게 중얼거리면서 악천이 행동을 하려 하는데, 갑자기 장건이란 녀석이 자신을 쳐다보았다. 옆에 있는 이들이 자신을 손가락질하며 뭐라고 마구 떠벌리고 있었다.

"흥."

곧 장건이 자신을 향해 다가온다.

비틀비틀.

등에 붕대를 친친 감은 이상한 막대를 메고 다니는 것도 이상한데 비틀거리기까지 하니 우습게만 보인다.

그러나 도독부의 일을 알고 있으니 방심은 하지 않았다.

한 걸음, 두 걸음.

점점 가까워지는데 어느 순간 짜릿한 감각이 피부에 와 닿으며 그에게 경고를 날린다.

악천이 본능적으로 허리를 뒤로 젖혔다.

부아앙!

장력이 실린 게 분명한 바람이 그의 코끝을 스쳐 지나갔다. 덕분에 억지로 붙인 수염이 한쪽 떨어져 나갔다.

"이런!"

정신이 번쩍 들었다.

'설마 이것이 백보신권?'

백 보 이내의 거리에서는 벗어날 수 없다는 백보신권!

운 좋게 한 번 피하기는 했으나 전혀 예측하지 못했다.

상대의 수를 알지 못했을 때에는 후속 공격을 대비해서 자리를 벗어나는 것이 상책이다.

악천은 다급하게 몸을 틀어 바닥에 납작 엎드렸다. 강호무림에서는 바다에 몸을 굴려 피하는 걸 수치스러운 나려타곤이라 부르듯 황궁에서 쓰이는 신법에도 그러한 종류가 있다.

합가경신(蛤嫁驚身)!

못생긴 두꺼비가 시집을 와서 사람인 신랑이 그것을 보고 놀라 달아나는 모양새, 라는 뜻으로 이름이 붙은 신법이다. 그러나 황궁 무공에서는 수치나 부끄러움이 아니다. 단지 움직임이 우스워서 그렇게 재미난 명칭이 붙었을 뿐이다.

악천은 신법의 명칭 그대로 몸을 답싹 붙였다가 두꺼비처럼 펄쩍 뛰어 이 장을 움직였다. 사람의 행동이라고는 보기 어려울 정도로 기괴하였으나 굉장히 빠르고 탄력적인 움직임이었다. 설사 화살을 쐈어도 맞히기 어려워 보일 정도였다.

악천이 펄쩍 뛰는 순간 모골이 송연하게도 장력 같은 것이 아슬아슬하게 스쳐 지나가며 그가 서 있던 자리를 박살 냈다.

퍼퍽! 하고 돌가루가 튀었다.

순식간에 거리를 벌린 악천은 겨우 숨을 고르면서 장력이 날아온 정면을 응시했다.

확 트인 시야에는 어느새 사 장 정도 거리를 두고 떨어져 있는 장건이 보일 뿐이다.

장건이 말했다.

"아저씨가 양 누이를 괴롭혔…… 어, 음…… 아저씨? 음…… 아저씬가?"

장건은 소리를 치려다가 말았다가 크게 말하려다가 말았다가 했다.

악천은 환관이었다. 남성의 구실을 못하는 그를 놀리는 듯한 기분이 들어서 더 짜증스러웠다.

"이놈이?"

혀가 꼬여 있는 걸 보니 확실히 술에 취한 모양이다.

"무슨 말을 하려는 거냐! 말을 하려면 똑바로 해!"

"화났어! 화나! 왜 자꾸 내…… 음음…… 을 괴롭히는 거야!"

"뭐? 음음이 뭐야!"

또 혀가 꼬였다. 장건이 뒷말을 이으려 했다.

"내…… 내……."

장건은 고개를 갸웃갸웃거렸다.

악천은 짜증이 치밀어서 듣는 것조차 고역이었다. 그런데 음음이 뭔지 궁금하긴 했다.

혹시나 수작을 부리는 걸까 봐 바짝 긴장을 하고 장건을 노려보았다. 무슨 말을 하려는 건지.

"내…… 음……."

장건이 한참 고민하다가 다소 자신 없는 투로 말했다.

"내 부인들?"

"……."

지켜보던 모든 사람들이 한순간 현기증을 느꼈다. 수천 명이 긴장해서 숨죽이고 바라보고 있었는데 한다는 말이 '내 부인들?' 이라니!

그것도 당당하게 '내 부인들을 건드려서 화났다!' 도 아니고!

악천도 어이가 없었다.

"부인이라는 거냐, 아니라는 거냐!"

말투에 짜증이 묻어 나왔다.

어렸을 때 혼인하는 거야 아예 없는 일도 아니다. 그런데 부인이면 부인이지 '부인들?' 하고 자신 없이 말하는 건 뭐란 말인가.

게다가 아무리 생각해 봐도 부인 '들'을 건드린 기억은 없다. 그가 상대한 건 건장한 체구의 중년인과 곤을 쓰는 방년의 소녀 둘뿐이다.

문득 악천은 멀리에서 사람들이 간호하고 있는 거력철권 곽산을 쳐다보고 말았다.

"……"

욱하고 화가 치밀었다. 환관들 중에는 남색을 즐기는 이들이 있다. 사람들이 흔히 환관을 보면서 조롱할 때 그런 이유를 들기도 한다. 남자도 아니고 여자도 아니기 때문에 겪는 설움이다.

어쩐지 그것을 보란 듯 대놓고 '부인들'이라면서 비아냥대고 있는 것처럼 들렸다. 자신이 정체를 숨기고 있었는데도 불구하고 참을 수 없이 화가 났다.

"이노옴! 눈치 하나는 빠른 것 같구나! 하나 네놈은 스스로 화를 자초한 것이다!"

악천이 공력을 한껏 끌어 올리고 시뻘겋게 핏발이 선 눈으로 장건을 향해 쇄도했다.

황도팔위는 온갖 영약으로 키워진 고수. 특히나 지근거리에서 박투를 특기로 하는 악천은 거리를 좁히는 신법에도 일가를 이루었다. 일 장의 거리라면 주먹을 내지르는 속도만큼 빠르게 좁힐 수 있다.

내공을 폭발시키듯 뿜어낸 악천은 눈 깜짝할 사이도 되지 않는 시간에 장건의 지척에 이르렀다.

그리고 그 순간에 허공에서 수차례의 먼지바람이 일었다.

콰콰쾅! 쾅!

악천이 양팔을 앞으로 교차해서 팔뚝으로 무언가의 공세를 막아 냈으나, 주춤거리면서 두어 걸음이나 밀려났다.

"큭!"

팔이 저릿저릿한데 옆구리에는 한 방 얻어맞기까지 했다.

"이게 무슨······."

사람의 팔은 둘이다. 아무리 빨라도 둘 이상의 공격을 동시에 적중시킬 수는 없다. 삼십 개의 검영(劍影)을 만드는 쾌검수도 한 호흡에 삼십 번의 검을 뿌리는 것이지, 동시에 삼십 번을 찌를 수 있는 건 아니다.

그런데 네 번의 공격을 받았다.

분명히 동시였다.

'이런 말도 안 되는 일이!'

욱씬거리면서 팔뚝이 아파 왔다. 충분히 내공을 끌어 올려서 둘렀는데도 상대 역시 내공을 집중한 모양이다.

 게다가 악천의 등골을 서늘하게 만든 것은, 그가 장건의 움직임을 전혀 보지 못했다는 점이었다.

 '이렇게 빠르다고?'

 악천은 간만에 긴장했다.

 본래 원호는 장건에게 '너의 수법은 일정 수준 이상의 고수에게 통하지 않을 것이다.'라고 말했다. 황도팔위의 악천이라면 충분히 원호가 말한 일정 수준 이상이 되는 고수임에 틀림없다.

 하지만 원호는 거기에 한 가지 단서를 달았다.

 '건이 네가 쓰는 수법을 상대가 알게 된다면.'이라고 말이다. 심지어 그 수법을 알고 있으면 몸으로 받아서 흘려 낼 수도 있다고도 했다. 원호조차 무진과 곽모수에게 미리 언질을 듣고 있었기에 큰 낭패를 보지 않을 수 있었다.

 강호에서 삼 푼의 힘을 숨기라고 말하는 건 그러한 이유다. 상대가 전혀 예측하지 못한 수는 언제든 최소한의 이득을 보장하는 법이다.

 한데 악천은 아직 장건의 수법을 파악하지 못했다.

 누구라도 마찬가지다. 아무런 움직임도 없이, 사람이라면 응당 있어야 할 최소한의 움직임도 없이 장풍을 쏘고 암경을 흘려보내는 일은 도저히 상상도 할 수 없는 일인 것이다.

 거기다 설상가상으로 술까지 먹고 취공을 하는 중이다.

악천은 등 뒤로 식은땀을 흘렸다. 겉으로는 태연하나 속으로는 당혹함을 금치 못하고 있었다.

"네가…… 문각 선사의 백보신권을 잇는 전승자가 확실한 모양이구나."

알면서도 말을 걸어 조금이라도 시간을 벌어 보려는 악천이었다.

장건은 완전한 인사불성까지는 아니었지만 술에 취해서 그 말에 홀랑 넘어갔다.

"배뽀…… 신껀? 딸꾹, 딸꾹! 으…… 이 아자씨 이상해."

딸꾹질을 하면서 비틀거리는 장건이었다.

악천이 눈을 빛냈다.

무공의 흐름은 호흡과 맞닿아 있다. 호흡이 운기행공의 모태이며 근간이다. 호흡은 내기의 흐름을 관장하고 조장한다.

내공을 모아 끌어 올릴 때는 숨을 들이마시고, 내공을 펼칠 때는 숨을 내뱉는다. 숨을 멈추어 휴지(休止)하는 것은 튀어나가려는 내공을 잠시간 억눌러 축적시켜서 더 큰 힘을 발휘하게 만든다.

그런 상황에서 딸꾹질을 한다는 건 호흡에 문제가 생기는 셋이고 크나큰 빈틈을 노출하는 셈이다.

취공에 대해서는 잘 모르나, 그 같은 일반적인 상식마저도 거스르지는 않을 것이다.

악천이 발바닥의 용천혈에 기를 모았다가 뿜어내며 득달같이 달려들었다. 여전히 움직임을 보이지 않는 장건이지만, 악천은 허공에서 공력의 움직임을 느꼈다.

장건이 반응했다는 뜻이다.

'벌써?'

어떻게 장력을 쏘는지 눈으로 포착하지는 못했으나 비틀거릴 때 뭔가 수작을 부리는 듯싶다.

그렇다고 애써 잡은 기회를 버릴 악천이 아니다.

'백보신권의 수법이 생각보다 빠르고 강력하긴 하나 어차피 은밀한 수법인 이상 위력이 떨어지기 마련이다. 내공에 있어서는 내가 이 꼬마보다 배는 더 앞서 있다. 호신기공과 반탄지공으로 맞받아 내면 큰 내상은 입지 않을 게야!'

계산이 끝난 악천은 몸으로 장건의 공격을 그대로 받아 냈다. 강력한 내공을 바탕으로 펼쳐진 호신기공이 날아드는 기의 가닥과 맞부딪쳤다.

퍼퍼펑!

맞는 부위로 공력이 파고들었으나 곧 반탄력으로 튕겨 나갔다. 제아무리 황궁이래도 유서 깊은 문파의 고유한 내공심법을 따라갈 수는 없다. 대신 갖은 영약의 섭취로 내공만 근 삼 갑자에 이르는 악천이다. 대비를 못 했다면 모를까 벌써 대비를 한 상태다.

과연, 충격이 있었지만 버틸 만했다.

"놈!"

악천은 먼저 손을 뻗음으로써 공격을 시작했다. 손바닥을 쫙 펴서 장력을 한껏 품었다.

풍동천하장(風動天下掌)이다.

천하에 바람을 일으킨다는 거대한 뜻을 품은 장법이지만, 화려한 이름을 가진 무공이 늘 그러하듯 강호에서는 익히 알려진 삼류장법 중 하나였다.

황궁에 쓸 만한 장법이 없어서가 아니다. 악천이 노리는 바가 있기 때문이다.

본래 악천이 가장 자신 있어 하는 건 상대의 반응을 보고 대처하는 능력이다.

사람의 몸은 관절과 뼈로 구성되어 있기 때문에 그 움직임에 한계가 있다. 사람이 뼈와 관절을 직접 움직일 수 없으니 근육을 쓴다. 근육이 당겨지면 팔이 굽혀지고 늘어지면 펴진다. 근육은 힘을 응축하고 전달하는 가장 중요한 구성이다.

몸의 어떤 부분이든 마찬가지다.

거기에다 단순히 근육을 움직이는 것에 그치지 않고 '힘을 싣는다.'라는 형태가 되면 조금 더 복잡해진다.

대부분의 무공 초식은 힘을 가장 효율적으로 발휘하는 데에 그 묘리가 있고, 가장 절제된 움직임으로 힘을 발생시킨다.

예를 들어 밀쳐 내는 동작이라면 팔을 당겼다가 멈춰서 정지력(停止力)으로 힘을 축적했다가 밀어내게 되는데, 손이 먼저 가느냐, 지지가 되는 다리와 무릎이 먼저 움직이느냐에 따라 힘이 실리는 정도가 다르게 된다. 다리가 먼저 움직이는 쪽이 훨씬 강한 힘이 실린다.

그것이 무공의 초식이라면, 그 동작을 보고 얼마나 힘이 실릴지를 예측할 수 있다. 손이 먼저 움직인다면 변초를 생각하고 있는 확률이 큰 것이고, 다리와 허리가 먼저 움직인다면 뒤 없이 일격필살의 형태가 될 확률이 커진다. 작은 동작만으로도 상대의 의도를 충분히 예상할 수 있게 되는 것이다.

안법을 배우는 이유도 실은 그러한 연유다.

일부가 아니라 상대의 몸 전체 움직임을 눈에 담는 수련을 함으로써 공격의 기미를 예측하려는 것이다.

물론 무리(武理)라는 것이 겨우 몇몇으로 단정 지을 만큼 단순하진 않다. 목숨을 걸고 싸워야 하는 상대에게 내 몸짓을 그대로 보여 주는 건 약점을 고스란히 노출하는 것이나 다름없기 때문이다.

그래서 수많은 형태의 방어적인 수법들이 생겨났다.

당장에 안법만 해도 시야를 넓히는 방법이 있고 상대를 혼란시키는 안법이 있다. 사람은 늘 목적으로 한 곳에 시선을 두기 마련인데, 일부러 초점을 모호하게 흩어 놓아 상대가 자신의 눈을 보고 공격의 위치를 가늠하지 못하게 만들기도 한다.

몸의 움직임도 마찬가지.

단순한 형태로 힘을 전달하면 상대에게 의도를 들키게 될 뿐이다.

하여 힘의 전달 방식에 따라 수많은 방법들이 파생되었다. 같은 선상에서 힘을 전달하거나 역방향으로 뒤틀어서 전달하는 방법, 예기치 못한 동작 중에 정지를 걸어서 상대가 방어의 때를 놓치게 만드는 법, 정지 상태에서 순방향 역방향으로 또 전환하는 방법 등.

그러나 최종적으로는 똑같다.

아무리 내공의 힘을 더해서 움직임을 줄이고 갑작스런 변화를 만들어 내도, 기본은 변하지 않는다. 팔꿈치와 무릎은 뒤로 꺾이지 않고 손바닥이나 손등이 팔뚝에 닿을 수는 없으며 뒤통수를 등에 닿게 할 수는 없으니 말이다.

일단 초식이 다 펼쳐진 후에는 수만의 변화를 펼칠 수 있을 터이나, 초식이 막 시작되는 지점. 그 지점에는 인체의 한계로 인해 동작이 명확한 한계를 가질 수밖에 없다는 것이다.

거력철권 곽산의 공세를 완벽하게 봉쇄한 것도 악천이 그러한 점을 잘 파악하는 능력을 가졌기 때문이었다.

상대의 미세한 움직임도 놓치지 않고 공격을 예측한다. 예측한 공세를 봉쇄히는 동시에 접촉이 일어나는 순간 장심으로부터 내력을 쏟아 암경을 침투시킨다. 그러면 상대는 영문도 모르고 공격을 하다가 점차 내부가 망가지고 만다.

이것이 바로 악천이 자랑하는 수법이다. 동창 고수들 대부분이 암경을 사용하지만, 상대의 공세를 완벽할 정도로 예측하고 그로 인해 이득을 보는 수법은 악천이 가장 뛰어나다. 환우신장이라는 별호 아닌 별호도 그로 인해 얻었다.

그러니 지금 장건에게 풍동천하장이라는 평범한 일장을 날리는 것도 사실은 때려서 쓰러트리고자 함이 아니다.

일부러 평범한 일장을 날린 것은 장건이 반격을 해 오도록 유도하려는 셈이다. 반격을 재반격하여 자신의 수법 안으로 끌어들이려는 작정이다. 보통의 무인이라면 이 빈틈 많고 허술한 풍동천하장을 보곤 웬 떡이냐며 냉큼 반격을 해 올 터다.

거기에서부터 악천의 사냥이 시작되는 것이다.

하지만.

장건은 그냥 피했다.

조금의 미동도 없이.

그냥 원래 옆에 서 있었던 것처럼.

"으익!"

하는 기분 나쁜 소리를 내면서.

슉.

악천의 왼손이 장건의 오른쪽 어깨 바로 옆을 훑고 지나가며 바람 소리만 냈다.

"어?"

못 봤다.

어깨도 움직이지 않고 허리도, 다리도, 팔도 흔들리지 않았다. 나무토막을 고스란히 옆으로 당겨서 옮겨 놓은 것 같았다.

인체의 움직임을 고스란히 꿰고 있는 악천에게 그것은 신기루가 아니면 이해되기 힘든 일이었다.

장건이 스스로 움직인 건 맞는데, 사람의 움직임이 아니다.

'이런 이상한 일이!'

악천이 당황함을 감추며 다시 공격을 감행했다. 어쨌거나 거리는 완벽히 좁혔다. 이런 지근거리에서는 암경을 제대로 운용하기 힘들다. 느릿한 암경보다 손발을 놀리는 것이 더 빠르다.

'죽어라! 백보신권의 전승자 꼬마 놈!'

뻗었던 왼손은 조공으로 변환하여 장건의 어깨를 할퀴고, 오른손으로는 손가락을 모두 굽혀서 붙인 후 장심과 엄지손가락의 뿌리 아랫부분인 장저(掌底)로 관자놀이를 후려쳤다.

좌우에서 가운데로 치는 형국이라 도저히 양옆으로는 빠져나갈 수 없다.

게다가 몸을 굽혀 피할까 봐 왼발로 발목을 몰래 걷어차는 수를 더했다.

뒤로 물러날 경우를 대비해서 오른발의 뒤꿈치를 들고 발가락에 지긋이 힘을 주어 바닥을 누르고 있기까지 했다. 뒤로 물러나는 순간 튀어 나가 공격을 잇기 위함이다.

그야말로 환우신장답게 절묘한 한 수였다. 이제 장건은 막거나 혹은 뒤로 피해야 하는데, 어느 쪽이든 악천의 공세에서 벗어날 수가 없는 형국이었다.

가진 바 내공을 모두 돌려서 어느 하나 맞고서 무사할 수 없는 공격이다. 조공의 수법에 잡히면 어깨뼈가 으스러질 것이고, 장저에 맞으면 머리통이 터질 것이며 발목이 걸리면 관절이 나가고 뼈가 부러질 터다.

훅!

거센 바람 소리가 날카롭게 울렸다. 악천의 왼손 갈퀴가 장건의 어깨를 통과해 지나갔다. 허상을 스쳤다.

'흥. 첫 공격은 피했다 이건가?'

장건의 어깨는 탈골된 듯 밑으로 축 쳐져 있었다. 그래서 조공이 빗나간 것이다.

'응?'

놀랄 틈도 없이.

딱!

하는 소리가 났다.

악천의 두 번째 공격인 오른손 장저가 장건의 머리를 그냥 뚫고 지나가면서 동시에 난 소리다.

방금의 소리는 악천이 낸 소리가 아니다. 장저에 맞았다면 수박 터지는 퍽 소리가 났어야 했다.

뭔가 소리는 났는데 맞진 않았다는 것도 이상하다. 이번에도 악천은 잔상만 훑었을 뿐이다.

장건은 전혀 움직이지 않았다. 그 자리에서 꼼짝도 않았다.

'그런데 왜 안 맞았지?'

도저히 피할 데가 없다.

하지만 맞지는 않았다.

금세 이유를 안 악천이 아연실색했다.

장건의 상체가 사라져 있었다.

'으헉! 이놈 왜 이래!'

다리는 그대로인데 허리 위로 없었다. 정확하게 말하자면 뒤로 반 뚝 접혀 있었다.

공손하게 허리를 굽혀 인사를 하는 모양의 딱 반대로인 모양새였다.

펄렁 펄렁.

깃발이 바람에 날리듯 흐느적거리기까지 한다…… 거기다 이미 한쪽 어깨는 탈골이 되어서 더 거북하게 흔들리고 있었다…….

"크억!"

정말 기절초풍할 노릇이었다. 어찌나 놀랐는지 세 번째 공격은 제대로 하지도 못했다.

너무 놀라서 내공을 제대로 운용하지 못해 기혈이 역류했다. 심적 충격으로 내상을 입고 핏물이 목까지 치밀었다.

"이, 이게 무슨……"

분명히 자신이 그렇게 만든 건 아니었다. 치매가 걸린 게 아닌 이상에야 자기가 해 놓고 기억도 못 할 리가 없지 않은가!

곧 사방에서 엄청난 비명 소리가 들려왔다. 지켜보는 이만 만 명이 넘으니 비명 소리와 신음 소리로 대웅전이 떠나갈 듯했다.

"꺄아아악!"

"으아악!"

"사람이 죽었어!"

"이건 너무하잖아!"

아이를 데리고 온 부모들은 아이들의 눈을 가리느라고 난리였다. 정작 자신의 공격은 하나도 성공하지 못했는데 갑자기 이게 웬 난리인가?

그런데 곧.

우득. 우득.

뼈 맞추는 소리가 나면서 장건의 탈골된 어깨가 다시 올라오고, 장건의 허리도 뒤에서부터 앞으로 서서히 세워진다.

악천은 이 기괴한 광경에 완전히 몸이 굳어 버렸다. 장건의 입에서 신음이, 등쪽 방향에서 흘러나오고 있었다.

"아야야."

악천은 어찌할 바를 모르는데 장건은 태연하게 뒤통수를 만지면서, 머리를 세우면서, 인상까지 쓰고 있었다.

"이씨이…… 손잡이에 부디쳤네. 칼 메고 있는 거 깜빡했자나. 디통수에 혹 나따."

"그, 그럼 그 딱 소리가……."

허리를 뒤로 접었을 때 붕대로 감아 등에 메고 있던 딱딱한 그것에 머리가 부딪치는 소리였던 모양이다.

"……"

"……"

누군가 한 명이 갑자기 소리를 질렀다.

"와아아! 살아났다!"

지켜보던 사람들이 얼떨결에 같이 환호를 했다.

"소협이 살아나고 있어!"

"와아!"

하지만 이전에 이미 장건이 허리를 뒤집어서 오황을 놀라게 했던 걸 아는 소림의 제자들은 이마의 핏대를 누르면서 조용히 불호를 욀 뿐이다.

다행히도 사람들은 어린 소년이 금의위 무사의 손에서 죽을 뻔했다가 살아난 걸 더 크게 생각하는 모양이었다.

그네들의 입장에서도 이상하긴 이상한 일이다. 하늘을 날아다니고 바위도 부수는 힘으로 치고받고 싸우지만 멀쩡한 무림인이나, 허리가 뒤로 꺾여도 안 죽는 무림인이나 이상한 건 매한가지다.

물론 후자가 좀 더 이상하긴 하지만, 그래도 일단 환호는 하고 볼 일이었다.

"소림의 소년 제자가 저 악한의 손에서 살아나고 있어!"

"와아아아!"

사람들의 환호에 악천은 미칠 것 같았다.

'내가 그런 게 아니야! 그리고 살아나고 있다는 건 도대체 무슨 말이냐!'

건드리지도 못했는데 이 무슨 억울한 오해이고 누명이란 말인가! 자기도 놀라서 내상까지 입었는데!

악천은 더 이상 참을 수가 없었다.

"끼요오오오옷!"

환관임을 굳이 드러내지 않으려고 변조했던 목소리조차 원래대로 돌아왔다. 악천은 내상이고 뭐고 미친 듯이 장을 뻗어냈다.

장건이 고개를 아직 다 올리지 못해서 보지 못한 탓인지, 이번에는 피하지 못하는 모습이다.

퍼퍽, 퍼퍼퍽!

콩이 잔뜩 든 자루를 손바닥으로 두들기는 듯한 소리가 난다. 겉으로 보면 딱히 아파 보이지도 않을 것 같다.

그러나 실제로는 타격에 의한 공격이 아니라 장력으로 내부를 진탕시키는 공격이다.

장심이 닿을 때마다 음험한 경력이 파고들어서 기혈을 파괴하고 내장을 상처 입힌다. 곽산도 그렇게 쓰러졌다.

"윽!"

장건의 입에서 가벼운 신음이 흘러나왔다.

한 호흡에 벌써 수십 번의 장공이 쏟아졌다. 전신을 얻어맞은 장건이 주춤대면서 한 걸음씩 뒤로 밀려났다.

"죽어! 죽어!"

무시무시하게 장건을 몰아치던 악천은 장력으로 쏟아 내는 내공을 계속 유지하기가 쉽지 않아졌다.

'젠장! 왜 이리 힘이 딸리지?'

퍼버벅! 퍽퍽!

그때까지도 장건은 거의 무기력할 정도로 얻어맞기만 하고 있었다.

지켜보는 이들이 안타까운 비명을 연신 질러 댄다.

"저런!"

"살아났다가 또 죽게 생겼어!"

"저걸 어째?"

"살렸다가 죽였다가, 나쁜 놈!"

자기가 하지도 않은 일에 욕을 먹는 악천이었다. 그러나 악천은 거기까지 신경 쓸 여력이 없었다.

이상하게 기운이 말려서 공격이 벅차 죽을 지경이었다. 쏟아 낸 것보다 더 많은 내공을 쓴 느낌이다.

'어이없게 내상을 입어서 그런가…… 에이잉! 어쨌거나 이 정도의 암경이 몸 안에 침투되었으면 네놈은 죽은 목숨이다!'

악천은 입안에 가득한 핏물을 삼키면서 회심의 절초를 준비했다.

몸을 한껏 웅크려서 장건의 반대 방향을 보는 자세였다가 몸을 비틀어 앞을 보면서 앞발을 크게 내디뎠다.

금황성 멸절진장(金皇城 滅絕眞掌)!

암경이 아니라 막대한 내력을 있는 그대로 퍼붓는 환우신장 악천의 성명절기.

그의 손이 뿌옇게 보일 지경이다.

'망할.'

악천은 이를 악물었다.

아까 약간의 내상을 입은 데다가 내공이 이상하게 부족해서 제대로 기운을 끌어 올릴 수 없었다.

고작 오성 정도의 힘만 끌어 올렸을 뿐이다. 본래 힘의 반밖에 나지 않는다.

'그래도 오성이면 지금으로는 충분하다!'

사람 하나 죽이는 데에는 모자람이 없다.

이윽고 악천이 번개처럼 장을 내뻗었다. 장건의 가슴에 악천의 쌍장이 가 닿았다.

"끄윽!"

장건이 거친 호흡을 내뱉었다.

두—웅!

장건이 아주 천천히 땅에서 떠오르고 흙먼지가 발끝을 따라 길게 솟아오른다. 그러더니 갑자기 빠르게 시간이 흘러가듯 장건이 폭발한 것처럼 튕겨 나갔다.

콰드드드—!

장건은 바닥을 긁으면서 순식간에 사오 장여를 날아가 버렸다.

"흐흐…… 흐하하! 어떠냐!"

악천은 입에서 피를 줄줄 흘리면서도 신나게 웃었다.

자신의 나이에 비해 삼분의 일이나 될까 말까 한 소년을 전심전력을 다해 쓰러트렸건만 전혀 부끄럽지 않았다.

마치 반드시 죽여야 할 악귀를 처단한 듯한 뿌듯함마저 들었다. 이상하게 손끝에 닿은 느낌이 별로 좋지 않았고 평소와 달리 기운이 완전히 빠져서 호흡도 가빠졌지만, 그래도 앓던 이를 빼낸 것처럼 개운했다.

장건은 가슴이 뭉개진 정도가 아니라 상체가 완전히 꺾여 버렸는지 허리가 뒤로 넘어가 있었다. 얼마나 강하게 장력을 뿜어냈는지 상체와 팔이 너덜거리면서 바람에 마구 펄럭대는 모습이다.

파라라락— 하고 깃발이 날리듯이.

마치 방금 전처럼…….

"흐…… 흐으……."

악천은 무언가 잘못되었다는 생각이 들기 시작한다.

게다가 사방팔방에 뿌렸어야 할 피 보라는커녕 장건이 마구 허우적거리면서 '어우, 이게 뭐야.'라고 중얼거리는 걸 듣는 순간.

악천은 내가 이제껏 뭘 하고 산 건가, 하는 생각이 들었다.

그렇게 사람의, 인체의 움직임을 연구했는데 저런 광경은 처음이었다.

"이게…… 사는 건가."

얼빠진 음성과 함께 반쯤 떨어져 나간 수염이 그의 인중에서 달랑거렸다.

제7장

구해 주지 마!

굉운과 원호들은 긴장한 채 유장경을 보고 있었다.

유장경이 곧 투서 중 앞부분을 거침없이 읽어 내렸다.

"……하여 천하제일사찰 소림사! 그 안에서 벌어지는 추악한 일들에 분노와 경악을 금치 못하여 통렬한 심정으로 고하나이다!"

첫 부분을 읽은 것만으로도 소림의 원주들은 안색이 아연해졌다.

유장경이 투서에서 눈을 떼고 원주들을 향해 외쳤다.

"이 투서의 내용으로 본 위에서 조사한 바에 따르면 그 내용이 두 가지에 걸쳐 일치하고 있음을 확인하였다. 첫째! 작년 소림사에서 벌어졌던 대규모의 하독 사건!"

원당이 외쳤다.

"그 문제는 본사의 모든 역량을 쏟아 무사히 마무리 지었소! 모든 피해를 입은 이들에게 보상을 하였고, 크게 다친 이도 없는데 어떻게 이제 와서 그 문제를 거론할 수 있단 말이오!"

유장경은 그의 말을 무시했다.

"끌고 와라!"

그의 지시가 떨어지자 금의위 무사가 저 먼 데에서부터 꾀죄죄한 몰골이 된 죄인 한 명을 끌고 왔다. 죄인은 얼마나 문초를 받았는지 봉두난발에 몸 곳곳에는 핏기가 어려 있었다.

소림의 원주들은 치를 떨었다. 죄인을 관부가 아니라 이곳까지 끌고 왔을 정도로 치밀하게 준비를 했을 줄은 전혀 생각하지 못했던 것이다.

죄인을 무릎 꿇린 뒤 유장경이 물었다.

"이자를 아는가?"

소림의 원주들은 서로 눈치를 보았다. 하도 낭패한 몰골이라 얼굴을 채 알아보기도 쉽지 않았지만 애초에 아는 얼굴도 아니었다.

그러나 뜻밖에도 굉운이 침중한 목소리로 대답했다.

"알고 있소."

"역시 중이라 거짓말을 하지 못하는군."

유장경이 말했다.

"전 정주부 통판 엄승이란 자다."

흠칫!

그제야 소림 원주들도 사태를 파악했다.

천오백 명이라는 인원이 대규모로 중독이 되었을 때, 가장 염려하던 것은 물론 일반인들의 피해였다. 그리고 그다음이 바로 관의 개입이었다.

당시에 당가와 소림은 없는 살림에도 불구하고 서로 간에 상당한 금액의 은자를 각출하여 정주부 통판과 지부 대인에게 바쳤다. 그렇게 겨우 개입을 무마시킬 수 있었다.

그러나 원주들과 당가의 수뇌부 몇을 제외하고는 그 일을 아는 이가 없었다.

"어떻게……."

질린 얼굴의 원주들을 보면서 유장경은 회심의 미소를 지었다.

"뇌물을 탐한 관리는 즉각 직위에서 파면하고 재산을 몰수한다. 뇌물을 바친 자는 일백 관 이상이면 백 대의 곤장과 강제노역의 도(徒) 형에 처한다. 이것이 현재의 법이다."

뇌물이 법으로 금해진 것은 많으나 사회 전반에 걸쳐서 뇌물이 먹히지 않는 곳이 없었다. 이를테면 일종의 관행이었다.

"아무리 뇌물이 횡행하더라도 지엄한 법이 있는데 하물며 사찰에서 버젓이 그러한 일을 저지를 수 있단 말인가! 이는 결코 용납할 수 없는 일이다!"

원주들은 어떻게 이 사실이 외부로 알려졌는지 의아했다. 당가에서 찔렀을 가능성도 배제할 수는 없었다.

　어쨌거나 아무리 관행이라 하더라도 굳이 그것을 문제 삼고자 한다면 쉬이 벗어날 길은 없었다. 다만 그것이 소림의 존재 근간을 뒤흔들 정도는 아니라는 것만이 유일한 위안이다.

　유장경은 다시 외쳤다.

　"둘째! 이 사건이야말로 소림사라는 사찰이 천하에 존재하여서는 아니 될 일일 것이다. 사제 간에 작당하여 비구니를 겁탈한 죄! 수행하는 중 된 도리로 색계를 범한 것만도 능지처참을 하여야 할 일인데, 그러한 죄인을 사찰 전체가 나서서 감싸 주고 있다 하니…… 이 어찌 천인공노할 짓이 아니라 하겠는가! 진산식까지 유야무야하다가 사면하려는 생각이었는가!"

　쿵!

　심장이 떨어진다.

　아무 말도 할 수가 없다.

　뭐라고 말을 해야 할까?

　어느 날 갑자기 하늘이 무너지고 땅이 꺼져서 더 이상 서 있을 수가 없게 된다면, 그렇게 된다면 딱 지금 같은 심정이 될 터다.

　모두가 같은 심정이었다.

"이럴 수가……."

"어떻게 그걸……."

스스로 무슨 말을 중얼거리는지도 모른다.

원주들은 핏기 없는 얼굴로 유장경의 조소 어린 얼굴만을 바라볼 뿐이다.

소림을 찾아온 명사들 몇몇 역시 충격에서 헤어 나오지 못하고 있었다.

"허어, 소림사가 그런 일을……."

차기 방장이 될 원호는 손까지 덜덜 떨었다.

'이것이었나…… 이것이었나? 이래서 이렇게도 자신만만하였던가!'

도독부의 사건을 억지로 문제 삼지 않고도 소림을 궁지로 몰아넣을 수 있는 빌미.

그 두 가지 이유.

통판 엄승에게 건넨 뇌물과 굉목의 파계.

그것이면 충분하다.

이미 쇠락해진 소림을 완전히 무너트리는 데엔.

끝이다.

누가 어떻게도 그리 상세하게 소림의 사정을 알아서 투서를 보냈든 이것으로 끝이다.

아무리 발버둥 쳐도 벗어날 길이 없어 보인다.

하늘이 어질어질하고 망연자실하다.

구해 주지 마! 241

팔다리가 힘없이 떨려 서 있기조차 힘이 드는데, 살심이 피어오른다.

'다 죽여 버릴까?'

그러다가 죽어 버릴까?

그러면, 그러면 적어도 더러운 꼴 힘든 꼴은 보지 않아도 되지 않겠는가.

원호의 눈에 조금씩 핏빛 혈광이 어리기 시작했다. 그리고 그것은 적어도 원호 혼자만의 생각은 아니었다.

여기저기에서 낮지만 지독한 한이 담긴 말들이 흘러나오기 시작한다.

"본사를 이렇게 핍박하려 한다면 그만한 각오도 하고 왔어야 할 것이야."

관부의 공적 집행에 반기를 들어 반역죄로 몰려 죽든가, 혹은 지금 말한 죄목들로 소림을 폐사하든가. 둘 다 죽는 건 마찬가지다. 어차피 이렇게 죽나 저렇게 죽나 똑같다고 생각하는 것이다.

소림을 찾아온 명사들, 참관을 위해 온 오황과 마해 곽모 수도 곤란하다.

지금의 상황에서 소림의 편을 들 수도 없고, 그렇다고 관부의 편을 들었다간 후에 강호 무림에서 무슨 말을 들을지도 모르고.

지금의 상황까지 예측해 준비를 해 오긴 했으나 으스스할 정도로 분위기가 싸늘해지자 유장경과 종암도 눈에 힘을 주고 대비를 하는 모습이다.

그때 방장 굉운이 말을 꺼냈다.

"잠시……."

굉운의 안색도 결코 좋지 못하다. 몸이 아픈데 그만한 충격이 더해졌으니 더욱 그러하다.

그러나 굉운은 힘내어 말했다.

"죄인의 입장으로 무슨 말을 어찌하겠습니까. 하나 빈승이 궁금한 것이 있습니다."

유장경이 아니라 종암이 나섰다.

"말해 보게."

"조금 전 교지를 읽을 때에는 내공으로 보란 듯 퍼트렸는데, 어째서 지금 죄목을 읽을 때에는 육성으로 읽으셨습니까?"

다른 이들도 그제야 굉운의 말대로였다는 걸 깨달았다.

설마 유장경의 실수였을까?

종암이 기다렸다는 듯 대답하였다.

"누가 뭐래도 소림사는 강호 무림의 태산북두이며 존중받아야 할 천하제일의 사찰이 아니겠는가. 우리로서도 심각한 지경에까지 몰아붙일 생각은 없다네."

원주들 중 몇이 소리가 나도록 이를 빠득 갈았다. 도저히 진심으로 들리지 않았다. 선의를 가지고 왔다면 애초에 소림의 백년지대행사인 진산식 날을 골라서 오진 않았을 터였다.
굉운이 팔을 들어 원주들을 진정시키면서 물었다.
"허면 그 말씀은……."
"공정한 법의 심판 아래에 죗값을 치르지 않을 도리는 없네. 하나 어느 정도 경감을 해 줄 수는 있을 것이네."
죗값을 덜어 주기 위해서 일부러 보란 듯 외치지 않았다?
종암이 뜸을 들이듯 말을 잇지 않자 굉운이 가만히 다시 말했다.
"말씀을 일러 주시지요."
"그 사제 간을 더 이상 감싸지 말고 소림사에서 파문시키게."
꿈틀.
듣고 있던 원주들의 눈썹이 일그러졌다. 물론 파문시켜야 하는 것은 맞다. 그러나 남이 시켜서 하는 것은 좀 다른 일이다. 소림사 자체적으로 해야 할 일이지 누가 시켜서 해야 할 일이 아니다.
"파문시킨 후에는……."
"본관이 직접 거두어 처벌을 집행할 것이네."
울컥!
원주들은 더 이상 참을 수가 없었다. 화가 치밀어서 다들 얼굴이 시뻘겋게 물들었다.
별것 아닌 듯 보이지만, 벌의 집행과 처벌을 남의 손에 맡

기게 되는 것이다. 이것은 소림을 유명무실한 존재로 만들겠다는 얘기나 다름이 없다.

무림 문파의 자존심은 독립성에 있다. 문파 내의 일은 문파에서 스스로 해결해야 한다. 문하 제자의 일조차 스스로 처리하지 못하고 남의 힘을 빌게 되면 그야말로 존재 가치를 잃게 될 뿐이다. 남의 간섭이 시작되면 삼류 문파로 전락하는 것도 순식간이다.

더구나 강호 무림에서 가장 혐오하는 관부의 간섭을 받게 되는 건 최악의 일이었다.

관과 무림이 지켜 왔던 경계선이 허물어지는 시초이며 앞으로 생겨날 일들의 최초 사례가 될 수 있어 소림뿐 아니라 강호 무림에 큰 파장을 몰고 올지 모른다. 여타의 무림 문파에 손가락질을 받는 정도로 끝나지 않을 터다.

종암의 말대로라면 죄의 경감이지만 실제로는 소림을 죽이는 일이다.

특히나 원호는 가슴이 욱신거려서 미칠 지경이었다. 도저히 지금의 상황이 남의 일을 말하는 것 같지 않아서였다.

'이렇게도 화가 나는 이유는 무엇인가. 외부의 힘이 본산 제자를 피문시키려 하는 것, 이것은 사실 내가 우내십존을 끌어들여서 장건을 보내고자 했던 것과 같은 일이 아닌가. 그런데 왜 나는 그때 스스로에게 화를 내지 못하였는가!'

장건은 골칫덩이 애물단지고 굉목은 오랫동안 소림의 제자로 있었기 때문에? 장건은 그래도 무림 문파 간의 일이었고 꿩목은 관과 무림의 일이 되기 때문에?

원호는 크게 자책했다.

그럴수록 장건에게 더 미안해졌다. 시작은 홍오였으되 불씨는 자신이 키웠다. 어떻게든 장건을 지키려 했다면, 소림의 제자로 인정을 했다면 오히려 지금처럼 장건이 어디의 제자인지 근본을 알 수 없는 형태로까지는 오지 않았을 것이다.

원호는 주먹이 부서져라 꾹 쥐었다.

'나는 안일하였다. 안일함에 젖어서 어려움을 외면하였다. 어려움이 아니라 안일함을 경계하는 것이 수행자의 도리이거늘!'

그렇게까지 생각하니 원호는 피눈물이 난다. 지나간 일을 후회하지 않으려 해도 못난 자신의 모습에 그저 한탄만이 나올 뿐이다.

원호는 이를 꾹 깨물어 잇새로 말을 내뱉듯이 종암을 향해 따져 물었다.

"그렇게 못 하겠다면, 그리하면 금의위는…… 관부에서는 어떻게 할 것이오?"

원호의 말에 종암이 발을 굴렀다.

우르릉!

공력 실린 진각이 진동을 한다.

"상천권명의 패를 들기 이전이라면 모를까! 이미 상천권명의 패를 든 이상 소림이 대항하는 것은 황명을 거역하는 셈! 소림사는 반역죄를 피할 길이 없다. 소림사는 물론이고 소림의 속가제자들에게까지 그 죄를 묻게 될 것이다. 정녕 소림사는 그 길을 원하는가! 소림과 연관된 모든 자들이 반역죄로 처단받기를 원하는가!"

물론 종암도 소림사와 정면으로 무력 충돌을 하게 되는 걸 그리 원치는 않는다. 하나 만에 하나라도 최악의 경우에 큰 충돌이 생기게 되어 강호 무림이 들고일어난다 하더라도, 종암은 행보를 멈추면 그뿐이다.

하지만 소림사는 사라진다.

자존심이 목숨과도 같다지만 소림사라는 존재의 소멸에 대하여서는 소림의 수뇌 원주들조차 주저할 수밖에 없다.

소림이라는 이름은 남되 유명무실한 껍데기가 되더라도 훗날을 도모할 것인가, 아니면 소림이라는 이름 자체가 역사에서 지워지게 될 것인가.

선택지는 그 둘밖에 없었다.

원주들은 침묵했다. 참관인으로 초청받은 명사들도 함부로 입을 열 수 없는 상황이었다.

그때 갑자기 굉운이 가까이에 있던 원호를 보고 물었다.

"사질은…… 대답을 찾았는가?"

정말로 뜬금없는 질문이었다. 근처에 있던 각대 원주들이 무슨 소린가, 하고 고개를 돌려 굉운을 볼 정도로 엉뚱했다.

하지만 원호는 어렴풋이 굉운의 질문을 알아들을 수 있을 것 같았다.

"며칠 전, 사질은 우리 모두에게 물었네. 소림이 먼저인지, 제자가 먼저인지. 그 대답을 찾았는가?"

어려운 질문.

원호는 아주 잠깐 갈등하는 듯싶었으나 눈빛을 빛내면서 당당하게 대답했다.

"못 찾았습니다."

원주들이 기가 막혀했다.

이 무슨 쓸데없는 자신감인가?

그러나 원호는 조금도 부끄러워하지 않았다.

"대답은 못 찾았으나 지금에 이르러 무엇이 먼저냐고 묻는다면 소림이 먼저라고 할 것입니다! 소림을 지키기 위해서라면 무엇이든 할 겁니다!"

원주들은 당황했다.

굉운이 제자 이야기를 꺼내었으니 굉목의 이야기일 터. 원호의 지금 말은 굉목을 내놓겠다는 뜻이 아닌가?

원림이 황망한 어조로 원호에게 물었다.

"사형! 지난번에는 제자들을 지켜야 한다고 하지 않았습니까?"

원호가 되묻는다.

"그런데?"

"사형께선 한 명도 억울하게 내치지 않겠다고 하셨습니다. 그러면서 도와 달라고 하셨잖습니까. 그런데, 그런데 지금은 황궁의 강압에 의해 굉목 사백님을 내치시겠다고요?"

원호가 마치 시정잡배처럼 고함을 질렀다.

"사숙은 파계하였다! 파계한 죄인이 어떻게 소림보다 먼저가 될 수 있겠어! 사제는 죄인을 위해 소림이 희생하는 게 옳다고 보는 것이냐? 정말로 그렇게 생각하는가 말이다!"

"사, 사형······."

원호는 이렇게 고래고래 소리를 지른 적이 없었다. 원림은 당황하기도 하였으나 생각해 보니 원호의 말이 맞는 것도 같았다.

장건이라는 속가제자 한 사람을 희생해서 살아날 생각도 했었는데 파계승 때문에 소림을 위기에 빠트릴 수는 없지 않은가?

원호가 눈을 부릅뜨고 굉운을 쳐다보았다.

"이것이 제 생각입니다. 소림을 지키겠습니다."

한 치도 물러서지 않겠다는 강인한 의지와 눈빛이었다. 그러나 굉운은 조금도 그 눈빛이 부담스럽지 않았다.

오히려 믿음직스러웠다. 지신외 대에서는 하지 못했으나 원호는 심지가 굳은 성격이다. 어떻게 되든 지금의 혼란스러운 소림에 필요한 것은 굳건한 의지다.

게다가 원호는 굉목을 끝까지 사숙이라 불렀다. 입으로는 파계한 죄인이라 불렀지만 사숙이라고 먼저 부른 것은 다른 이유가 있다는 뜻이다.

'생각이 있는 계로군.'

원호가 무슨 생각인지는 굉운도 알 수 없다. 그러나 분명히 충만한 정광으로 가득한 원호의 눈빛에는 무언가가 있었다.

전음으로 물을 수도 있었으나 굉운은 그러지 않았다.

굉운이 눈을 감고는 고개를 끄덕였다.

"그래, 그렇게 생각한다면 그래야겠지. 뜻대로 하게."

종암이 부추기듯 말했다.

"잘 생각했네. 이미 소림은 반역에 가까운 한 번의 일을 겨우 용서받은 처지. 아무리 하해와 같이 마음이 넓어도 두 번의 아량을 베풀지는 못했을 터이네. 결정했다면 지금 이 자리에서 신병을 인도받도록 하지."

원호가 종암을 빤히 쳐다보면서 말했다.

"아직은 안 되오."

"음?"

"일에는 절차가 있는 법이오. 아직 계첩(戒牒)도 환수하지 않았고, 판결 선고도 하지 않았는데 무슨 신병을 넘긴다는 것이오?"

굉장히 까칠한 말투였으나, 종암은 그 정도는 이해해 주기로 했다.

"소림의 절차를 존중할 수 없음은 매우 유감일세. 하나 상황이 상황이니만큼 절차든 뭐든 지금 이곳에서 끝내는 게 좋겠군."

"그러도록 하겠소."

곧바로 원호가 원림에게 명했다.

"당장 가서 죄인을 끌고 오너라. 내 계율원주로서 마지막 책무를 다해야겠다."

원림은 잠시 원호를 쳐다보았다. 과연 이것이 옳은 일인가 한 번은 더 생각해 달라는 뜻이다. 그러나 원호는 흔들림이 없었다.

"알겠습니다……."

종암의 손짓에 포위하고 있던 관병과 금의위 무사들 일부가 길을 열어 주고, 원림이 그 사이로 빠져나갔다. 계율원 지하 뇌옥에 갇혀 있는 굉목을 데리고 오기 위해서다.

원호가 종암을 보고 말했다.

"미리 말해 두는데, 금의위에서 말한 사제 중에서 스승에 해당하는 자는 스스로 파문을 청하고 떠났소. 따라서 지금 오는 이는 굉 자 배의 승려로 제자에 해당하는 자가 되겠소."

몇몇 원주들조차 원호의 말에 놀라는데, 종암은 쉽게 수긍했다.

"우리가 알아서 처리하지."

원호의 눈빛이 빛났다. 종암과 유장경의 무표정한 얼굴이 무엇을 의미하는지 알 수 있었던 것이다.

'홍오 사숙조!'

홍오는 소림에서 납치된 것으로 알려져 있다.

대부분의 제자들은 물론이고 원주들조차 괴한이 난입하여 계율원에서 굉목의 단전을 폐하고 홍오를 납치했다고만 안다. 그러니까 지금 원호의 말에 놀라는 것이다. 홍오가 스스로 파문을 청하고 떠났다고 하니 말이다.

원호조차 후에 굉운이 귀띔하여 겨우 안 사실이었다.

그러나 종암과 유장경은 원호의 말이 당연한 것처럼 흘려 넘기고 있다.

'알고 있군, 알고 있어!'

소림에서조차 많아야 서넛 정도만이 알고 있는 걸 종암과 유장경은 아무렇지 않게 받아들인다. 확실히 수상한 일이다.

종암과 유장경도 바보가 아니다. 원호가 무언가 말장난을 했다는 걸 느꼈다. 그렇지 않고서야 갑자기 원호의 근처에 있던 승려들이 놀란 얼굴을 할 리가 없으니까.

하지만 별 상관이 없다는 투로 슬쩍 미소까지 짓는다.

그것을 보며 원호는 머리가 복잡해진다. 하지만 실제로는 머리가 복잡한 게 아니라 심정이 복잡한 것일 게다.

사실관계는 너무나도 명확하다.

'결국 홍오 사숙조가 이들에게 투서를 보냈구나……'

그것이면 지금까지의 모든 상황이 설명된다.

마음을 굳게 먹은 탓에 정신이 아득해지는 것을 겨우 참아 냈다.
 왜 그렇게까지 하는지 이해할 수 없다.
 하지만 홍오는 홍오 나름대로의 길을 가고 있다.
 이제 원호도 원호 나름의 길을 가야 한다. 소림의 미래를 짊어진 주지로서, 방장으로서.
 으드득.
 이를 깨물고 주먹을 쥐고 배에 힘을 주고 허리를 편다.
 생각이 정리되니 훨씬 머리가 개운해진다.
 '자존심은 버릴 수 없다. 무인의, 승려의 자존심마저 버린다면 훗날을 도모하는 건 기약조차 할 수 없다. 하지만 저들의 제안은 받아들일 수밖에 없다. 그러니까 어떻게든 반역죄만을 피해야 한다. 그것만⋯⋯ 그것만 피한다면 다른 건 다 받아들여도 소림은 살아날 수 있어!'
 그 순간.
 어디에선가의 웅성거림이 들려온다.
 어쩐지 환호와 비명 소리 같은 것도 들린다.
 대웅전에서 들려오는 소리다.
 보일 리도 없건만 승려들과 심지어는 금의위의 무사들까지도 대웅전 쪽을 바라본다.
 '무슨 일이 생긴 건가?'
 불안한 느낌.
 지금 원호는 자신의 생각대로만 가도 최소한의 피해로 일을 마무리 지을 수 있을 거라고 생각하고 있다.

그런데 이 불길한 웅성거림은 무엇이란 말인가?

'더 이상의 변수는 필요 없어!'

원호는 머리가 지끈거리고 속이 뒤집어지는 것 같았다.

* * *

"우이이익."

장건은 괴로워했다. 속이 울렁거려서 토할 것 같았다.

"어우, 또 이러네……."

숙취다.

얻어맞다가 술이 다 깼다.

분공산도 없이 그냥 마신 술 따위야 장건에겐 그냥 독초 주워 먹는 거나 비슷한 것이다. 물론 그 독초를 보통 사람이 먹으면 큰일이 나겠지만.

장건은 힘들어 죽겠다는 표정으로 고개를 들어 저만치 앞에 서 있는 악천을 쳐다보았다.

뭔가 이상해 보이는 사람이었다. 딱히 어디가 이상하다고는 할 수 없는데 보고만 있어도 몸이 어색해지는 기분이 들었다. 앞니가 빠진 사람이 크게 이빨을 내보이면서 씨익 하고 웃는 모습을 보는 듯한 그런 기분이었다.

특히 끼얏! 하는 이상한 기합 소리를 듣고서는 몸이 굳어 버렸다. 그래서 그때부터 공격을 맞기 시작했다.

 하지만 공격이 아팠다면 장건도 어떻게든 다음 공격들을 피했을 터였다.

 아픈 게 아니라 이상하게 시원하기만 했다. 근육이 뭉친 데를 골고루 두들겨 주는 느낌?

 악천의 입장에서는 억울했겠지만 그의 내공은 치는 족족 장건의 몸에 고스란히 흡수되고 있었을 따름이었다. 조금씩 스며드는 암경으로는 장건의 먹성 좋은 기혈을 파괴시킬 수가 없었다. 파괴되는 게 아니라 족족 받아먹거나 흘려지고 있었다. 장건이 알아서 그런 게 아니라 술기운에 저절로 일어난 반응이다.

 다만 마지막의 금황성 멸절진장은 장건도 마냥 가벼이 여길 수 없는 공격이었다. 한꺼번에 왕창 공력이 퍼부어졌다.

 이건 위험하다!

 장건은 취한 와중에도 본능적으로 충격을 분산시켰다. 오황의 풍연경도 흘렸지만, 그때와 다른 건 치명적인 살기가 담겨 있었다는 점이었다.

 이미 발이 떠 있는 데다 뒤쪽으로 힘의 방향이 엄청나게 쏠리고 있어서 어떻게 다른 쪽으로 힘을 돌리기가 어려웠다. 심한 압박에 갈비뼈가 부러질 것처럼 눌리고 심장이 터질 것 같았다.

 결국은 그 힘을 흘리기 위해서 방금 전엔 의도치 않게 사용했던 '달리면서 태극경'을 다시 한 번 썼다. 바람을 흘리며 달리는 것처럼 상체에 힘을 빼고 태극경을 이용해 힘을 전달해 남은 힘을 뒤로 빼내 버렸다.

그 수법은 굉장히 유용했다. 좀 전처럼 급하게 피할 때도 유용하고, 장력을 흘리기에도 유용하고.

다만,

"이건 허리 아픈 게 단점이라니까."

장건은 뒤로 꺾었다가 다시 돌린 허리를 짚고 끙 소리를 냈다. 어깨에서 팔이 빠져 다시 끼울 때의 고통이 허리 관절마다 느껴지는 것과 같다고 생각하면 딱 그만큼 아프다.

그래도 수법이 계속 익숙해지니 힘을 돌리기가 쉬워지긴 했다.

그 모습이 다른 사람들에겐 얼마나 기괴하게 보였을까.

파라락, 파라락 하는 장건의 모습을 본 모두가 침묵을 지켰다.

장건이 살아났다고 좋아하던 사람들조차 입을 다물었다.

한 번 보고 익숙해진 줄 알았는데 이상하게 두 번 보니 충격이 더 컸다.

"무서워!"

"으아앙!"

어린아이들의 울음소리가 마구 터져 나왔다.

옆에서 지켜본 사람들도 그러할진대 공격을 한 본인인 악천은 얼마나 충격을 받았겠는가.

악천은 말 그대로 악몽을 꾸는 것 같았다. 조금도 더하고 뺄 것도 없었다. 지금의 일이 조금도 현실적으로 느껴지지 않았다.

금황성 멸절진장.

회심의 절초가 이렇게 어이없게 무너지다니.

거기에 더욱 그를 공포스럽게 만든 건, 앞으로 스르륵 다가오는 장건의 걸음걸이였다.

술이 다 깬 장건이 평소의 걸음으로 악천에게 다가간 것이다. 그건 마치 사람이 아니라 발 없는 귀신이 미끄러지면서 다가오는 듯했다.

악천은 때려도 때려도 소용없는 장건이 두려웠다.

아무렇지 않은 모습으로 다가와서 빤히 쳐다보는 장건이 무서웠다.

장건이 입을 열었다.

"어쨌든 이제 약속을 지켜 주세요. 포위를 풀고 담 위에서 활도 쏘지 않게 해 주세요."

"으으……."

악천은 대답도 못하고 땀만 뻘뻘 흘렸다.

"그리고 저, 지나가도 되죠? 방장 대사님을 만나 뵐 거예요."

장건의 말 한마디 한마디가 악천에게는 사형 선고처럼 느껴졌다.

"으아아악!"

악천이 허둥거리면서 비명을 지르자, 그의 뒤쪽에 있던 금의위 장수 한 명도 얼굴이 새파랗게 질려서는 노호성을 질렀다.

"저놈을 막아라!"

금의위 무사들이라고 두렵지 않은 건 아니었다. 그들도 사람과 싸워 왔지 귀신과 싸운 적은 없었다. 그리고 그것은 금의위 무사들의 뒤에 있던 관병들도 마찬가지였다.

하지만 명령에 익숙해진 몸은 벌써 달려 나가고 있었다. 귀신이든 아니든 적은 한 명이었다. 비록 그 뒤에는 수천의 소림사 제자들이 있었지만, 지금 그들에게 보이는 건 오직 장건 한 명뿐이었다.

"이야아아아!"

"죽여!"

고함 소리와 기합 소리가 쩌렁거리고 울렸다.

지켜보던 장건의 눈빛도 착 가라앉았다.

공포에 질려서 달려오는 관병들과 금의위 무사들이 장건에겐 방장을 만나지 못하게 하려는 것으로 보였다.

"약속을 해 놓고선……"

약속을 지키지 않는 걸 보면 못된 짓을 하려는 걸 숨기려는 게 분명하다!

그들의 행동에 불길함을 느낀 소림의 승려들도 행동을 취하려 했다.

"모두……!"

굉보가 그렇게 막 외칠 때였다.

그러나 그의 외침이 끝나기도 전에 장건이 먼저 행동했다.

가뜩이나 자신 때문이라고 죄책감을 느끼고 있던 장건이었다. 관병들의 태도에 굉운이나 원호들이 위험에 빠졌다고 생각한 장건은 완전히 폭발해서는 기의 가닥을 뽑아내었다.

"방장 대사님, 사백님들! 제가 구해 드릴게요! 으아아아!"

비은을 어떻게 기의 가닥과 융합시켜서 극대의 효율을 뽑아내느냐, 하는 것이 장건의 고민이었다. 그래서 무공을 쓰기 힘들었다.

그러나 방금 술에 취해 깨달음을 얻었다.

닭 잡는 칼, 소 잡는 칼이 따로 있다는데 굳이 그걸 하나로 쓸 필요는 없지 않은가!

멀리서 기의 가닥으로 때리는 게 얼마나 편한데!

'그냥 따로따로 쓰면 되지!'

배가 부를 만큼 기도 먹었겠다, 공력을 잔뜩 끌어 올린 장건의 두 눈이 충만한 정광으로 빛났다.

"다— 비켜—어어—!"

장건으로서는 드물게 큰 소리를 냈다. 하지만 쓸데없이 내공을 담진 않아서 당연히 그냥 평범한 사람들이 외치는 수준이었다.

<u>고오오오―</u>

장건의 옷이 팽팽하게 부풀어 오르고 발밑에서 소용돌이가 일었다. 회오리치는 공기의 흐름을 타고 흙먼지가 뿌옇게 피어오르면서, 먼지 사이로 기의 가닥들이 희미하게 너울거렸다.

장건이 앞으로 내달렸다…… 아니, 미끄러지며 앞으로 나아갔다.

수백 명, 수백 개 위기의 덩어리들이 시야에 잡힌다. 크기도 농도도 제각각이다. 몇몇, 일부를 제외하고는 충분히 기의 가닥으로 날려 버릴 수 있는 수준이다!

적어도 장건이 두려워할 고수들은 아니었다.

아니, 고수라고 해도 자신이 있었다. 방금의 환우신장 악천도 충분히 대단한 고수였지 않은가!

가장 앞서 있던 금의위 무사들이 오랏줄에 내공을 불어 넣어 던지려는 태세를 취하고 있다. 거리가 오 장, 삼 장…… 으로 순식간에 가까워지지만 오라를 던질 때를 놓치고 만다. 워낙에 장건의 보법이 기이한데 빠르기까지 하니 종잡을 수가 없었다.

어차피 던진다고 해도 맞힐 수도 없었을 테지만.

찰나의 순간에 거리를 좁힌 장건이 기의 가닥을 주먹처럼 휘둘러 댔다.

기의 가닥이 한껏 꼬였다가 풀리면서 쏟아지고, 금의위 무사의 종아리 부위에 내리꽂힌다.

장건이 직접 몸을 움직여서 때려도 막기 어려울 터. 하물며 보이지도 않는 내공의 주먹이, 그것도 일 장이나 떨어진 거리에서 전혀 예상할 수 없는 이상한 곳을 때리고 있는 것이다!

텅!

금의위 무사의 한 발이 뭔가에 얻어맞는 충격에 뒤로 튕기면서 중심을 잃은 채 앞으로 자빠진다.

일 장이면 크게 몇 걸음이나 떨어진 거리다. 그렇다고 장건이 장풍을 날린 것도 아니고, 남들이 보기엔 그냥 걸어가고 있는데 앞에 있던 무사가 혼자 자빠진 것처럼 보일 수밖에.

"이야앗!"

금의위 무사들은 고르고 고른 인재들이다. 소림의 나한들과 일대일로 붙어도 싸울 만한 실력을 가지고 있다. 어지간해서는 자신감을 잃을 이들이 아니다.

그러나 소림의 나한들 중엔 장건과 싸우고 싶어 하는 이가 없다. 싸워도 이길 수 있다고 생각하는 이도 없다.

그런 사실을 금의위 무사들이 알았다 해도 달라질 일은 없겠지만.

터텅!

장건이 슥슥 미끄러져 지나갈 때마다 앞과 옆에 있던 금의위 무사들이 한 녕씩 나가떨어진다. 어떤 이는 바닥으로 넙죽

자빠지고 어떤 이는 사람 키만큼 떠오르기도 한다.
"뭐야!"
"이게 무슨 일이야!"
 장건은 아직까지 직접 손을 쓸 일이 없었다. 그냥 지나갈 뿐. 그런데 그냥 그 근처에서 금의위 무사들이 나동그라지고 난리가 나는 것이다.
 주먹도 휘두르지 않고 발도 차지 않는다. 암기를 던지는 것도 아니고 장풍을 쏘는 것도 아니었다.
 그런데 대여섯 걸음이 더 넘는 거리에서 마구 나가떨어지니 정말 환장할 노릇이었다.
 터터텅! 픽! 텅!
 게다가 장건도 처음엔 위기만 골라서 때렸는데, 조금 지나자 귀찮아졌다. 그래서 그냥 보이는 건 골라 때리고 아니면 마구 휘둘러서 근처에 못 오게 하자는 식으로 하고 있었다.
 그러다 보니까 당하는 입장에서는 더 헷갈렸다. 누가 어떻게 당할지 좀처럼 갈피를 잡을 수가 없었다.
 빡! 픽! 텅!
 순식간에 이십여 명의 금의위 무사들과 관병이 나자빠졌다.
 막고 싶어도 보여야 막고, 피하고 싶어도 알아야 피한다. 그들이 아는 건 그저 장건의 근처에 가면 쓰러지거나 날아가거나 한다는 것뿐이었다.

어딜 가도 쉽게 당한다는 생각을 하지 못했던 금의위 무사들은 완전히 얼이 빠졌다.

"이, 이건…… 인, 인간의 능력이 아니야……."

그렇게 생각한 것은 그들뿐만이 아니었다.

지켜보는 일반 참배객들은 더욱 놀라워했다. 그러면서 한편으로는 어리벙벙해하고 있었다.

"뭐 하는 거지?"

"왜 지들끼리 자빠지고 난리여?"

빨라서 보이지 않는 정도로 움직이는 건 일반인들도 이해한다. 하지만 그냥 슬슬 걸어가고 있는데 몇 걸음이나 떨어진 사방에서 한꺼번에 나자빠지는 건 이해가 불가능한 영역이었다.

"비키라고 했죠!"

내공도 안 담긴 변성기 직전의 소년이 외치는 소리에 천하에 두려울 것 없다던 금의위 무사들이 주춤거렸다.

담장 위의 궁수들도 마찬가지였다. 활을 쏘려고 해도 장건은 혼자고 같은 편은 더 많은지라 어쩔 줄 몰라 하고 있었다.

* * *

쩌—엉.

사기그릇이나 도자기가 깨지는 소리.

소림의 승려들에게는 자못 익숙한 소리.

그 소리가 대웅전에서부터 들려오고 있었다.

"설마……!"

안타깝게도 원호의 불안은 곧 현실로 드러났다.

텅! 하고 종을 치는 듯한 소리, 퍽퍽 치고받는…… 아니, 일방적으로 치는 소리…….

그리고…….

"우아아아!"

건장한 남자들의 처절한 비명 소리.

뒤를 따라서 절대 듣고 싶지 않았던 말도 희미하게 들려온다.

"도대체 저게 뭐냐!"

그런 말은 보통 사람들이 상식적으로 이해할 수 없는 경우를 접했을 때 튀어나오는 말이다.

참…… 소림의 승려들, 특히나 원호는 근 몇 년간 그 말을 무던히도 많이 들었다.

"……사, 사형."

"부르지 마라."

원호는 애처로운 원당의 목소리마저 외면했다.

그 뒤를 이어서 무슨 일이 벌어질지도 뻔히 알고 있다.

터텅!

대웅전을 포위하고 있던 관병들이 계속해서 뒤로 밀려오는 모습이다.

그리고 간간이 공중으로 사람이 펄쩍거리고 뛰는 모습도 보인다. 복장을 보면 대부분이 금의위 무사들이지만 일부 관병들도 섞여 있다.

아니, 뛰고 있다는 표현은 이미 사태를 파악한 상황에서 더 이상 어울리지 않는 말이다. 금의위 무사들이 미친놈도 아니고 왜 팔다리를 쭉 뻗어서 대자로 펄쩍펄쩍 뛴단 말인가.

당연히 맞아서 날려지고 있는 것이다.

"장건, 이놈……."

소림의 일주문에서 처음 관병과 부딪친 거야 어쩔 수 없더라도, 황제의 명을 받아 나온 것을 알게 된 후에도 무력 충돌을 일으켜서는 안 된다.

그때야말로 빼도 박도 못하고 반란의 오명을 뒤집어쓸 수밖에 없다. 더구나 지금은 최대한 자제하고 어떤 굴욕도 감내하면서 후일을 도모해야 할 때였다.

그런데…… 일을 줄이기는커녕 광란하듯 날뛰어서 일을 키우고 있다니!

"으아악!"

퍼펑!

소리가 가까워질수록 아주 난리가 났다. 이제는 아주 완연하게 허공으로 날려지는 관병들을 볼 수 있다. 금의위 무사들의 일 차 포위망이 완전히 뚫린 모양이다.

장건이 외치는 소리도 똑똑히 들릴 정도다.

"방장 대사님! 어디 계세요! 제가 구하러 왔어요!"

원호는 하마터면 소리칠 뻔했다.

'구해 주지 마!'

원주들은 웃지도 울지도 못하는 표정이 되고 만다. 보통 저 정도의 무위를 보이는 자라면 응당 목소리에 웅후한 내공을 담아 외치게 마련인데, 그런 방법을 배우지 않은 장건은 생목소리로 외치고 있을 따름이다. 이 때문에 어이없이 '어허허!' 하고 웃는 승려도 있었다.

선의가 최악의 결과를 가져온다면, 그것은 나쁜 일인가 좋은 일인가.

선의임에는 분명하지만 결과적으로는 더욱 상황을 어렵게 만들어 버리고 말았으니······.

어이없기는 소림의 원주들을 포위한 금의위도 마찬가지.

유장경이 뭐라 말로 형언하기 어려운 복잡한 얼굴로 따지고 들려 했다. 막 목에 핏대를 세우고 입을 열었는데, 무슨 생각이 들었는지 소리는 내지 못했다.

그 역시 기가 막혀서 말을 하려 했는데 무슨 말부터 꺼내야 하나 하는 것조차 고민되었던 것이다.

유장경이 바보처럼 입을 벌린 채 종암을 쳐다보았다.

종암의 표정도 똥을 씹은 듯하다.

[한 명이오?]

[그런 것 같네.]

[미치겠군. 목소리를 들어 보니, 저게 문각 선사의 백보신권 전승자란 뜻인데.]

사전에 소림의 무력 수준에 대해서는 상세히 파악하고 있었다. 참배객들을 인질로 삼고 있으니 나한진 같은 합격진은 사용할 수 없을 터. 따라서 방장 굉운을 비롯한 원주들이 모두 나와 있는 상황에서 악천을 일대일로 상대할 만한 고수는 없다고 봐도 무방했다.

단 한 명, 우내십존으로부터 인정을 받은 백보신권의 소년 전승자를 제외하고는 말이다.

너무 소문이 허황되고 잘못 전해진 것이 많아 좀처럼 무위를 파악할 수 없는 게 바로 백보신권의 소년 전승자였다. 소림소마 장건에 대해서는 온갖 소문이 난립했다.

독선이 하독을 하니 피식 웃었다는 둥, 일 초식으로 백 명을 쓰러트렸다는 둥, 청성일검이 칼질을 하니 불쌍해서 좀 맞아 줬다는 둥…… 말도 안 되는 얘기들이 대부분이었다.

그러나 가장 최근에 무당파의 차세대를 이끌어 갈 청우, 청인 두 사형제를 물리쳤다는 소문이 가장 믿을 만했다. 만일 그것이 사실이라 해도 환우 신장 아천을 쉽사리 물리칠 수는 없었을 터였다.

[한데 그런 악천이 벌써 쓰러졌다고?]
[도대체가 이 정도일 거라고는…….]

종암은 겉으로 태연한 척 애를 썼으나 속으로는 답답한 마음이 든다.

[어떻게 이럴 수 있지?]

백보신권의 전승자이며 동시에 도독부의 자제 습격 사건의 주범, 소림소마라는 아이를 염두에 두지 않은 것은 아니다.

그러나 그 아이가 포위망을 뚫고 나올 거라고는 전혀 생각하지 못했다. 이건 말이 안 되는 것이다.

종암과 유장경은 지난날 북해빙궁의 소주 야용비와 나누었던 이야기를 떠올렸다.

야용비가 다시 한 번 주장했다.

"백보신권의 전승자를 찾아야 합니다. 그가 어느 정도의 수준에 올라 있는지, 또 다른 누가 혹시나 문각 선사의 백보신권을 전승하고 있는지 알아내야 합니다."

유장경이 뭐 하러 그렇게 신경을 쓰는지 모르겠다며 말했다.

"그럴 필요가 있는가? 황궁에 그쪽의 무력까지 더하면 강호를 뒤엎고도 남음이 있다. 그들이 완전히 뭉치기 전이라면 그 어떤 문파도 우리를 막을 수 없지."

유장경이 직접 본 북해빙궁의 무력은 상당했다. 이미 우내 십존급인 최고수가 셋이나 있고, 금의위에 버금가는 무력조가 또 백 명이다. 무림 문파를 제압할 때 가장 필요한 것은 최고수와 중수를 넘어선 고수 집단인데 그런 점을 생각했을 때 엄청난 전력이 더해진 것이다.

거기에다 서역의 몇몇 문파에서도 관심을 갖고 있다 하니, 그야말로 강호 무림은 풍전등화나 다름이 없는 셈이었다.

그런데 뭐 하러 자꾸만 백보신권의 전승자를 찾는지 알 수 없다. 드러난 바로는 아직까지 아이 한 명이다. 아이가 뭘 할 수 있겠는가. 문각이 살아 돌아온대도 상황을 뒤집을 수 없을 텐데.

"어차피 소림을 무너뜨리면 전승자라고 해도 강호의 일에 참여하기 어렵지 않겠는가?"

유장경의 말에 종암이 끼어들었다.

"현재까지는 그 전승자가 속가제자라 알려져 있네. 속가제자라면 소림이 어찌되든 비교적 독립적으로도 움직일 수 있지."

야용비가 말했다.

"자세한 건 말씀드릴 수 없지만, 본궁의 오래된 한이라고 해 두지요. 어쨌든 본궁으로서는 전승자를 찾아내는 게 우선입니다. 본궁엔 소림을 무너뜨리는 것보다도 더 중요한 일입니다."

이상할 정도로 야용비는 자꾸만 백보신권의 전승자에 집착했다.

종암은 눈살을 크게 찌푸렸다.

'설마, 북해에선 이를 예상하고? 백보신권의 전승자가 이 정도의 실력인 걸 이미 알았단 말인가?'

소란이 일어난 지 얼마 되지도 않아서 벌써 포위를 뚫고 나온다. 믿어지지 않지만 굉장히 빠른 시간에 악천이 당했다는 뜻이다.

백번 양보해서 설사 악천이 운으로든 실력으로든 당했다고 치자.

한데 금의위의 무사들을 허수아비처럼 마구 젖히고 달려 나온다고?

나이든 고승도 아니고 겨우 저 새파란 핏덩이에 불과한 소년이?

하다못해 조금 전 일주문에서 소림의 두 원주와 이백 나한도 하지 못한 일이 아닌가! 종암이 끼어들기 이전에도 금의위 무사들과 이백 나한이 비슷한 수준으로 대치하였던 것으로 기억하는데!

"어이가 없군. 저 아이 하나가 소림의 원주 둘과 이백 나한과 맞먹는 무력이라고?"

유장경은 자기도 모르게 말을 밖으로 꺼내고 말았다.

퍽! 터텅!

거침없이 내딛는 한 걸음에 두 명이 나가떨어지고 한 명은 주저앉았다. 아니, 한 걸음도 아니고 뭔가 이상하다.

"저게 무슨 보법이지?"

유장경조차 자신의 눈을 의심하고 있다.

걸음이라고 표현하기 애매한 거리를 미끄러져 오면서 장건의 주변은 깨끗하게 정리되고 있는 중이다.

사람으로 가득한 포위망의 가운데에 바닷길이 열리듯 장건이 스르륵 걸어온다. 장건을 중심으로 한 일 장 이내에 서로 들어가지 않으려고 서로 발버둥이다. 하지만 워낙 두터운 사람들의 벽이라 뒤로 물러서기도 어렵다.

퍽. 팅! 쩡!

일 장의 거리에 들어서기만 하면 여지없다. 허공을 날든 맞고 비명을 지르면서 바닥을 구르든 둘 중에 하나다.

장건은 '아무것도' 하지 않는데 말이다. 그냥 가만히 팔을 내리고 기립 자세로 서 있는 것 같은데 이동은 하고 있고, 몇 걸음이나 떨어진 주변에서는 알아서 나가떨어지고…….

벌써 백 명이 넘는 인원이 장건이 걸어온 길의 뒤에 쓰러져 있었다.

"말도 안 되는……."

유장경이 중얼거렸다.

꿈인가 생시인가.

저 소년이 그만큼 강하다는 뜻인가? 손가락 하나 꿈쩍하지 않고도 이삼십 년을 수련해 온 금의위 무사들을 쓰러트릴 수 있을 만큼?

"아니! 애초에 손가락 하나 까딱하지 않고 저럴 수 있다는 게 말이 안 되잖아!"

자기도 모르게 유장경은 소리까지 질렀다.

그러나 똑같은 장면을 보고 원호는 다르게 생각했다.

"저놈…… 기껏 하지 말라고 힘들게 두들겨 패면서 가르쳤더니 그걸 더 하고 있는 거냐……."

장건에게 익숙해져 있는 사람과 아닌 사람의 차이는 그만큼이나 컸다.

감정도 없이 남의 무공을 속속 파헤치는 데 열중하는 마해 곽모수 같은 사람이나 '그런가 보다.' 하지, 다들 처음엔 그런 반응을 보이는 게 당연한 일인 것이다.

유장경이 황망해하는 모습이 소림의 승려들에게는 묘한 쾌감을 주었다. 그러나 기분은 기분이고 현실은 현실이다.

장건이 난동을 부리면 부릴수록 일은 더 수습하기 어려워질 게 분명하니 말이다.

일방적으로 맞아도 눈 한 번 째렸다가 반란죄로 엮어서 몰살될 판이다.

그런데 정반대의 상황…… 십칠 세의 소년이 황궁 제일 무력 집단인 금의위의 무사들을 개박살 내고 유유히 포위망을 뚫는 상황…….

이젠 빼도 박도 할 수 없게 되었다.

무엇보다 이젠 황궁도 물러서기 힘든 판이다. 이렇게 자존심에 상처를 입고 어떻게 물러선단 말인가!

일이 정말로 끔찍하게 꼬여 버렸다.

"으으……."

소림의 승려들과 몇몇 내빈이 침음성을 내뱉었다.

최악의 경우까지는 바라지 않았던 황궁과 최악의 상황만은 면하고 싶던 소림.

그 두 단체의 바람은 하루아침에 부질없이 허물어지고 말았다.

장건을 빼고 모두가 골치 아픈 처지가 되었다.

터팅!

막 두 명을 날려 버린 장건이 소림의 승려들과 방장, 그리고 원호를 발견하고는 외쳤다.

"사백님! 괜찮으세요?"

"네가 볼 땐 괜찮을 것 같으냐?"

"네? 괜찮으신 거 같은데요?"

겉이 아니라, 마음이 안 괜찮다! 라고 원호가 말하려는 찰나.

그 순간.

장건의 머리 위 높은 곳에서부터 그림자 하나가 뛰어내렸다.

대웅전의 담에 있던 관병들 중 한 명이었다. 장건이 대웅전의 정문을 지나는 순간 문 위 지붕에서 뛰어내려 머리 위로 기

구해 주지 마! 273

습한 것이다.

쫘악! 하고 소름이 돋는다.

대웅전 앞 전체를 찌르는 듯한 살기가 아울렀다.

"건아!"

어마어마한 살기에 놀란 원호가 고함을 쳤다.

그것은 처음 대웅전을 나왔을 때 소림의 수뇌 원주들과 오황, 마해 곽모수마저 압박했던 살기 중의 한 가닥이었다.

무시무시한 속도로 관병이 장건의 등을 향해 쇄도했다. 움직임이 너무 빨라 바로 근처에 있던 금의위 무사들조차 그 모습을 제대로 볼 수 없을 지경이었다.

평범한 관복을 입고 있었으나 결코 일반적인 관병이 아니었다.

관병치고는 너무 대단한 고수다. 거의 살수에 가까운.

팟!

급작스럽게 번개가 치듯 뭔가 깜박하더니······.

어느새 장건이 반대 방향으로 몸을 돌려서 주먹을 내지르고 있었다. 분명히 앞을 보고 있었는데 뒤로 향해서 주먹을 내고 있다.

제대로 된 동작이라고 볼 수 없었다. 얼핏 보면 그냥 앞으로 주먹을 내밀고 있는 듯한 모양새지, 때리고 있다거나 하는 식으로 표현할 수 있는 게 아니다.

더구나 그건 달려드는 관병의 몸에 닿지 않는 전혀 엉뚱한 방향이었다. 주먹을 무시하고 달려들어도 거슬릴 것이 없는.
 푸학!
 흙먼지의 구름이 장건의 발밑에서 피어올라 소용돌이를 그렸다가, 곧 장건을 중심으로 원형 파문을 그리며 사방으로 밀려 나간다.
 그러고는,
 쩡!
 찰나지간에 고막을 찢을 듯한 날카로운 파열음이 수백 명의 귀를 고통스럽게 만들었다.
 통상적인 타격이나 폭발음이 아닌, 사기그릇이 깨지는 소리를 만 배쯤 증폭한 정도의 엄청난 소리였다.
 분명히 맞지 않았다!
 장건이 내민 주먹은 분명 관병에게 맞지 않았다.
 그런데 이 파열음은 도대체 무엇이란 말인가!
 위이이잉—
 뒤이어 생전 처음 듣는 거대한 이명(耳鳴)의 파도가 장내를 휩쓸었다. 이명의 파도가 사람들의 머리를 미친 듯 울린다.
 "우와악!"
 몇몇은 비명을 시르면서 쓰러지기도 했다.
 천지가 일도에 양단되는 파동이 대웅전 앞을 휩쓸었다. 기와가 들썩이고 나뭇가지가 몸을 떤다.
 바람이 불어서 그런 게 아닌 건 확실하다.

그것은 단 한 차례 일어난 일일 뿐이었으니까.
쿠당탕. 데구르르.
일부는 바닥을 마구 구르면서 고통을 호소했다.
"끄으……"
"으으……"
그중에서도 일부는 고통에 대항하느라 용을 쓰면서 사태가 어떻게 되었는지 확인하려 했다. 겨우겨우 눈을 뜨고 전면의 상황을 파악해 본다.
일단 장건이 서 있는 자리를 중심으로 삼 장 반경 안에는 서 있는 이들이 없었다.
바닥이 푹 꺼져서 제대로 서 있을 수가 없었으니 당연한 일이다.
그리고 예의 장건을 등 뒤에서 기습했던 관병은 너풀너풀 하늘을 날고 있다. 뛰어내린 그대로 다시 올라가고 있는 희한한 모습이었다.
그렇게 연이 된 듯 날아가더니 대웅전 지붕 위로 떨어졌다.
와그작. 와그작.
기왓장 몇 개가 부서져서 미끄러져 데굴거리고 구르다가 지붕 끄트머리에 걸려서 축 늘어졌다.
완전히 널브러져서 빨래를 넌 것 같았다.
살았는지 죽었는지도 알 수 없었다.
"……"

참으로 처참한 꼴이었다.

장건의 모습도 딱히 좋다고는 할 수 없었다.

바닥이 온통 꺼졌으니 그만큼 강렬한 반발력이 있었을 터.

장건의 옷은 온통 찢어졌고 양팔은 축 늘어져 있다.

"부, 부러졌나?"

누군가의 혼잣말이 수천 명에게 들릴 정도로 사위는 고요했다.

그러나 장건은 어깨를 한 번 들썩임으로써 다시 팔을 끌어 올렸다.

우둑, 우두둑.

"……."

양팔을 크게 휘휘 저어 본다.

멀쩡해 보인다.

그러더니 장건은 서서히 모로 쓰러졌다. 큰 나무가 벼락을 맞아 꺾인 것처럼 선 그대로.

쾌당.

"뭐, 뭐야."

"양패구상인가?"

그렇게 보기엔 장건이 너무 멀쩡히다.

세상에 피 한 방울 흘리지 않은 이런 양패구상이 있을 수도 있을까?

마냥 의심만 들 뿐이다.

구해 주지 마! 277

그러나 팔자 좋게 의심이나 하고 있을 여유가 없는 이들도 있었다.

종암과 유장경.

둘의 얼굴은 하얗다 못해 서리가 내려앉은 듯했다. 손을 대면 붙어서 얼어 버릴 것 같았다.

아무 말도 할 수가 없었다.

관병의 복장을 입은 자, 장건에 의해서 날아간 자.

그자의 정체를 알고 있기 때문이었다.

그는 다름 아닌 백귀살.

북해빙궁의 사대고수 중 한 명이며, 종암이나 유장경과도 어깨를 나란히 할 수준의 고수였다.

소림의 수뇌 원주들과 우내십존 둘을 살기만으로 압박할 수 있는 고수.

그런 그가 단 일 합 만에 뻗어 버렸다.

그 나이의 반의반도 안 될 소년에 의해서.

"뭐, 이런 개 같은 일이……."

유장경의 입에서는 인식도 하지 못하는 사이에 비참한 기분의 욕설이 흘러나오고 있었다.

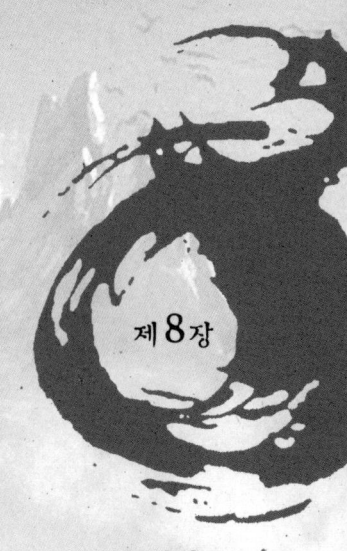

제8장

니가 봤냐?

백귀살은 전신에 힘이 하나도 없었다.

"끄응…… 끙……."

소리는 내려고 하는데 실 같은 신음 말고는 나오지도 않았다. 게다가 왜 이렇게 덥고 추운지 도무지 정신을 차릴 수가 없었다. 어딘가에 이상하게 걸쳐져서 거꾸로 되었는지 머리에 피가 몰려 어지러웠다.

'내게 무슨 일이…… 생긴 거지?'

백귀살은 가물어져 가는 정신을 겨우겨우 독려하며 방금 있었던 일을 다시 생각해 보려 애썼다.

백귀살, 그의 특기는 순살(瞬殺)!

순간적으로 공력을 폭발적으로 배가시키는 백령무의귀천

공(白嶺無依鬼天功)을 익혔다.

하여 약 일각여의 시간 동안 백귀살은 본 실력을 두 배 이상으로 끌어 올릴 수 있다. 내공은 물론이고 움직임마저 경이롭게 빨라진다.

그 시간만큼은 어느 누구와 상대해도 지지 않는다고 생각하는 백귀살이다. 아니, 백령무의귀천공을 십성 끌어 올렸을 때에 전심전력을 다한 자신의 일격을 어느 누가 완벽히 막을 수 있을지도 의문이라고 입버릇처럼 말할 정도다.

장건을 상대로 결코 방심은 하지 않았다.

관복을 걸쳐 입고 관병으로 위장하여 지붕에 숨어 계속 지켜보던 중이었다. 어려 보이는 게 다가 아니었다. 백귀살이 본 황도팔위의 환우신장 악천은 꽤나 까다로운 상대였다. 그러나 상상도 하지 못할 수법들로 악천의 공격을 무위로 돌려 버렸다.

아니, 악천이 정확히는 스스로 자멸했다고 해야 하나.

어땠든 그러고 나서 이어진 대학살······.

암기를 사용하는지, 장력을 쏘는지도 알 수 없었다. 허공에서 공력의 움직임이 느껴지긴 했으되 정작 장건 본인의 움직임은 하나도 없었으니 말이다.

오 할 이상이 맞는 족족 전투 불능이 되었다. 즉사하거나 중상을 입은 것처럼 보였다.

자신도 그 자리에 오르기까지 몇 번의 살생을 했는지 셀 수 없었으나 그보다도 더 심해 보인다.

소림사에서 이런 천하의 대살성을 키워 낸 것이 놀랍기만 했다. 소름이 끼쳤다. 가만 내버려 두면 이번 강호에서 벌이는 거사에 걸림돌이 될 뿐 아니라, 반드시 북해에 해를 끼칠 터였다.

그러니까 백귀살은 방심할 수 없었다. 나이는 어리지만 저런 미지의 강한 적을 상대로 방심할 수 있을 리가 없었다. 더구나 북해의 무공과는 극악의 상성을 자랑하는 문각의 백보신권 전승자!

하여 백귀살은 전신의 세맥을 열고 자신이 할 수 있는 최대의 공력을 끌어내어 장건을 공격했다.

반드시 죽일 생각이었다.

북해의 존폐에 관련한 위기의식이 그의 전신을 휩쓸고 있었다. 백령무의 귀천공을 십성 끌어 올려 손을 새하얗게 물들였다. 손날을 길게 뻗고 장건을 향해 뛰어내리며 건곤일척의 한 수를 펼쳤다.

공력을 최대한으로 끌어 올렸기 때문에, 살기가 너무 강한 탓에 목표인 소년이 알아챈 모양이었다. 뒤를 보고 있던 소년이 어느새 자신을 바라보고 있었다. 뒤를 도는 동작이 없이 뒤통수에서 갑자기 눈이 툭 튀어나온 것 같아서 기괴했다.

'하지만 이미 자세를 추슬러서 반격하기에는 늦었다!'

백귀살은 그렇게 자신했다. 소년의 휘둥그레 뜬 눈이 백귀살의 생각을 방증했다.
 '그리고…… 그리고 무슨 일이 있었지?'
 뒷일이 기억나지 않았다. 그저 뭔가 번쩍하더니 어딘가에 균열이 생겨서 몸이 산산조각 나는 느낌이 들었을 뿐.
 '이상하군…… 졸립다…… 이렇게 죽는 것인가…….'
 그리고 백귀살은 정신을 잃었다.

*　　*　　*

 백귀살이 엄청난 살기를 폭사하며 뛰어내렸을 때.
 사실 그 모습을 본 장건은 좀 묘하게 생각했다.
 '오늘은 왜 이렇게 희한한 사람이 많지?'
 장건의 안법에 보인 백귀살의 위기 덩어리는 굉장히 특이했다. 짙은 묵빛 농도로 보아 그가 상당한 강자인 건 여실하다. 한데 그 크기가 별로 크지 않았다.
 보통 회색, 또는 잿빛으로 보이는 위기가 시꺼멓게 보일 정도로 농도는 짙지만 크기는 보통 사람들보다 훨씬 작았다.
 '어?'
 몸을 보호하는 위기의 덩어리는 고수일수록 외부로 잘 드러나고, 내공이 깊을수록 색이 진해진다.
 크기에는 여러 가지 변수가 있다. 외가 공부에 치중하거나 하면 위기가 커지는데, 위기 자체가 양의 성질이다 보니 양기가 약하면 작아지거나 할 수도 있다. 지금까지 장건이 본 사례들로 추정하자면 여자보다는 남자가 일반적으로 위기 덩어리의 크기가 컸다.

지금 상황에서 보자면, 백귀살은 얼굴이 하얀 편이긴 하지만 그렇다고 여자는 아니지 않은가.

장건은 조금 헷갈렸다.

아까의 이상한 비명을 지르던 고수—악천—도 그랬다. 악천도 위기가 색은 짙은데 굉장히 작은 편이었다. 술에 취해 있다가 계속 얻어맞아서 미처 생각할 겨를이 없었는데, 지금 보니 꽤 유사하다.

'그럼 영기의 기운이 강한 걸까?'

장건은 겉으로 드러나지 않는 위기의 또 다른 형태, 영기를 떠올렸다. 위기가 외부의 요소로부터 몸을 지키기 위해 몸 밖을 도는 양의 기운이라면, 위기에 대비되는 영기는 몸 안에 기운을 공급하는 음의 기운이다.

하여 음기가 강한 여자들이 위기의 덩어리가 작은 대신 보이지 않는 영기의 기운이 강하다. 겉으로는 골골하는 것 같아도 남자들보다 오래 살고 나이가 들면 더 건강하게 산다.

장건은 짧은 시간에 위기와 영기에 관련된 수많은 얘기들을 떠올렸다.

음양의 기운은 서로 조화되는 것이 최고이나, 사람이 늘 그럴 수는 없는 법이다. 어떤 날 음이 성하면 양이 쇠하고, 양이

성하면 음이 쇠하기도 한다.

그러나 음이 쇠한다고 양이 성해지는 건 아니고, 양이 쇠해지다고 음이 성하는 것은 아니다. 하나가 약해지면 다른 하나는 잠시 융성해지는 듯하다가 종국에는 같이 약해지고 만다. 음양 중 어느 것도 가벼이 여길 수 없는 이유다.

예를 들어 혹한의 한파가 닥쳐오면 가장 먼저 위기가 추위로부터 몸을 보호한다. 그러나 위기가 완벽히 추위를 차단하는 것은 아니다. 일차적으로 작용하는 방어체계일 뿐이다. 이때에 추위에 대항하는 위기의 작용으로 몸에서 열이 나게 된다.

다음은 피부로 스며든 한기를 영기가 담당하여 맞선다. 그러다가 버티지 못하면 진액(津液)인 땀을 배출하게 된다. 영기가 빠져나가는 것이다. 이것이 한혈동원(汗血同源)이다.

영기가 쇠하면 열이 심하니 언뜻 양기가 성하는 것 같지만, 실제로는 양기가 함께 쇠하고 있는 형국이다. 이것을 망양증(亡陽證)이라 부른다.

한데 북해의 무인들은 강호 무인들이 생각하는 이상의 극한기후에서 살고 있다.

소변을 보면 소변줄기가 얼어붙고, 땀이 나면 땀이 얼어 버린다. 그러한 상황에서 살아나자면 몸 밖으로 진액, 땀을 배출하면 안 된다. 영기를 잃으면 순식간에 양기마저 다 뺏겨 위기가 망가지고, 그러면 보호체계가 없는 몸으로 순식간에 동사할 수도 있다.

즉, 위기로 일차적인 추위를 막을 수 없을 정도의 한파 속에서 생활하기 때문에 영기가 발달할 수밖에 없는 형국이다. 극한의 한파에서 목숨을 지킬 수 있는 최후의 보루나 다름없는 영기, 그 영기가 약한 자는 살아남을 수 없는 곳이 바로 북해인 것이다.

영기는 곧 음의 기운.

그리하여 영기가 강한 북해빙궁 무인들의 무공은 자연스럽게 극한 음기를 다루는 형태로 무공이 발달하였다.

그것이 추운 곳에 살면서도 더욱 춥게만 느껴지는 음한의 무공을 사용하는 이유다.

추위를 누르기 위해 양기를 키우는 형태였다면 북해빙궁의 은한장(銀寒掌) 같은 유명한 음기 무공은 나올 수 없었을 터였다.

그 같은 근원적인 뿌리를 갖고 있다는 걸 증명이라도 하듯.

찌리릿!

백귀살의 손끝에 서리가 내렸다.

믿을 수 없게도 얼어서 반짝이는 것이다!

손만 대어도 얼어붙을 정도로 주변의 공기마저 급랭된다. 살과 뼈와 피로 이루어진 사람의 몸이라고는 생각할 수 없다.

극한까지 영기를 발달시킨 북해의 고수만이 단련된 신체를 이용해서 펼칠 수 있는 한백소수(寒白素手)!

검도 필요치 않다. 부딪치는 모든 것이 얼어붙고 파괴될 것이다!

백령무의귀천공으로 극대화된 음한의 내공이 뿜어내는 한백소수는 그 어떤 고수라도 정면으로 맞받아 낼 수 없다!

그러나.

장건에게는 한백소수를 마주할 필요가 없었다.

지독한 살기와 함께 한층 위압감을 전해 주는 위기의 덩어리만 때리면 되었다. 백귀살의 우측 허리에서 두 뼘도 더 떨어진 공간의 위기를 말이다.

게다가……

영기가 성하여 음기가 더 우위에 있는 북해의 무인들에게는 음기보다도 양기가 더 치명적이었다.

흔히 동자공(童子功)으로 대표되는 소림의 무공은 지독할 정도의 양강(陽剛) 기공이다. 강호 무림에서 일단 양강 기공을 꼽으면 소림부터 꼽아 놓고 나머지를 헤아린다고 하는 얘기가 괜히 나오는 게 아니다. 오죽하면 동자공을 동정공(童貞功)이라고 부를까!

장건은 죽은 사람—양기가 빠져나간 사람—도 살린다는 극양의 기운인 대환단과 역근경의 양강 기공을 모두 익히고 있다. 거기다 본의(?) 아니게 동정공까지 익혀 양의 기운이 크게 성하고 있다.

비록 음기에 속하는 당가의 독정 때문에 순수한 극양의 기운을 갖고 있지는 못하지만, 북해의 무인들에게 이만큼 치명적인 상성은 없는 것이다.

상대의 전신에 정순하고 막대한 내공을 퍼붓는 문각의 백보신권보다 한 점에 기운을 모아 쓰러트리는 장건식 백보신권은 어떤 면에서는 더욱 위력적이었다.

장건은 곧 나선의 금강권을 사용하여 백귀살의 위기 덩어리를 가격했다.

워낙에 백귀살이 고수다 보니까 위기를 깨트리는 것이 아주 쉬웠다고는 할 수 없었다. 하지만 정말 의외로, 생각보다는 훨씬 쉬웠다.

백귀살은 장건이 주먹을 헛손질한다 생각하고 방어도 하지 않았다. 하여 장건은 아무런 방해 없이 편안하게 백귀살의 위기를 깨트릴 수 있었다.

백귀살의 위기는 그냥 평범한 이류쯤 되는 고수의 위기를 부수는 것과 비슷하게 와작 하고 쉽사리 깨져 버렸다.

마치 수십 년 전 문각이 백보신권으로 북해빙궁의 내로라 하는 고수들을 모두 쓰러트렸듯이.

단지 장건이 예상하지 못한 것은 그 뒤였다.

백귀살은 일만 북해의 주민들 중 사대고수로 꼽힐 정도의 초고수.

비록 위기를 타격하여 무력화시켰다고는 하나, 그가 폭발시킨 공력마저 사라진 건 아니었다. 마치 위태위태한 집의 기둥을 무너트렸더니 집 전체가 무너진 것처럼, 백귀살이 쏟아내던 공력이 장건에게 그대로 퍼부어진 것이다.

그것은 마치 수백만 개의 날카로운 바늘이 전신으로 쏟아지는 것과도 같았다.

장건은 화급하게 양손을 뻗어 냈다. 손바닥을 활짝 펴서 백귀살의 공력을 마주했다.

백령무의귀천공의 한백소수는 백귀살이 필살의 일념으로 전 공력을 뿜어낸 것이다. 장건이 지금까지 받아 낸 그 어떤 공력보다도 묵직했다. 비교도 할 수 없을 만큼 가공한 경력이었다.

집채만 한, 아니, 집채보다 다섯 배쯤은 더 큰 돌덩어리가 머리 위로 떨어져서 들이받는 기분이 들었다. 환우신장 악천의 공력도 꽤 대단했는데 이것은 그에 비할 바가 아니었다.

몸이 납작하게 짓눌리는 착각이 들 정도로 다급해졌다. 장건은 온몸의 뼈와 근육을 모두 동원해서 태극경으로 흘리려 했다. 그러나 덩어리가 너무 거대해서 쉽게 흘릴 수가 없었다.

흔히 부드러움으로 강한 것을 제압한다고 한다. 강력한 바람이 갈대를 이리저리 흔들기만 하지 부러트릴 수는 없는 걸 이르는 말이다.

그러나 그 이상의 강력한 바람은 갈대를 뿌리째 뽑아 버릴 수도 있는 것이다.

마치 지금처럼.

뚜둑.

너무 공력이 무거워서 태극경으로도 부드럽게 받아넘기며 흘릴 수가 없었다. 버티지 못하고 엄지손가락이 탈골되었다.

따닥.

이어서 검지의 근위지골이 골절되었다.

뚝.

새끼손가락을 따라 손바닥 아래에 위치한 작은 유구골이 부러졌다.

도저히 부러지거나 골절될 수 없는 부분들이 충격을 이기지 못하고 손상되고 있었다!

충격은 손가락 끝부터 시작해서 팔을 타고 계속 이어지고 있었다.

손목과 팔꿈치를 잇는 척골과 요골이 찌부러질 듯이 '으직' 소리를 내며 금이 갔다. 팔꿈치의 관절이 버텨 내지 못하고 팔꿈치가 빠졌다.

비명을 지를 틈도 없었고 지를 수도 없었다. 이대로 가다가는 정말로 마디마디 몸이 부서질 것 같았다.

더 끔찍한 것은 그게 음한의 공력이라는 점이었다. 공력이 파고들어 오는 속도보다는 느리지만 뒤늦게 손끝부터 얼어붙고 있다는 걸 느꼈다.

장건이 받아 낼 수 있는 한계 공력은 이미 지나쳤다.

뚜두둑!

이젠 양어깨까지 탈골되었다.

더 이상 양팔을 쓸 수가 없다. 팔은 그저 장식품이나 다름없이 되어 버렸다.

압력은 이제 몸 전체에 와 닿았다. 어깨뼈가 뻐근해지면서 갈비뼈가 부서져라 흔들린다.

으득, 뿌득.

뼈가 부러지고 탈골되고 근육은 뭉개지는 느낌이 여실하여 기절조차 할 수 없었다. 옷마저 마구 찢겨 나가고 있었다.

장건도 한순간 '죽는구나……!' 하고 생각했다. 몸이 다 얼어붙고 깨져서 끔찍하게 죽는 상상으로 가득해졌다.

분명히 죽어야 마땅한 상황이지만, 살고 싶었다.

집으로 가겠다고 발버둥 친 게 십 년이었다. 이제 일 년도 남지 않았는데 여기서 무릎을 꿇고 싶지는 않았다.

그때에 장건의 단전에서 내공이 맹렬하게 움직였다.

음한의 기운에 대항하여 양강의 기운이 다시 한 번 전신으로 퍼졌다. 이제는 거의 장건의 것이 된 독정도 함께였다.

몸이 파르르 떨렸다. 남의 내공이든 자신의 내공이든 어쨌든 몸 안이 평소보다 더 많은 기로 가득해져 있었다.

살고 싶어!

집으로 가고 싶어!

장건의 간절한 열망에 무시무시한 속도로 내공이 전신 혈도를 일주했다. 믿을 수 없게도 눈 깜짝할 사이에 세 번, 네 번, 다섯 번 연속으로 주천이 이루어졌다. 아무리 심생종기를 따른다 하더라도 이제껏 장건이 한 번도 겪어 본 적 없던 현상이었다.

순간 전신의 모공이 열렸다.

쏴아아―!

'아앗!'

그건 꼭 몸에서 내공을 훑어 내어 문원처럼 존재감을 없애는 그런 느낌과 비슷했다. 하지만 바람이 자신의 몸을 완전히 자유롭게 관통하는 그런 상쾌함과도 같은 것이 있었다.

뼈가 시릴 듯 차갑고 냉한 공력이 전신을 뒤덮었다.

뭔지는 모르겠지만 왠지 할 수 있을 것 같다는 생각이 들었다.

장건은 온몸으로 들어오는 공력을 마음껏 받아들였다. 장건의 식으로는 '먹었다'는 게 더 옳은 표현일까······.

간혹 부지불식간에 해낸 적이 있었으나, 실제로 장건 스스로의 의지로 이만한 대량의 기를 받아들이기는 처음이었다. 아까 악천이 장력으로 전신을 두들겨 미리 기혈을 풀어 준 것이 오히려 지금의 일에 도움이 된 듯하다.

전신의 모공으로 우렁찬 기운이 쏟아 들어져 온다.

입의 크기가 한계가 있듯이, 한 번에 씹어 삼킬 수 있는 양이 한계가 있어 단번에 모조리 먹어 치울 수는 없다.

장건은 몸을 흔들기 시작했다.

흔들흔들.

공력의 압력 방향 그대로를 타면서 몸을 흔든다. 태극경의 무리가 이미 몸에 배어 자연스럽게 몸 전체가 백귀살의 공력을 인도한다.

일부는 몸으로 흡수하고, 일부는 허공으로 배출하고, 나머지는 발밑으로 보낸다.

그러한 동작들은 촌각이라고도 할 수 없는 극히 짧은 시간, 말 그대로 찰나에 이루어졌다.

쾅—

바닥의 땅이 푹 꺼지면서 몸이 폭발하는 것처럼 울리고 머리에서는 하얀 폭죽이 터졌다.

시야마저 새하얗게 변했다가 다시 돌아왔다.

그러고도 몇 번의 호흡을 할 시간이 지난 후에도 장건은 그 자리에 그대로 서 있었다.

"그래도…… 으윽…… 겨우 살았네."

몸 위에 백 근짜리 강철 추를 얹은 듯 꼼짝도 못 할 지경이었다. 겨우겨우 팔을 휘저어서 빠진 뼈를 맞추었다. 당장이라도 쓰러지고 싶었으나, 무언가 몸 안에서 엇갈려 있는 느낌은 정말 참을 수가 없었다.

겨우 탈골된 뼈를 맞추고는 긴 숨을 내쉬었다.

"와…… 정말…… 무시무시했어."

그런데도 장건은 자기도 모르게 헤실 하고 웃었다. 죽음의 위기를 넘긴 것치고는 너무 해맑다.

공포나 두려움이 없다고는 할 수 없었다.

청성일검 풍진의 검을 받을 때도 그랬고 지금도 마찬가지다. 두려움이 지난 후에 짜릿한 환희 같은 것이 해일처럼 밀려오는데 그 쾌감을 이루 말할 수가 없었다. 성취감인지 아니면 스스로의 존재를 확인한 계기인지는 정확하게 표현할 수 없지만.

하여튼 몸은 아파 죽겠는데 기분이 좋아서 견딜 수가 없었다.

"헤헤……"

풀썩.

장건은 웃으면서 쓰러졌다. 이젠 손가락 하나 까딱할 기운도 없었다.

차가운 흙바닥이 뺨과 맨살에 닿아서 조금 꺼려졌지만 그나마 다행이라고 생각했다.

이미 상체의 옷은 다 찢겨져 나가서 더럽혀질 옷이 없었으니까.

* * *

장내는 한동안 멍했다.

엄청난 해일이 한바탕 휩쓸고 지나간 듯했다.

백 근의 벽력탄이 동시에 터진 것과 같은 충격이 장내를 휩쓸고 있었다.

종암과 유장경, 둘은 장건 때문에 정신이 나가 혼미해질 지경이었다. 방금 쓰러진 상대가 북해의 최고수 중 한 명인 백귀살이라는 걸 알기 때문에 오히려 그 사실을 모르는 일반 금의위 무사들보다도 충격이 더했다.

특히나 종암은 백귀살과 첫 만남에 백 초를 주고받은 적이 있었다. 비록 당시에 생사결을 겨룬 것은 아니었으나, 만일 생사결을 주고받았더라도 결코 일 초에 승부를 볼 수 있는 수준이 아니었다.

"이, 이런……."

혈관까지 돋은 주먹이 부들거리고 떨렸다.

저 조그만 아이가 자신들과 같은 수준이라?

도무지 믿을 수가 없었다.

지금까지 살아온 삶이 허탈하기까지 했다.

어떻게 이럴 수가 있단 말인가!

그리고 그것은 소림의 승려들도 마찬가지였다. 백귀살의 정체는 모르지만 느껴지는 공력의 양만으로도 경악을 금치 못했다. 거기다 장건이 저만한 고수를 상대할 만큼 성장해 있었다고는 조금도 생각하지 못했다.

"으음……."

그저 침음성만 내며 어쩔 줄을 모를 뿐이었다.

오황과 마해 곽모수도 적잖이 놀랐다.

갑자기 튀어나온 관병복장의 고수는 대단한 실력이었다. 어딘가 모르게 괴이쩍은 느낌이 있었으나, 적어도 자신들의 아래로 보기 어려운 무위였다.

오황이 한동안 멍하니 있다가 곽모수에게 전음을 보냈다.

[누구야?]

[흠……?]

곽모수가 오황을 빤히 보았다.

[그걸 왜 나한테 묻나?]

[사람은 몰라도 무공은 알 거 아냐.]

[흠…….]

곽모수가 고개를 돌렸다. 오황이 기가 차서 다시 전음을 보냈다.

[어쭈? 튕기냐?]

[튕기다니…… 그저 내가 자네에게 그런 얘기를 해 줄 정도로 나랑 친했던가? 하고 생각하고 있는 중이네만.]

[허…… 이런 쪼잔한 놈…… 생긴 건 성인군자인데 속은 개미 똥보다도 좁은 놈일세.]

[흠…….]

곽모수는 대답 없이 또 침음만 냈다. 오황이 화를 버럭 냈다.

[야! 콧숨소리를 왜 전음으로 해? 가르쳐 주지 않을 거면 그런 건 혼자 해!]

 곽모수는 진지한 표정으로 깊은 생각에 빠졌다.

 "흠……."

 [미친놈.]

 오황은 참을 수가 없어서 전음으로 욕을 씨불여 주고는 고개를 돌렸다.

 일단 뻗어 버린 고수의 내력이야 둘째 치고, 당장의 수습이 문제였다. 소림도 금의위도 모두가 곤란해진 지경. 어떻게 풀어 나가야 할지 그로서도 좀처럼 해법을 찾을 수가 없었다.

 그러나 종암과 유장경은 오래 생각할 시간적 여유가 없었다. 첫 단추부터 잘못 꿰어 일이 파탄 나는 건 둘째 치고, 당장에 현재의 사태에 대한 책임자로서 결단을 내려야만 했다. 금의위의 무사들은 물론이고 관병들도 결정을 기다리고 있었다.

 유장경이 종암을 바라보자, 종암이 전음으로 뜻을 전했다.

 [북해에서 왜 그렇게나 전승자를 찾아야 한다 했는지 조금은 이해할 것 같군.]

 [소림의 제자 아이 하나가 우리의 계획에 있어 심각한 방해가 된다고 생각하는가?]

 [아니.]

 종암이 짧게 대답하고는 다시 말을 덧붙였다.

[하지만 속가라면 얘기가 달라지겠지.]

유장경이 눈을 번득였다.

[제거해야겠군!]

유장경은 금의위 무사들을 향해 전음으로 은밀하게 명령을 내렸다.

그런데 그때 굉목을 데리러 갔던 원림이 굉목과 함께 새하얗게 질린 얼굴이 되어 돌아왔다.

원래 굉목은 원림과 오는 동안 간단히 얘기를 들었기 때문에 별다른 걱정을 하지 않았다. 오히려 마음이 가벼워서 표정도 밝았다.

'그래, 나 하나면 된다. 나 하나면 소림의 안전이 보장되고, 나 역시 이것으로 소림에 진 빚을 갚을 수 있으니 차라리 홀가분하구나. 소림에는 미안한 일이지만 차라리 내게는 잘되었다.'

하지만 오다 보니 그게 아니었다. 어마어마한 굉음이 울리고 관병들은 머리를 붙들고 고통스러워하면서 난리가 나 있었다.

그리고 쓰러진 장건을 발견했다. 장건은 상체의 의복이 다 찢겨져서 반 알몸으로 바닥에 잎어져 있었다.

굉목은 자신의 일은 순식간에 다 잊었다. 장건이 걱정되어서 자기도 모르게 달려오며 외쳤다.

"건아―!"

그 목소리에 정신을 차린 건 다름 아닌 원호였다.

원호는 장건의 근처에 있던 금의위 무사들이 잔뜩 몸을 낮추고 경계하며 칼을 곧추세우고 장건을 향해 가는 것을 발견했다.

순간 망설이지 않았다면 거짓말일 터였다. 하지만 원호의 망설임은 그야말로 아주 잠깐의 순간에 불과했다.

'버리지 않겠다!'

소림을 위해 저 수많은 관병과 금의위의 무사들, 심지어는 정체모를 고수마저도 물리치며 혼자서 고독하게 달려온 장건을…… 장건의 마음을 버릴 수가 없었다.

지금 그 누구보다도 간절하게 자신의 도움을 필요로 하고 있을 아이를 외면할 수 없었다.

원호는 한 모금의 진기를 끌어내어 발을 굴렀다. 쿵 하고 진각을 밟으며 한껏 도약했다.

날아오른 원호의 발에 어깨를 밟힌 관병이 몸을 기우뚱거리며 헛숨을 삼켰다.

"어?"

원호는 관병들의 어깨와 등을 밟고 두 걸음 만에 십여 장을 날아갔다.

"막아라!"

뒤늦게 유장경이 외쳤으나 이미 원호는 쓰러진 장건의 바로 앞에 뛰어내리고 있었다.

쿠―웅.

승포자락을 휘날리며 거칠게 땅을 디딘 원호가 손을 사방으로 권풍을 뿜어냈다.

콰콰콱!

빙 둘러서 바닥을 부수고 땅을 헤집어 놓았다. 금의위 무사들이 다가오지 못하도록 선을 그어 놓은 것이다.

마치 사자가 포효하듯, 원호가 내공을 담아 소리쳤다.

"더 이상 본사의 제자를 괴롭힌다면 소림의 이름을 걸고 용납하지 않겠다!"

우르르르!

바닥의 부서진 돌들이 떨리며 공기가 크게 출렁거렸다.

다가서던 금의위 무사들이 주춤했다. 아무래도 소림의 차기 방장이며 당대 계율원의 원주이니 말을 무시하기가 어려웠던 것이다.

소림의 이름을 걸고…….

그 말의 무게는 굉장히 무거웠다.

사태가 걷잡을 수 없이 치달았다.

가뜩이나 붉어진 얼굴로 유장경이 나서서 소리쳤다.

"지금 무슨 짓인가!"

원호도 똑같이 고함을 질렀다.

"보는 바와 같이!"

유장경의 이마에 핏대가 솟았다.

"그것이 소림사의 대답인가? 소림사의 명운을 걸고 아이 하나를 지키겠다고?"

원호가 욱하고 치밀어서 말을 하려다가 삼켰다. 단지 시뻘겋게 달아오른 얼굴로 유장경을 노려볼 뿐이었다.

유장경이 다시 외쳤다.

"대답하라! 소림사는 관리를 공격한 대역죄인을 감싸고 있는 것이 확실한가!"

"크윽!"

원호는 입술을 깨물었다. 피가 맺혀서 흘렀다.

성급했다.

상천권명의 금패를 들고 보인 일이니, 소림사의 제자가 난동을 부리고 있다면 나서서 말려야 할 판국이었다.

그러나 그게 아니고 오히려 감싸고 있다면 대역죄를 피할 길이 없었다.

"크으……."

원호는 주먹을 불끈 쥐었다.

자신을 허망한 눈으로 바라보는 원주들이 보인다. 다들 어이가 없어 하고 있다. 방금은 소림을 위해 굉목을 내버리겠다고 했으면서 지금은 또 대역죄인이 되어 버린 장건을 감싸고 있으니, 그럴 만도 하다.

'굉목 사숙에 대한 건 사실 다른 생각이 있었다.'고 얘기하고 싶었으나 그럴 수도 없게 되었다.

속된 말로 망한 거다.

소림의 이름을 걸었으니 자기 혼자만의 일이라고 우길 수도 없게 되었다.

하지만 미안하긴 해도 후회가 되진 않았다.

지금 원호의 모습.

이것은 원호 자기 자신이 꿈에도 그리던 문파의 모습이었다.

'사제들, 사숙님들. 다들 미안하게 되었습니다. 하나 이렇게 버릴 수가 없습니다. 우리를 구하겠다고 온 아이를 어떻게 내버린단 말입니까. 그러면 그때야말로 소림은, 소림사는 세상에서 사라지고 마는 겁니다.'

원호는 그런 눈으로 승려들을 쳐다보았다. 이해해 주기를 바라지는 않았다. 다들 복잡한 표정을 짓고 있다.

한데 그들을 보다 보니 문득 또 다른 생각이 들었다.

'과연 아이 한 명을 살리자고 저들을 다 사지로 몰아넣는 것은 옳은 일인가?'

흠칫.

생각이 복잡해졌다.

사람은 물론이고 한낱 미물까지도 똑같은 생명으로 보는 불가인데 한 명과 수천 명의 목숨을 너무 간단히 맞바꾸어 버린 건 아닌가 하는 생각이 들고 말았다.

어쩌면 지금 자신의 행동은 너무도 멍청한 짓이었을지도

몰랐다.

자기도 모르게 너무나 막막해져서 굉운을 바라보았다.

그동안 방장이라는 막중하고 무거운 자리를 어떻게 지켜왔는지 모를 굉운이다. 굉운은 무덤덤한 얼굴로 원호를 보면서 고개를 끄덕여 준다. 마치 자신도 그냥 평범한 승려였다는 듯이…… 똑같이 힘들어 했다는 듯이.

원호는 고개를 돌려서 쓰러진 장건을 보았다.

장건은 완전히 기절하거나 하진 않은 모양이었다. 움직이긴 힘들어하지만 원호를 보고 있다. 장건 역시 지금까지 일어난 얘기를 모두 들었다.

또 자신이 뭔가 잘못한 것인가 하고 고민하는 표정, 자책하는 마음, 앞날을 두려워하는 공포심. 그리고 자신을 지켜 준 원호에 대해 고마워하는 마음까지.

장건은 온갖 감정이 담긴 목소리로 원호를 불렀다.

"사…… 백님……."

마치 그 뒤에 '저는 이제 어떻게 되는 건가요?'라거나 '저는 괜찮아요.'라는 말을 하려는 듯 입을 우물거린다.

울컥.

갑자기 원호는 눈물이 날 것 같았다. 손을 들어서 장건에게 말을 하지 말라고 제지했다.

그렇다.

하나 살리자고 다 죽는 것도, 다 살겠다고 하나 죽이는 것도 모두가 못할 짓이다.

　할 수 있다면 다 같이 살 수 있는 방법을 찾는 게 옳은 일일 것이다.

　다 같이 살 수 있는…….

　자기 자신을 버리더라도…….

　그런 방법이…….

　있다!

　있긴 있다!

　원호는 젊었을 적 강호를 주유할 때엔 수많은 일을 당했다. 그나마 임기응변에 능하여 다른 사형제들보다 잘 살아남아 여기까지 왔다. 그러나…… 그게 먹힐 것인가?

　원호는 부지불식간에 떠오른 생각 때문에 입술을 잘근잘근 깨물었다. 완전히 해져서 핏물이 물컹거리고 흘러나온다.

　모두의 눈길이 원호를 향해 있다.

　원호의 한마디에 소림의 수천 승려들의 목숨이 달려 있다.

　지금 이 순간 원호는 세상의 모든 업을 짊어진 석가와도 같다.

　찰나의 시간이 영겁처럼 흘러가는 느낌이다.

　그러나.

　유장경은 더 기다려 줄 마음이 없다. 가능한 큰 소란 없이 일을 마치고 싶었으나 일이 이 지경까지 왔는데도 물러설 수는 없다. 어차피 이만큼의 병력을 끌고 온 것도 다 이런 때를 대비한 것이다.

"자, 어서 대답을 하라. 대사는 방금 소림이 대역죄를 저질렀음을 시인하는 것인가?"

"나, 나는……."

말을 하긴 해야 하는데 원호는 쉽게 말을 꺼낼 수가 없었다.

유장경이 더욱 원호를 압박한다.

"내 이 자리에서 맹세컨대! 소림사에 풀 한 포기 남겨 두지 않게 만들 것이다. 소림을 따르는 속가제자들 역시 반역죄로 다스려질 테니, 그때엔 지금의 일을 백번 후회해도 소용이 없을 것이다! 자, 그래도 말을 못 하겠는가!"

원호는 얼굴이 새빨개져서는 소리쳐 되물었다.

"뭐, 뭘 말이오? 이 아이가 뭘 잘못했다고 그렇게까지 하는 거요!"

"아무 잘못이 없어?"

유장경이 코웃음을 쳤다.

"오호라. 설마하니 아이가 아무것도 모르고 그랬으니 이해해 달라 말하고 싶은 건가? 그러려는가? 그 아이가 수백 명의 관원을 공격하여 인사불성으로 만들었는데도 그런 말을 할 수 있는가?"

원호가 고개를 빳빳하게 들고 유장경을 노려보았다. 유장경도 눈을 부릅뜨고 원호를 마주 보았다.

원호가 천천히, 아주 천천히 입을 열었다. 정말로 말을 하기 힘들었다. 이런 말을 하는 게 무인으로서 매우 궁색하고 치졸하였으나, 자신이 한 번 똥물을 뒤집어쓰면 모두가 살 수 있는 길이 열리는 것이다!

그리하여 고민 끝에 원호가 내뱉은 말은…….

"봐, 봤소?"

라는 한마디였다.

"……음?"

유장경도 처음엔 그게 무슨 소린가 했다.

도저히 상상할 수도 없는 대답이었기에 이해가 상당히 뒤늦게 되었다.

그리고 원호의 말이 이해가 되었을 때에는 어처구니가 없어서 입을 쩍 벌렸다.

유장경뿐만이 아니었다. 소림의 승려들은 물론 금의위와 관병들도 마찬가지였다. 다들 뜨악한 표정을 짓고 원호를 쳐다보았다. 황당하기까지 할 지경이었다.

'그걸 핑계라고 대고 있나!'

'원호 사형!'

장건은 분명 주먹을 휘두르거나 발로 차거나 하진 않았다. 그러나 강호에는 무수한 수법이 있고 꼭 손을 대지 않아도 타격할 수 있는 방법도 있다.

그런데 그걸 '때리는 걸 봤냐?'고 되묻는 것이다.

"내 참, 기가 막혀서 말이 안 나오는군."

유장경의 말에 원호가 이제 조금 용기를 얻었는지 한 자 한 자 말을 또박또박했다.

"그러니까 유 부장은 여기 이 아이가 관원을 공격했다고 했는데, 여기 이 아이가 때리는 걸 봤냐고 물은 것이오."

유장경이 얼굴을 와락 찌푸렸다.

"무슨 말도 안 되는 헛소리를…… 그렇다면 저기 쓰러져 있는 수백 명의 관병들이 자기 스스로 나자빠졌다는 건가?"

원호가 질 수 없다는 듯 퉁명하게 대꾸했다.

"지금도 석연찮은 이유로 본사를 핍박하고 있는데 그러지 말란 법은 어디 있겠소? 애가 안 때렸어도! 지가 스스로 어이쿠 하면서 자빠진 것일 테지!"

유장경은 어이가 없어서 '허!' 하고 황당한 감탄사를 내뱉었다. 때리는 걸 못 봤다고 이 모든 걸 자작극으로 돌려?

분노로 이마의 핏줄이 솟아 지렁이처럼 꿈틀거렸다.

"대사의 뒤에 있는 그 아이! 그 아이가 한 짓을 수천 명이 보았다! 그런데도 대사는 계속 잘못이 없다고 발뺌을 할 셈인가! 소림사는 손바닥으로 하늘을 가리려는가!"

원호도 마주 소리쳤다.

"봤다고? 봤어? 정말 봤소? 괜히 말도 안 되는 핑계로 본사를 공갈 협박하는 건 아니고? 금의위는 죄도 없는 사람을 위협하고 핍박하는 데 이골이 난 모양이구려!"

갑자기 원호가 '헉!' 하고 가슴을 부여잡았다. 원호는 쥐어뜯을 듯이 가사를 붙들고서는 입에 고인 피를 내뱉었다.

소림의 승려들이 대경하여 원호를 불렀다.

"사형!"

"사질!"

원호가 유장경을 노려보았다.

"기, 기습을 하다니! 비겁하구나!"

유장경이 당황했다.

"무, 무슨!"

원호가 바닥을 한 바퀴 구른다. 그러고는 입으로 쉴 새 없이 비명을 지르면서 유장경의 이름을 부르짖었다.

"헉! 어이쿠! 금의위의 부장이 정당한 이유도 없이, 말문이 막히니 살수를 써서 입을 막으려 하는구나!"

유장경과 원호는 너덧 장이나 떨어져 있었다. 물론 손을 쓰자고 한다면 못 할 것도 없다.

하지만…… 유장경은 아무것도 하지 않았다.

원호 혼자서 북 치고 장구 치고 하는 것이다!

그것도 무려 소림사의 차기 방장이 될 인재가!

"이…… 이……."

유장경은 얼굴이 붉어졌다.

"지금 본관을 조롱하는 것인가! 내가 언제 암습을 하였다는 것인가!"

아프다고 구르던 원호가 멀쩡한 얼굴로 대꾸했다.

"방금 했잖소."

"보, 본관이 언제!"

"방금."

지켜보던 소림의 승려들은 부끄러움을 느꼈다. 원호의 행위 자체는 이해가 가는데 도저히 부끄러워서 동조해 줄 수가 없었다.

"……사형."

다들 원호를 외면했다. 굉운도 얼굴을 붉히면서 고개를 슬쩍 돌렸다.

쾅! 쾅!

참다못한 유장경이 두 번 발을 굴렀다. 어찌나 화가 났는지 발목까지 발이 박혔다.

"이런 개 같은 땡중 놈이 세 치 짧은 혀로 먹히지도 않을 개수작을……."

유장경이 보기에 원호는 속된 말로 '배를 째는' 행동을 하고 있는 것이었다.

"내 저 땡중 놈을 당장 반 토막으로 내지 않고는 도저히 못 견디겠구나. 비켜라!"

유장경이 살기를 뿜어내며 월도를 들고 앞으로 나서자 관병과 금의위 무사들이 좌우로 갈라져 길을 텄다.

그러나 유장경이 나가기 전에 종암이 손을 들어 그를 막았다.

"기다리게."

"비키게. 지금 저 땡중이 하는 소리를 못 들었는가? 어디 같잖은 수작질을······."

종암이 눈짓했다. 종암의 시선이 대웅전 앞을 향한다. 유장경도 종암을 따라 시선을 옮긴다.

포위망이 뚫렸기 때문에 대웅전에 갇혀 있던 소림의 승려들과 일반 참배객들마저 밖으로 나오고 있는 상황이었다. 지금 원호와 유장경이 하는 말과 행동이 사람들에게 전부 알려지고 있는 것이다.

개미떼처럼 몰려나온 사람들이 술렁거리고 있었다.

"크윽!"

복장이 다 터질 지경이었다. '멀쩡한 사람이 갑자기 실성을 했나. 사람을 쳐 놓고도 모른다고 잡아떼나, 잡아떼길.'이라고 중얼거리는 건 원호인데 정작 그 소리를 하고 싶은 건 유장경이었다.

하찮은 백성 따위 평소라면 한 줌의 신경도 쓰지 않을 존재들이었으나, 지금은 아니다. 명분이 중요한 행사에서는 저들의 반응을 의식하지 않을 수 없다.

서로 간에 돌아보면서 쑥덕대고 이상하다는 표정을 하고 있는 걸 보니, 유장경은 속에서 더 열불이 뻗친다.

"어이가 없군. 지금 저 땡중의 헛소리를 믿고 있는 건가?"

종암이 침중한 목소리로 대답했다.
"아니었으면 좋겠군."
"그게 아니면……."
흠칫.
유장경은 불현듯 말도 안 되는 상상에 사로잡혔다.
주륵.
유장경의 등에 식은땀이 흘렀다.

이제 원호는 완전히 뻔뻔해지기로 작정한 모양이었다. 원호가 동의를 구하듯이 돌아보면서 사람들을 향해 물었다.

"금의위에서는 본사의 제자인 저 아이가 공무를 행하는 관리를 해코지하였다고 합니다. 그 광경을 수천 명이 보았다고 하는군요. 여기 계신 시주들께서도 그렇게 생각하시는지 여쭙겠습니다. 본사의 제자가 관리들에게 뭔가 해코지를 하였습니까? 해코지하는 장면을 보신 분이 계십니까?"

사람들이 또다시 술렁거렸다. 저마다 서로를 쳐다보면서 고개를 갸웃거렸다.

"저 소림의 속가제자가 그런 게 아니었어?"
"글쎄, 난…… 못 본 거 같은데……."
"솔직히 그냥 걸어가니까 옆에서 픽픽 쓰러지고 난리가 나서 뭔 일인가 했지……."
"그렇지. 나도 뭐 하나 했어."

하나둘 튀어나온 말들이 점차 거세졌다. 불만이 고조되고 불평이 번져 간다.

"그걸 가지고 트집 잡는 건 너무한 거 아녀?"

"아무렴. 지들이 그냥 나자빠진 걸 누구한테 책임을 지라 그래?"

"막말로 때리는 거 봤어? 아, 봤냐고."

"처음에 나왔던 작자도 약속이니 뭐니 하더니, 때리다 지쳐서 자기가 주저앉았잖어!"

"그러게?"

하긴, 심지어 유장경도 못 봤다. 사람들이 말하는 걸 듣고 보니 스스로도 이상하다 생각이 든다.

심증도 있고 정황도 있다.

하지만 피해자는 있는데 가해자는 없다?

일반 사람들이 보기엔 그러할 것이다.

몇 걸음이나 떨어진 데에서 사람이 펑펑 나가떨어지는 건 분명 이상한 일이다. 그러나 하다못해 무림인들이니까 장풍이란 것도 쏘고 그럴 수 있겠지, 하는 정도는 알 터다.

문제는 장건이 겉으로 보기엔 '아무것도' 하지 않았다는 점.

환우신장 악천과의 싸움 때조차 장건은 맞기만 했다.

그러니까 원호가 때리는 걸 봤냐고 물으면 못 봤다고 말할 수밖에.

애초에 민중은 소림의 편이었다. 장건이 누굴 때리는 것도 못 본 게 사실이고, 가뜩이나 관부도 마음에 안 들었다. 그러니 여론은 순식간에 소림의 편으로 돌아서고 말았다.

"크으윽!"

유장경은 얼굴이 터질 것처럼 새빨개졌다.

종암이 낮게 한숨을 쉬며 말했다.

"어이없게 당했군."

"그, 그렇지 않아! 아직……."

"우리가 저 속가 아이의 수법을 알아내지 못하는 이상, 설명할 방법이 없네."

그렇다.

무슨 수법인지 확실히 알아내지 못하면 추궁할 근거도 없어지는 것이다!

하나 당장에는 설명할 길이 없었다.

유장경은 머리를 굴렸다.

"방법이 있을 거야…… 방법이……."

네 필의 말이 전속력으로 달리는 마차의 바퀴보다도 더 맹렬히 생각이 회전한다.

해결책을 떠올려야 한다.

그렇지 않으면 수천의 민중은 악덕한 소림 땡중의 간계에 넘어가 버리고 말 것이다.

그 후엔 투서조차도 진정성을 의심받게 될 터. 심지어 저 무지몽매하고 쓸모없는 민중은 '사실' 조차도 '거짓'으로 생각해 버리고 말 것이었다.

설사 이렇게는 소림사를 정리하더라도 문제가 남아 버리고 만다. 이래서야 시작부터 꼬이는 셈이다.

으드득.

유장경은 금의위 부장이 된 지 수십 년 만에 실로 최악의 상황을 맞이했다.

원호의 꼬장은 그야말로 그가 겪은 모든 일 중에 최악이었다.

그러다가 유장경은 퍼뜩 생각이 떠올랐다.

스스로 생각하기에도 기가 막히다!

십 년 묵은 체증이 쑥 내려가는 듯하다.

꼬장에는 꼬장으로, 치졸한 수법에는 치졸하게 대응해야 하는 법이다.

유장경은 길게 숨을 내쉬며 웃었다.

"훗. 그렇군. 봤지. 충분히 봤어. 나뿐만이 아니라 모두가."

들으란 듯 큰 소리로 내뱉은 혼잣말에 모두가 조용해졌다.

"뭐라? 뭘 봤다고?"

원호가 긴장하며 되물었다.

유장경은 시간이 자신의 편이라는 듯 손가락을 천천히 치켜들었다.

그 손가락은 당연하게도 쓰러진 장건을 가리키고 있었다.

손가락을 들어 올리는 데 든 시간만큼이나 천천히, 유장경이 말을 했다.

"방금 전. 저 아이가 백귀살을 향해 내뻗은 일권. 백귀살을 쓰러트린 일권. 그것은 어떻게 설명할 텐가?"

덜컥!

원호 뿐 아니라 모두가 그의 말에 심장이 내려앉는 것 같았다.

매우 옹졸하고 좀스러웠으나 유장경의 말은 핵심을 찔렀다.

그렇다.

장건은 단 한 번 손을 썼다.

수백 명을 쓰러트리면서 단 한 번도 손가락 하나 움직이지 않았는데, 단 한 번 주먹을 뻗었다.

그것이 방금 엄청난 기의 후폭풍을 일으킨 백귀살과의 일전이었다.

그것이라면 충분한 증거가 되고도 남는다.

설사 다른 수백 명의 관원들을 쓰러트린 증거는 없다 하더라도, 그것 하나만은 확실한 셈이었다.

소림의 승려들이 한숨을 내쉬었다.

"아아, 이젠 끝인가……."

원호가 체면 불구하고서까지 트집을 잡았는데 그것조차 소용이 없어지게 되었다.

다들 충격을 받고 아무 말이 없었다. 한숨만 내쉴 뿐이다.

수천의 민중들도 이게 무슨 소린가, 하면서 수군거리고 혼란스러워하고 있었다.

정말로 관원을 때렸다는 건가?

심지어 사람들은 유장경이 '백귀살.'이라고 말한 것도 눈치채지 못했다. 유장경 역시 승리감에 도취되어 백귀살이라는 이름을 입에 담았다는 걸 깨닫지 못하고 있었다.

"큭큭큭."

유장경이 웃었다. 승자의 미소가 완연했다.

화가 복이 된다고, 오히려 잘됐다. 이제 소림은 꼼짝도 못하고 얽매이게 되었다. 민중들을 끌어들인 것이 오히려 족쇄가 되어서 무력으로 반항할 수도 없는 입장이 되고 만 것이다.

게다가 소림의 차기 주지이며 방장이 될 원호가 얽혀 들었으니, 이참에 금의위의 뜻대로 차기 방장까지도 교체해 버릴 수 있게 되었다.

인생지사 새옹지마라는 말이 지금처럼 어울릴 수가 없었다.

"크하하하하!"

유장경은 승리의 포효를 하는 것처럼 소리 내어 웃었다.

소림의 승려들은 망연자실해서 거의 포기한 상태였다.

장건이 관원 '한 명'을 공격했고 그 장건을 원호가 감쌌다. 장건 한 사람의 문제가 아니라 소림 전체가 얽혀 들어갔다.

이젠 끝이다.

원호도 한 방 먹은 표정이 역력했다.

그러나 원호는 물러서지 않았다.

자신이 물러서면 소림이 끝이라는 걸 알고 있었다.

유장경이 원호를 보고 물었다.

"대답은?"

"크, 크윽……."

"아직도 인정하지 못하겠는가?"

유장경은 더 이상 고함도 지르지 않는다. 여유만만하게 말끝을 늘리면서 느긋하게 묻는다.

"자아, 이제 소림은 주춧돌 하나 남기기 어려워지겠군. 그게 다 누구 때문일까? 큭큭큭."

유장경의 조소에 원호는 두 눈을 크게 치켜떴다.

속에서부터 불길이 치솟아 올랐다.

펑펑 소리를 내며 화산이 마구 폭발하는 기분이 들었다.

참을 수가 없었다.

"그건…… 그건!"

"그건 뭐?"

유장경의 비웃음을 듣는 순간 원호의 눈이 휘꺼덕 뒤집혔다.

이젠 갈 데까지 갔다. 더 이상 수치스러울 것도 없고 지킬 체면도 없었다.

마치 생사대적을 앞에 두고 분노를 터트리듯 지독한 분노의 표정을 가득 담은 원호였다.

하지만 사실은 '에라 모르겠다!'는 심정으로…… 원호는 침을 후두두둑 쏟아 내며 고함을 질렀다.

"그건 빗나갔잖아—!"

순간.

대웅전 앞의 근 이만 명에 달하는 모두가 숨을 죽였다.

개중에는 장건이 한 행동을 본 이도 있고 보지 못한 이도 있었다.

하지만 보지 않았더라도 지금의 상황을 이해하는 데에는 전혀 무리가 없었다. 누구라도 현 상황을 딱 네 줄로 설명할 수 있었다.

니네 애가 우리 애들 때렸냐?

우리 애가 언제 때렸어. 때리는 거 봤어?

적어도 방금 한 번은 때린 거 맞잖아.

그건 빗나갔는데?

"……."

"……."

이것이 과연 상천권명을 내세운 준엄한 황명의 집행인지, 시정잡배들의 드잡이질인지…….

아무도 먼저 말을 꺼내지 못하는 가운데.

휘이잉.

니가 봤냐? 319

쓸데없이 불어온 바람 소리만 아련했다.

〈다음 권에 계속〉
작가 트위터 : twitter.com/sinier777